沐阳山上的女兵

海辰 著

中国言实出版社

图书在版编目（CIP）数据

沐阳山上的女兵 / 海辰著 . — 北京：中国言实出版社，
2022.1

ISBN 978-7-5171-3991-1

Ⅰ. ①沐… Ⅱ. ①海… Ⅲ. ①长篇小说—中国—当代
②中篇小说—中国—当代 Ⅳ. ① I247.5

中国版本图书馆 CIP 数据核字（2021）第 273148 号

沐阳山上的女兵

总　监　制：朱艳华
责任编辑：张国旗
责任校对：宫媛媛

出版发行：中国言实出版社
　　　　　地　　址：北京市朝阳区北苑路 180 号加利大厦 5 号楼 105 室
　　　　　邮　　编：100101
　　　　　编辑部：北京市海淀区花园路 6 号院 B 座 6 层
　　　　　邮　　编：100088
　　　　　电　　话：64924853（总编室）　64924716（发行部）
　　　　　网　　址：www.zgyscbs.cn　E-mail：zgyscbs@263.net

经　　销：新华书店
印　　刷：阳谷毕升印务有限公司
版　　次：2022 年 1 月第 1 版　2022 年 1 月第 1 次印刷
规　　格：880 毫米 ×1230 毫米　1/32　10.375 印张
字　　数：206 千字

定　　价：58.00 元
书　　号：ISBN 978-7-5171-3991-1

让军人回归生活的本真

——《沐阳山上的女兵》序

□ 关仁山 [*]

　　接到海辰的书稿，是在十月金桂飘香的季节。对于军旅题材的小说，我的印象中大多是充满激情的、叙事恢宏的、正能量满满的故事，而海辰的这两篇军旅题材小说，却别出心裁、独辟蹊径，无论是从主题上还是内容上，都有别于传统意义上的军旅小说，他用细腻的笔触描写了发生在军队中的两个故事，为读者打开了另一扇了解军队和军人的窗户。

　　他的长篇小说《沐阳山上的女兵》是一篇描写战争的小说。这篇小说既有对整个战役的宏观展示，又有对具体战斗场面的微观描写。海辰细腻地刻画了战场形势的瞬息万变与战斗场面的悲壮惨烈，他笔下的战争场面包含着非常巨大的信息量

---

　　* 关仁山，中国作家协会第十届全国委员会主席团委员，河北省作家协会主席、创作室主任。著有长篇小说《天高地厚》《白纸门》《风暴潮》《福镇》等。

和值得品味的细节，其中涉及战略战术、军事指挥、通信情报等一系列军事专业的知识，远远超出了一般作家靠查阅史料和主观想象所能达到的程度。长期的部队基层生活使海辰在面对战争场面描写时能够穿越时空的阻隔，逼真地再现战争的战场环境和战斗进程。

现在很多战争小说，都因作者对政治投入了过多的热情，而忽略了战争中的人文性。他们不是像西方作家那样，把军事生活作为社会生活的一个重要组成部分，以人道主义视角探讨战争或者军事生活对人类所造成的严重的摧残与破坏，而是以道德的评判代替审美的评判，并从作家特有的政治或道德观念评判历史以及历史发展进程中的人。在西方的军事小说中，人首先是作为一个丰富的生命个体而接受着历史，尤其是重大的政治军事生活所强加于他的种种现实；人性的世界是一个丰富幽深的世界，正因为西方作家将人性的展示放在首位，才使得其作品表现出层次的幽深和主题的繁复；尤其是二十世纪以来，复式结构为越来越多的西方作家所采用，其作品的主题也就日趋多义与繁复，《战争与和平》《静静的顿河》《第二十二条军规》等世界军事文学名篇无不是以主题的繁复和丰富的人文内涵而产生了强烈的美学震撼力的。任何一部优秀的战争题材小说，从来都不是一味去鼓吹战争是一件多么值得称颂的事情。战争小说的本质，并不是一味去添加我们对敌人的憎恨和仇视，而是应该客观公正理性地反思战争究竟带给我们什么，从而避免战争无谓地再次发生。高级的战争故事，就应当跳出狭隘的民族主义，站在全人类的角度上去客观分析战争带给人类的创伤。而在海辰的小说中，他并没有一味去宣扬这场战争的政治正确性，而是从参加战斗的八个主要人物入手，着墨于描写他们作为人类个体的情感和生活，并站在人性的角度去思索战争带给人类的创伤，这一点在我们当前的战争小说中很是难得！文学应该是人学，战争文学中对英雄的定位应该是"人"而不是"神"，如果说有的人在特定的地点、时间和状态下成了英雄，在他的身上，也同样应该具有作为人的七情六欲，具有普通人的所有欲望甚至是卑微的愿望。人的丰富性，尤其是处于战争中的人的生存处境与心理状态，人在面临生死抉择的过程中内在的矛盾与困惑，是最能体现文学的魅力的，也是最能令作家展开艺术想象的。海辰很好地把握了这一特质，在他笔下的一个男干部和七个女兵，不再只是战争中的八个符号，而是变得有血有肉、立体丰满，让读者阅之久久不能忘怀。

海辰将叙事重心牢牢锁定在战争背景下人的生活或者说生活中的人。日常经验围绕着人物铺展开来，小到言谈、穿着、举止、饮食，大到心理、性格、精神、命运，海辰小说中的人物不仅仅是在战斗，更是在生活。即便战争袭来，改变的是人物命运的走向，不变的是生活本身恒常的逻辑。海辰对战争背景下日常经验的重视和对鲜活历史信息的发现，之于历史、之于文学、之于生命，都具有独特的意义。海辰在探寻历史真相、把握历史发展大趋势的同时，也在思考更深一层的问题。他所看重的，不是介绍历史知识或揭秘什么历史真相，而是去发掘在极端的战争条件下所形成的信仰与精神力量，以及这种精神力量对于当代人的意义。

他的中篇小说《小村之恋》，描述了一个发生在"文革"刚刚结束时乡村间的爱情故事。很难想象，一个出生于二十世

沐 阳 山 上 的 女 兵

纪八十年代初的年轻人，为何会如此执着于书写着他本不熟悉的那个年代所发生的事情。他的这个故事宛如一股清流，将读者带回了八十年代北方辽阔的森林、潺潺的小河、绵延的田野和静谧的乡村中纯洁美好的世界里。他的文字没有刻意的煽情，却让人感动；没有高大上的说教，却让人深思许久。他笔下的军营世界，更多的是将军人作为普通人来进行最大程度的还原，让军人回归本真，作为一个社会个体的形象来出现，这样塑造出来的人物，是更具有亲和力和表现力的。

在文学的创作过程中，作为写作形式的具体体现的手段和技巧既是作家感知与表现世界的方式，同时也是作品得以完成的艺术体现。但写作形式无论多么完美、精巧，也不过是文学作品的躯壳而已，其根本还在于作品所承载的内涵。写作形式归根到底只是一种传达手段，对于一部好的文学作品来说，无论写作形式多么精巧、圆熟，如果没有足够的思想内涵，没有作家对于人类命运和境遇的深刻反思与批判，这部作品就无法产生震撼人心的美学力量。在海辰的作品中，我欣喜地发现，他更注重对人性的挖掘和思考，平实的语言里散发出思想的魅力，这一点宛如十月的阵阵桂花香气徐徐而来，难能可贵！

2021 年 10 月

目 录
CONTENTS

沐阳山上的女兵

引子：墓碑

春风吹动着在四月天展开柔嫩双臂的松针，它们伸着懒腰散发出青绿色的蜡质光泽来，而那几枚去岁枯黄的松针却随风掉落下来，轻轻落到了褐黄色树干旁那块青灰色的墓碑上。墓碑前，正站着一位满头银发的老奶奶和一个风华正茂的年轻女子。

老人的头发梳得整整齐齐，那张写满沧桑的脸上斜着一道长长的疤痕，从左额的发际线贯穿了左眉骨、鼻梁和右边的唇角，硬生生穿到右边的下巴，显得有些让人触目惊心；她的腰板很挺拔，肩膀也很有力量——当然，作为一个女人来讲，这样异乎常人的肩膀似乎显得有点过于强壮，反而破坏了女人应有的温柔曲线。她的目光一直紧紧盯着墓碑上的照片，一动也不动，就像那墓碑照片上的人是活着的一样。

老人深情地望着……

"林排长，我又来看你来啦！这次，我还带着你的孙女来了！我没有对你食言，不仅把你的儿子抚养成人，还看着你的孙女长大！"老人颤巍巍地抬起右手，指向墓碑对女孩说："孩子，这就是你爷爷的墓！"

那女孩顺着老人手指的方向看去，只见这墓碑上方是一颗金色的五角星浮雕，再下面凹进去的，就是那黑色的墓碑，碑上刻着"林平烈士之墓"六个金色大字，字的左上方有一枚三等功勋章浮雕，勋章上面，是一张已经褪了色的黑白照片；右边还刻着几行小字，她轻声读道："林平，铁山市铁北县人，通信排长，三十二岁，在沐阳山作战中光荣牺牲，中共党员，三等功臣……"

老人叹口气，慢慢地说："云儿，这还是你长这么大以来，第一次来看你的爷爷呢！快给他磕个头吧！"

女孩忙跪在墓碑前，郑重其事地磕了三个响头，而后便抬起头来仔细端望着墓碑上那张已经褪了色的黑白照片。照片中，是一个国字方脸、浓眉大眼的男人，这个男人算不上英俊，却给人以生机勃勃、充满朝气的感觉，他坚毅的下巴微微向上抬起，似乎都能看到脖子上梗起来的青筋，看样子是一个很倔强的人。这样一个年轻人，倘若还活着，本该拥有着幸福的生活和安逸的晚年，而今，却已化作尘埃，孤独地躺在这冰冷的墓碑之下……

这时，女孩身后突然传来一阵沉闷而生硬的哭泣声，她忙回过头来，只见老人正在用手捂着嘴巴，两条眉毛痛苦地纠缠在树皮一样的脸上，显得皱纹更多了，那道贯穿于脸上的疤痕也愈发刺眼起来——但她依旧站得那么笔直，腰板还是那么硬，如同微风中毅然矗立的一棵老松。

女孩忙站起来，扶住老人。老人用手擦了擦眼泪，哽咽地说："没事，我没事！"

"奶奶，咱们坐下来歇歇吧！"女孩搀着老人在墓碑前慢慢坐了下来。老人从她那军绿色的背包中，摸出来七块锈迹斑斑的弹片，她小心翼翼地把弹片一块一块摆放在墓碑前，女孩诧异地问："奶奶，这是……"

"就是这些东西，当年差点就要了我的命！这是那次战斗后，医生们从我身体里取出来的弹片。"老人重重叹口气说，"四十年了！我已经离开这里整整四十年了！"

"那个时候，您才二十一岁呀！"女孩感慨地说，"和我现在一般大！"

老人沉默了良久，半天才说："人的一生就像一条河流，起初细小狭窄，局限在两岸之间；继而热情澎湃地冲过岩石，飞流直下；渐渐地，河流变宽，两岸远离，河水静静地流淌；最后，看不出有片刻的停歇，河水融入大海，失去了作为个体的存在，没有丝毫的痛楚。如今我老了，已经是静静流淌的时候了，早已没有了年轻时候的激情澎湃，有些想法也随着年纪的增长而发生了变化。人老了，很多过去的事情就会浮现在眼前。很多事情，不是不去想起，而是根本就忘不掉啊！云儿，以前我从来没有对你讲过我年轻时的故事，今天，我就来告诉你四十年前发生在这里的一切吧……"

一、沐阳山

是的，一切！

那些崇高的革命追求，伟大的人生梦想，激烈的枪林弹雨，残酷的血流成河，真切的惊慌失措，如火的战斗豪情，无畏的杀敌勇气，亲密的耳鬓厮磨，青涩的少女情怀……

还有，那割心裂肺、肝肠寸断的生离死别！

四十年前的一个清晨，正是大年初五。我们七个通信班女兵坐在一辆东风运输车上，行进在去往前线的路上。从火车站转运上车后，大家就一直闷声不响，各自怀着各自的心事，随着汽车的颠簸而显得忐忑不安。

到了南山县城，听着车外熙熙攘攘人声鼎沸的声音，我们几个女兵忍不住掀开车尾的帆布，像一群刚出窝的小鸡一样探出脑袋，好奇地打量着这个离前线仅有几十公里的小县城。

前线战火吃紧，后方却繁华热闹，看不出一丝一毫战争留下来的痕迹。但仔细一想，这里毕竟离前线还有一段距离，而此时又是正月，老百姓自然沉浸在过年的喜庆之中。

相比于我们对这里的新鲜和好奇，班长彭果却一脸严肃地坐在车厢最里头，一动不动，表情凝重。

从县城出来，已经没有了柏油路，路上的尘土接连不断地被滚滚向前的车轮碾轧着飞扬起来，穿过前方被风吹得呼啦作响的帆布帘，直冲进密闭的车厢里。作为副班长兼车辆观察员，我就坐在帆布帘旁边。列兵乔艾玛再一次央求我把前面的帆布帘子放下来，好保护她那娇嫩而细腻的脸庞不受尘土和寒风的侵袭。彭果则狠狠瞪了她一眼，厉声道："你想害我们送命吗？这可是在前线，随时都有可能发生紧急情况！之前很多车辆都是在行进途中被炮弹击中的，你要班副把观察口封了，她怎么及时观察到前面的突发情况？！"

受到班长批评的乔艾玛噘起嘴巴，一脸不高兴，年龄最小的武银娣一把搂住她，憨笑着说："来，让我看看咱们未来的小歌星脸蛋被吹皱了没有！"

乔艾玛入伍前是学唱歌的，本打算当个文艺兵，却被阴差阳错地分到了师通信站，但还是凭着她那副好嗓子成了我们师的业余文艺骨干。被武银娣这么一夸，乔艾玛反而不好意思地笑了，忙一把推开武银娣："哎呀，没事！我也就是这么一说！真要到了战场，谁还在乎这些呀！"

"你这么想就对了！"彭果认真地对她说，"真正的战场都是很残酷的，哪有咱们在电影里面看到的那么温馨和浪漫啊！"

毕竟都是年轻人，话匣子一打开，姑娘们就开始热烈地聊起天来。

　　"你们知道吗？这次部队奔赴前线，听说有好多女兵原本是打算春节结婚的，家里都准备好了，就等新郎回家了！但一纸命令，就让好多人的婚礼泡了汤。有两位同志的家里，只能举办了一场'没有新郎的婚礼'，新娘和新郎的照片在一起办了个仪式，唉，想想这姐们儿也太可怜了！"东北妹子李骄阳一向爱打探小道消息，这样的新闻，她当然了如指掌。

　　"这也不算什么，去年有个参战的部队医院，一个女军医刚生下孩子，就接到医院要整体上前线的命令。由于她爱人所在的部队也要参战，两口子就托人把孩子送回了老家，第二天她二话不说就跟着部队上前线去啦！可是后来，丈夫却在战斗中牺牲了，他到死都没看到自己的孩子呢！唉，可怜了那个女军医和孩子！"列兵冯菲菲是军部通信站的兵，姑姑又在军医院，她了解的情况更多些。

　　一直蜷缩在背包上沉默不言的列兵陆琴突然叹了口气，小声说："所以，才有了那句著名的'战争，让女人走开'的名言！"

　　"陆琴同志，你这么说就不对啦！"彭果双眉一立，杏眼圆瞪："咱们都是新一代的解放军战士，你就不该有这种性别歧视的心理！女人和男人相比，是力气小一点，性格柔弱一点，但我们也有我们的强项和优势呀！你们知道这次上级首长为什么要在我们通信女兵中选出一个班去参加战斗吗？原因就是看重我们女兵比男兵心细、认真，有耐心、有韧劲，好多活儿都是男兵干不好而女兵干得好的！"彭果是我们七个人中除了我之外唯一的党员，又是班长，所以讲起大道理来总是一套一套的，对此，我和武银娣、乔艾玛早已经习以为常了，因为我们四个都是师通信站的女兵，但冯菲菲、李骄阳和陆琴则不同，她们三个是从别的单位抽组补充进来的。冯菲菲是军部的，李骄阳和陆琴则是军通信团的。所以这一路上，大家都还在彼此熟悉和了解中。

陆琴听了彭果的批评，再次将头埋进衣服里。她瘦小的脸庞因长期营养不良而显得有些蜡黄，一副大黑框眼镜沉沉地压在纤巧单薄的鼻翼上，镜片后面藏着一双忧郁的大眼睛。她的眼神总是很飘忽，似乎还有些许胆怯，几乎没有血色的嘴唇大部分时间都是紧紧闭着的，颀长的身材裹在肥大的军装中，完全没有青春少女发育时应有的曲线，一副弱不禁风的样子，看着就跟个小可怜一样。

"嗨，我们需要鼓舞一下士气！别这么垂头丧气的！"看着大家又将陷入沉默，我忙起身说，"艾玛，给我们唱首歌吧！"

"好啊好啊！"武银娣土红色的面庞一脸兴奋，来自贵州山区的她一直是北京姑娘乔艾玛忠实的追随者，因为艾玛不仅会唱歌跳舞，还懂得如何打扮自己，就算是大家都穿着一样的军装，银娣还是觉得艾玛更洋气！

"那，唱什么歌呢？"乔艾玛想了想，说："那我就唱首《年轻的朋友来相会》吧！"说完，她清清嗓子，唱了起来："年轻的朋友们，今天来相会，荡起小船儿，暖风轻轻吹，花儿香，鸟儿鸣，春光惹人醉，欢声笑语绕着彩云飞……"

艾玛唱歌的时候，她那两弯细细的眉毛像蝴蝶的两条触角般不停舞动着，小小的眸子焕发出启明星般的光彩，唇线跟着旋律上下舒展着，歌词便从这一张樱桃般的小嘴巴中抛珠滚玉似的跳了出来。深受她的感染，大家也跟着她一同唱起来——只有彭果依旧一脸严肃地望着窗外。一曲唱毕，银娣第一个热烈鼓起掌来，兴奋地说："艾玛，你上次在宿舍里面唱的那首'蜜糖'歌特别好听，再给我们唱唱吧！"

"啥'蜜糖'歌啊？"艾玛想了又想，一头雾水。倒是陆琴在旁边小声嘀咕了一句："是不是《甜蜜蜜》啊！"

艾玛不好意思地笑起来："哦，原来是邓丽君的歌啊！"

银娣也大笑起来："哎呀，反正就是'甜'啊，'蜜'的！听着可好听啦！"

艾玛小眼一眯，满面春风，嗓子仿佛在蜜水中浸泡过似的，柔情蜜意的歌声就这么脱口而出："甜蜜蜜，你笑得甜蜜蜜，好像花儿开在春风里，开在春风里；在哪里，在哪里见过你，你的笑容这样熟悉，我一时想不起……啊，在梦里……"我们几个女兵很少听到这样温柔甜美却又直白咏唱爱情的歌，大家一时都听醉了，几乎忘记了这是在去往前线的路上，忘记了前方敌人的炮火还在轰鸣……

"哎呀呀，艾玛！"一直沉默不言的彭果突然转过头来打断了她，"你看你唱的这些歌曲，这都是些什么歌呀！咱们可是革命战士，怎么能唱这种靡靡之音呢！快换一个！"

彭果就是这样，总是在大家高兴的时候泼一盆冷水。我看同志们都有些扫兴，忙说："那咱们就唱一首《通信兵之歌》吧！我起个头，大家一起唱！——'银线架四方，电波震长空——'预备，唱！"

"银线架四方，电波震长空。铁脚走万里，一颗红心为革命……"

彭果终于满意地点点头，也跟着唱了起来。

伴着姑娘们的歌声，车子在蜿蜒盘旋的山路上一路飞奔着。又过了大概两个多小时，卡车终于停了下来。司机从车上下来，大声对我们喊道："到地方啦！大家下车吧！"

我们七个女兵背着背包，挨个从车上跳下来。此时已是中午，山中弥漫的浓雾却依旧没有散去，雾中隐约可以看到不远处有几个黑黑的山头。近处的灌木和茅草在肥沃的红土地上疯狂而茂盛地生长着，湿漉漉的空气中混杂着一股泥土的芬芳，一股脑儿地钻进我们的鼻子中，好不清爽和舒服！

经过这一路的颠簸，大家都累得腰酸背痛，一下车就四下散开，抻腰的抻腰，拉腿的拉腿，只有彭果连衣裳都顾不得整理，就急匆匆跑到车前面。李骄阳看彭果不在了，就悄悄从兜里拿出一盒"红塔山"来，抽出一根点上，用力吸了一大口，随后吐出一团淡蓝色的烟雾，表情舒适地说："哎呀，这一路上，可憋死老娘了！"我惊讶地看了她一眼，她尴尬地笑笑："习惯了，习惯了！"

我的视线又转向不远处的彭果，只见她正站得笔直，跟带车干部汇报情况呢！——唉，彭果啊彭果，永远都是那么一本正经、严肃认真，就像宣传画里的革命战士一样！

二、彭果

彭果出生在胶东半岛渤海湾的一个小岛上，是个不折不扣的革命后代。爷爷曾参加过解放战争和抗美援朝战争，后来在海防部队当了六年团政委，六十岁才离休，现住在蓬莱干休所中。父母都是海岛上海防团医院的军医，平时没有时间照顾她，索性就将她放在干休所爷爷家里。

彭果是家中的独生女，她的青少年时代都是在一片赞扬声中度过的，仿佛她天生就是"优秀"的代名词。从上部队幼儿园开始，老师就发现她那与生俱来的领导天赋，不仅乖巧听话，还能以小小的威信"震慑"住其他小朋友；从小学到初中，她都是班长，是班主任得力的小助手。在那个不看学习成绩而看现实表现的年代里，所有教过她的老师们都喜欢这个扎着两个羊角辫、像个"小大人"一样煞有介事的小姑娘。但现实中，她却很孤独。她几乎没有一个知心好友，因为大家都觉得她表现太好了，跟她在一起，就好像是跟老师在一起一样，有一种仰视的感觉。从她的口中，同学们听到的永远都是"某某同学，老师说你今天的《毛主席语录》背诵不合格，需要重新抄写一篇！""某某同学，你去把今天的卫生做一下！"之类的话，仿佛她没有一点个人感情，只是一台高速运转的机器而已。

　　这种状态，一直伴随着她进入高中时代。

　　高一第一个学期，彭果成为班里的第一批入团积极分子。当时，高一的团员很少，学校团支部基本都会从高二、高三的学生团员中挑出几个优秀团员来做高一新生的入团介绍人，来负责对入团积极分子的培训教育和考察引导。分给她的入团介绍人是高三的一名学生，叫王红兵。

　　他们初次相见，彭果就被王红兵身上那种独特的气质所吸引。那一年，电影《小花》火遍大江南北，她觉得王红兵无论是外貌上还是气质上，都和唐国强所扮演的赵永生极其相似。王红兵人如其名，又红又专，他常在放学后给她辅导入团知识，并在言语中透露出他对那特殊的十年的怀念和敬仰来。

　　一开始，彭果并不十分赞同他的观点。但当王红兵提到他那激进的观点时，他炯炯有神的目光中充满了热情和激动。有那么一刻，彭果不得不承认，她确实被他那斗志昂扬的情绪所感染到了。渐渐地，当他再次跟她滔滔不绝地讲述他那些无比狂热甚至带有严重偏激的政治观点时，她感觉自己的内心世界悄悄起了变化。其实，大部分时候她并不知道他在说些什么，她只是喜欢看着他说话时的神态和样子，尤其是当他说到激动之处时，总喜欢用左手紧紧地握住拳头，来回摩挲着下巴，手指与胡茬便会发出一阵阵沙沙的响声，这种雄性荷尔蒙的声音会让她感到浑身上下都充满了力量，而心里又有一点痒痒的感觉。

　　日子如流水般过去了，转眼就到了高一下半学期。这半年多的时间里，她经常和王红兵在一起聊天，当然，大多数时间，她都是处于茫然无知的状态。她觉得王红兵说的每一句话都很有哲理和深度，他经常给她讲一套一套的政治理论，弄得她晕头转向、一头雾水。过去，都是别人在仰视她；而现在，她发现自打从认识王红兵的第一天开始，她就一直在抬着头去看他。虽然她极为仰慕他的思想，但却不能真正了解他；可她越不了解他，就越被他所吸引。

　　终于，彭果的入团考察期结束了，她顺利加入共青团。但这并没有让她高兴起来，因为考察期结束，就意味着失去了和王红兵单独谈话的正当理由，而在当时的那个年代，青年男女只要单独相处，总会被人冠以"不正当男女关系"的罪名。她只能在上下学的时候远远望着他，这种明明近在眼前却不能主动接近的感觉，一天天折磨着彭果的心，也让她的学习成绩直线下降。

　　幸好，在她入团后不到一个月的时候，王红兵参加了高考，并考中北京的一所大学。

　　那个暑假，彭果突然莫名其妙地惆怅起来，是因为王红兵即将离开蓬莱离开自己，还是那颗一直沉睡的少女心已悄然苏醒？

　　一个燥热难耐的下午，她终于忍不住了，跑到王红兵家中，很紧张地对他说："嘿，师兄，晚上……我们一起去海边散散步吧！"

出人意料的是，王红兵很痛快地答应了，他们相约晚上七点，在八仙渡口见。

回到干休所，彭果的心还在扑通扑通跳个不停。她心不在焉地吃完晚饭，就急匆匆地向八仙渡口走去。

那天傍晚，蓬莱阁在夕阳的映照下愈发显得金碧辉煌，波光粼粼的海面上仿佛洒满了碎金子，温润细软的沙滩被海水冲刷得干干净净，迎面而来的阵阵海风，将妈妈送给彭果的海军白衬衣和白裙子吹得满满的，如同蔚蓝大海中的一条白帆。而王红兵，就踏着这一片"碎金子"，满面笑容向彭果走来。

不知从什么时候开始，彭果见到他就会心跳加快、脸上发烫，倘若不是夕阳的晕染，她真怕他会看到自己脸红的样子。

"嘿，你来了！"彭果低下头，盯着自己那双沾满了沙子的鞋。

"嗯，有什么事情要说吗？"王红兵漫不经心地问。

"知道你考上大学了，想送你个礼物！"彭果从裤子口袋中掏出一个小盒子，那是一支"英雄"牌钢笔，她前天在商场买的。

他伸出手来接过她的礼物，笑着对她说了声"谢谢"。

彭果鼓足了勇气，深吸一口气，抬起头来望着他，真诚地说："嘿，你就要去上大学了，真羡慕你呢！"

"这有什么羡慕呢！"王红兵说，"彭果，你如果努力学习，将来也会考上大学的！"

"我……"彭果不好意思地笑了，自从上了高中，她就发现课程没有她预想的那么简单了，再加上天天要忙着班里的活动，她对学习的兴趣似乎比先前淡了许多——当然，这里面还有一个重要的原因，那就是她发现自己很多时候都在莫名其妙地想着王红兵。

"不过你也不要把学习成绩看得太重要，因为我们青年人应该树立更远大更崇高的追求，要时刻准备着到任何需要你的地方去工作！"他用炯炯有神的眼睛望着她，亲切地说："伟大领袖不是说过嘛，'什么叫工作，工作就是斗争。那些地方有困难、有问题，需要我们去解决。我们是为着解决困难去工作、去斗争的。越是困难的地方越是要去，这才是好同志。'我们也一样，就是要冲着那些最艰苦、最困难的地方去，才不愧是共产主义事业的接班人！真怀念过去的那个时代呀！"

"可是，那些都是过去的事情了！"彭果终于忍不住地说，"那个时代也制造了很多冤假错案呀！"

"彭果，你怎么能这么说啊！"王红兵的脸色突然变了，双眉一皱，激动地说，"你知道革命的真正意义吗？对立面的存在以及矛盾和斗争是宇宙和自然界的根本规律，也是人类社会的根本规律。根据这个规律，只要人类社会存在，就会有对抗性矛盾，就会有革命的斗争！"

彭果呆呆地望着他，对他刚才所说的话完全不能理解，而他却继续慷慨激昂地说着："历史有自己的发展规律，矛盾总是在不断地演变和发展的，矛盾积累到一定程度而不能消解，必然会发生革命的运动！"

"可是，可是如果那场运动还要持续下去的话，你我可能都没有机会参加高考了！"彭果忙插了一嘴。

"高考的目的是为了上大学，上大学的目的是为了更好地改造自己的思想，只有将思想改造好了，才能更好地投身到改造世界的伟大事业中！彭果，你可不要忘了，世界上还有三分之二的人民都生活在水深火热之中呢！"

彭果痴痴地望着他，完全忘记了自己刚才的矜持和羞涩，有那么一刻，她真想大声对他说："哦，你不要再说这些不着边际的话了，来谈谈我俩的事情好吗？"但她还是没有这个胆量——一个十六岁的女孩子，一个根红苗正、懂事听话的女孩子，怎么能这样不知羞耻、没脸没皮地向男同学表白心迹呢？

王红兵继续着他的慷慨陈词，彭果则在沉默中想着自己的心事，直到落日西沉，星斗满天。

波涛依旧拍打着沙滩，发出呜咽的声响，大海已然失去夕阳之下的美丽景色，变成了阴沉沉、湿坨坨的一大片黑色物体，就像张开大嘴、喘着粗气的一头怪兽，让人望之生怯，毛骨悚然。

她重重叹了口气，突然打断他："嘿，师兄，天黑了，我们回家吧！"

他愣了一下，然后笑起来："光顾着说话，都忘了时间了！"

他将她送到干休所的大门口，礼貌而客气地对她说了一声"再见"后，就转身离开了。

望着他渐渐消失在路灯下的背影，她也小声说了一句："再见！"

那天之后，她就再也没有见到过他。当然，他们之间还会通信，信的内容无非还是他那些远大理想，而她则会将思念的柔情蜜意一点点镶嵌在字里行间之中，只是每一次，他都对她那些少女的小心思无所察觉，因为他有更为重要的事情去想去做。

他在信中告诉她，他在大学里结识了一些跟他有一样思想的年轻人，他们组成了一个"新思想前进社团"，常常在一起分享彼此的思想和见解，也经常组织一些活动。渐渐地，他写给她的信越来越少，有时候几个月才能收到他的一封信。

她替他担心，整日忧心忡忡，也没有心思在学习上下功夫了。

就在这样的状态下，她浑浑噩噩地走进高三。王红兵连寒暑假都留在京城搞他的那些社团活动，就连过年都没有回家。

她依然很想念他，怀念他们分别的那个晚上，虽然什么都没有发生，但却让她感到无比幸福和甜蜜。有时候躺在床上，她会经常想他对她是不是也有这种感觉，只是他没有发现而已呢？于是她便在深夜中一次次坚定了一定要告诉他她的真实想法这个念头。

可往往等到天明，真正要她做出抉择的时候，她却又放弃了本已坚定了无数次的想法。因为她怕他知道了她对他的感觉，会有压力，会在无形之中与她保持距离，这样，他可能就真的离她更远了。

在她高考前的一个月，她终于收到了他的信。信中，他提到了他们"伟大的事业"即将付诸实践，甚至还引用了毛主席的一句经典语录："艰苦的工作就像担子，摆在我们的面前，看我们敢不敢承担。"在信的结尾，他用坚毅的笔迹写道："我要把对伟大革命事业的忠诚，融化在血液中，铭刻在脑海里，落实在行动上！"

她担心的事情终于发生了！

高考前一天，她从爷爷口中得知，王红兵家里出事了。公安局的同志到他父母家去调查问题，说他们的儿子和同学们在北京打着"除暴安良"的名号，和一帮社会青年聚众斗殴致人重伤，已经涉嫌违法犯罪，作为骨干力量的王红兵被公安局拘留了！

她的脑子顿时蒙住了。她忙问爷爷会怎样处理，爷爷想了想，说最轻也得判有期徒刑。

事实正如爷爷所言，王红兵最终因其罪行被判处无期徒刑，听说在法院宣布判刑结果的时候，他依旧在高喊着口号，整个人就跟发了疯似的。

她现在终于明白了，他对她根本就没有那个意思！一切的一切，只是她在自作多情！在他的脑袋瓜子里，只有那些枯燥乏味的虚幻理想，他将自己的全部精力都奉献给了他所谓的"伟大事业"，而她，只不过是他人生中一朵无意惊起的小浪花罢了！

　　彭果啊彭果，你这个傻姑娘！

　　在得知他被判刑的那个夜晚，她将自己关在小屋子里哭了整整一夜。第二天一早，她就跟变了一个人似的，脸上看不出半点忧伤，但她那颗本已萌发的少女之心却已经彻底死去。她亲手将她所幻想出来的那个"赵永生"埋葬了，她将高中时代的暗恋情愫全部封存起来，狠狠地压到内心深处最隐蔽最阴暗的角落中去。她再次意识到，她还是那个彭果，那个优秀到没有一个朋友的彭果！

　　她突然想离开这个令人伤心欲绝的城市，离开这个总是能让她有意无意想起往事的地方。高考是可以让她离开的，但当她面对考场上发下来的试卷时，她的脑子里却是一片空白……她知道高中三年的时光，已经被自己亲手浪费掉了。

　　高考结束后，她决定当兵，当她把当兵的想法告诉爷爷和父母后，家人并没有反对，因为他们早在高二时就对彭果的学习不再抱有希望。

　　12月，她顺利通过了军检，坐着绿皮火车走了三天三夜，来到巴蜀之地，成为一名通信兵。同年兵中，她很快脱颖而出，第二年就入了党，第三年就当上班长。因为业务技术好，她超期服役了一年，是师里士兵提干的苗子。在所有战友眼中，她始终都是那么一副一本正经、不苟言笑的样子，但却很少有人知道，在她那张冷冰冰的面容下，也曾经有过那么一颗火热的心。

三、山茶花与百灵鸟

从地图上看，南山县像是一个巨大的哑铃搁置在边境上。沐阳山就在这个哑铃的中部。从军事角度看，这是 A 国的一个战场突出部，而在战争中，战场突出部非常容易受到对方的三面夹击。沐阳山的南侧是 A 国地区。占据沐阳山，可向北钳制南山地区纵深二十公里以上，向南能通视 A 国的重要城市和公路，具有非常重要的战略地位。A 国控制了沐阳山上的好几个高地，并时常向我国境内开枪打炮、派出特工袭扰。这次，上级决定彻底收复沐阳山，一个军的兵力从春节前就开始悄悄在这里集结了，一场大仗开战在即。而我们七个女兵，就是在这样特殊的背景之下来到了这个火药一触即发的地方。

彭果向带车干部报告完情况后，一脸严肃地回到我们中间，站在我们面前说："姑娘们，张连长刚才给我们下达了命令，趁着现在雾气还没有散去，让咱们立即上山，这样暴露目标的可能性就会小一些！大家马上把物资清点一下，一会儿驻守在山下的战士就会带咱们上山！"

我们将车上的物资搬运下来，一一清点。还不到十分钟，一名小个子战士跑过来对我们说："你们是通信班的战友吧？我们连长让我带你们上山！"

我们赶紧将背包、水壶和挎包背上，每个人还负责背三个络车的被复线，全部装具加起来足有三十公斤重。乔艾玛那娇小的身材几乎被重重的装具压垮了，身材高大的李骄阳走过去问："嘿，姐们儿，要我帮你吗？"

"李骄阳，你干脆直接把她背上山算了！"彭果冷笑了一声。

乔艾玛勉强挤出一丝笑容，对李骄阳摇摇头，又使出全身力气，最终，像寒风中的一根枯枝般摇摇晃晃地站直了。彭果回过头来看了她一眼："谁叫你平时节食，非要保持什么身材，连这么点东西都背不起来！"

乔艾玛委屈地低下头，不敢再多说一句话。小个子兵帮我们把四部电话单机和一部电台背了起来，走在最前面，对我们煞有介事地说："你们可要跟紧我哦，沐阳山上草高路滑，还有很多毒虫和蛇，走失是小，被咬伤中毒了那可就麻烦啦！咱们这里离暖泉涧医院还远着呢！"

"走吧，小班长，我们没那么笨的！"我笑着拍了拍他的肩膀，这个小个子兵，估计还没到十八岁呢！

大家呈一条直线开始行军。小个子兵说得没错，山上的雾比山下的雾还要重，能见度几乎不足十米。我在队伍最后，基本上只能看到走在第三个位置上的乔艾玛，走在前面的小个子兵和彭果已经完全消失在浓雾之中。粗壮的茅草和尖锐的灌木枝不断地刷蹭和摩擦着我们裸露在外面的脸蛋和手掌，刚刚下过大雨的山路泥泞不堪，姑娘们的胶鞋不住地打着滑，好几次都差点摔倒。走了还不到一个小时，大家就已经累得大汗淋漓、气喘吁吁了。

彭果建议小个子兵休息一下，小个子兵看看天气，觉得雾气一时半会儿也散不去，便同意了彭果的提议。

大家围坐在路边的一棵大树下，各自拿出水壶喝了些水。武银娣好奇地问小个子兵："班长，这座山有多高呀？"

"最高的地方海拔有一千两百多米。"小个子兵回答。

"那通信哨所在哪里呢？"

"半山腰上，再走半个小时就到了！"

"班长，这里离前线有多远啊？"乔艾玛眯缝着她那双小眼睛，胆怯地问。

"A军在山南边，我们在山北边，最近的时候就隔着一座山包包，你说有多远呢？"小个子兵笑着说，"咱们哨所里官兵放个屁，估计A军那边都能听到！"

"那我们的哨所是不是离他们也很近啊！他们会过来偷袭吗？"乔艾玛继续追问着。

"这个应该不会，因为通信哨所并不在主峰上，而是在主峰西北边一个侧峰的山背上，有山体做掩护，还有一个团指挥所和好几十个哨位在前面驻守着，A军要想越过这些封锁线，基本上是不可能的！"

"那就好！"乔艾玛长舒了口气，彭果向她翻了个白眼，"还没上战场呢，就吓成这个样子，真是个胆小鬼！"

乔艾玛不高兴地噘起小嘴，眼睛里满是委屈的泪水。

"不过有时候A军的炮弹也会打到这边来的，毕竟炮弹可不长眼睛呀！"小个子兵接着说，"所以你们一定要时刻保持警惕呢！我们经常有哨所的官兵在睡梦中就被炮弹全部给活埋了！"

"天啊！竟然这么可怕！"一想到自己被活活埋在泥土中的情景，乔艾玛那张原本就面无血色的脸顿时变得更加苍白了。

"战争就是这样残酷！"冯菲菲说，"听我哥哥说，那年和A军交战时，也就是一个月的时间，我们就牺牲了八千多的同志。A国那边死得更多，竟然有五万多人！沐阳山都快被炮弹给炸成平地了！"

我禁不住也插了句话："唉，这A国人也真是的，不好好待在家里搞建设，非要跟我们打什么仗呀！"

"就是，跟其他国家打不过，就跟我们打，没一天安分的！"李骄阳愤愤不平地说，"我看我们就应该彻底把他们收拾了，让他们长长记性！"

一直在旁边沉默的陆琴突然说："事实上，A国曾经是中国的一部分。"

大家都诧异地望着她，反而让她有些不好意思起来，我用鼓励的目光看着她说："是吗？快给我们讲讲！"

陆琴扶了扶她的眼镜框，小声说："历史上，A国受中国直接统治达一千年之久，直到五代时期，中国战乱不断，他们才趁机独立出去，并且改了个名，叫A国。不过他们虽然摆脱了中国的直接统治，但和我们仍然维持着一定的藩属关系。据说元朝的时候，A国老侵略我们的边疆，元朝皇帝就派人到边

界那边做了一个铜柱竖在地上，上面写着：中国和Ａ国以此
为界。"

"嘿，估计这就是中国最早的界碑了！"武银娣说。

"这当然不是最早的，最早的界碑在西汉就出现了！"陆
琴随口说道，小个子兵用崇拜的眼神看着她，但她并没有发
现，而是继续说，"不过随着元朝的逐渐衰落，Ａ国开始变得肆
无忌惮起来，霸占了我国边疆五个县，这些地方都在铜柱以里
二百里。"

"这么看来，他们以前就不是什么好东西！"我说，"这些
柱子就像稻田里的稻草人，久而久之，麻雀发现是假的，就吃
了外面的还想吃里面的！"

"是啊，谁让咱们中国老打内战呢！"由于提到了她感兴
趣的话题，陆琴一直黯淡无光的眼神也变得亮了起来，接着
说，"明朝洪武年间，明太祖朱元璋向Ａ国国王下了一道命令，
让他们限期归还多占我国的领土。但当时Ａ国政权被国相所掌
控，国王成了傀儡。国相拥兵自重，不执行命令，还放言说如
果朱元璋再要那些土地，就派兵与明朝交战。当时朱元璋刚取
得政权，江山还没坐稳呢，便把这事暂时搁置下来。后来，到
了永乐年间，明成祖朱棣下决心要把Ａ国收复回来，就派了
八十万大军一举攻下了Ａ国。就这样，Ａ国又成了我们国家的
一个行政区。不过呢，好景不长，还不到十年，Ａ国一个官员
就起兵造反闹独立了，跟朝廷打了十来年。当时明朝经营的重
点已经北移，这边的战场成了一个沉重的负担，所以朱棣的孙

子宣宗皇帝迫不得已，几经波折，只能册封那个官员为Ａ国国王。这样，Ａ国就在不到二十年的时间内，又一次独立出去了。"

陆琴发表完她的长篇大论后，那个一直用崇拜的目光盯着她的小个子兵就忍住不夸赞道："你真厉害啊，说起这些历史好像就像说自己家的事儿一样！"

李骄阳看出了小个子兵的疑惑，大大咧咧地拍了一下他的肩膀："嗨，哥们儿，我们陆琴可是标准的高才生呢！要不是当年高考发挥失常，现在早就去上清华北大了！不过就算没上地方大学，她现在也是我们通信团考军校的准苗子！"

被李骄阳这么一夸，陆琴的脸也红了起来。就在这时，彭果站起来说："同志们，咱们还是趁着大雾继续赶路吧！已经休息了好一会儿啦！"

乔艾玛颇为不情愿地收拾着她的通信器材，瘦小的双臂将线拐费力地从地上一个个背起来，李骄阳悄悄从她脚下拿过来一拐线，结果还是被眼尖的彭果看到了，她严厉训斥道："骄阳同志，你现在帮她背，今后上了战场还要帮她背吗？"

众目睽睽之下，李骄阳无奈地放下线拐，乔艾玛咬咬牙，吃力地把最后一捆线拐背在自己单薄的肩膀上。

行军队伍顺序依旧是按照原来的顺序，我断后，瘦瘦的陆琴走在我前边。听了她刚才的那番高谈阔论，我才发现这个外表看似柔弱的上海姑娘，其实是个知识渊博的小才女，这不由得让我心生几分敬佩。我边走边对她说："陆琴，你知道得可真多，肯定是知识分子家庭出生吧！"

陆琴苦笑一声，算是默认了我刚才的问题。我接着问："那你高考怎么会考不上呢？"

陆琴抬起头，茫然地望了一眼天空，而后说："班副，有些时候，事情并不是全部能如你所愿的呀！很多不确定的因素总是会左右一件事情的发展变化。就像一只南美洲亚马孙河雨林中的蝴蝶煽动了几下翅膀，可能就会引起美国得克萨斯州的一场龙卷风，这就叫'蝴蝶效应'！"

我若有所思地点了点头，其实我根本就没听过什么"蝴蝶效应"，我继续对她说："那你继续努力，等这次任务完成后，再去报军校，肯定能考中的！"

陆琴重重地叹口气说："但愿吧！"

又过了半个小时，山中的雾气渐渐淡下来。前方不远处，隐约可以看到一个用茅草搭建起来的小窝棚，小个子兵停下来，对我们说："看，那就是你们的哨所啦！你们先等等啊，我上去看看他们穿衣服没有！"

"什么？"冯菲菲不解地问。

"最近山里面热，好多烂裆的，大家都是大男人，平时就不穿裤子啦！"小个子兵笑着说，"怕吓着你们！"

彭果说："那好吧，我们就在这边等着，你快去快回！"

小个子兵一溜烟跑了上去，不到一分钟，他就在茅草屋边上喊了一句："喂，彭班长，带着你们的人上来吧！"

茅草屋前是一块巴掌大小的草地，四周都长满了葳蕤茂密的灌木，形成一道天然屏障。五个穿着白背心和八一大裤衩的男兵站在茅草屋前，望着我们嘿嘿傻笑。

彭果向他们敬了个标准的军礼，字正腔圆地说："战友，你们辛苦啦！"那阵势就像首长下部队检查时一样。

一个高个子黑脸男兵站出来，向彭果还了一个军礼，而后便伸出手来握了握她的手说："你好，我是沐阳山280高地通信排排长林平！负责这个高地的通信指挥工作！"

孩子，这是我第一次见到你爷爷。那个时候的他，浑身上下脏兮兮的，脸好像十多天都没有洗了，看上去黑乎乎的，却将一双炯炯有神的大眼睛衬托得明亮明亮的，黑褐色的眼珠如山鹰般机敏，还有他的头发和胡子，大概是很久没有剪了，和周围的灌木丛一般茂密，黑而亮的髭须从耳朵前方一直爬到下巴下面，胡须几乎将整个嘴巴围得严严实实，那高大而魁梧的身材满是野兽般的蛮力，一双赤裸的大脚丫子牢牢地钉在红土地上，看着就像个野人一般！

进行工作交接后，小个子兵就带着四个男兵下山了。根据作战需要，林平要留下来继续帮带我们一段时间，直到我们将情况都熟悉之后才能下山。

下午，我们一直在整理器材和行李。等收拾得差不多时，天色已晚。林排长从小窝棚中的铁箱子里拿出几包压缩饼干和午餐罐头分别发给我们，一边发一边说："山上条件艰苦，不能开伙，怕烟雾暴露目标。炊事班一般一天只能上山来送一次午饭，晚餐咱们就只能吃这些啦！"

乔艾玛小声问林平："排长，一个通信班不是应该有七个人吗？其他三个呢？"

"牺牲了！"林平面无表情地说，"架线时被炮弹给炸死了！"

乔艾玛倒吸了一口冷气，就连平时看起来傻呵呵的武银娣听到这话后，也禁不住被刚刚吃到嘴里的罐头肉狠狠地噎了一下。

"你们要知道，这场战争不仅有枪炮与火药，更多了电子眼侦察雷达、大倍率的侦察望远镜、塑胶地雷、无线电引信空炸炮弹等等这些现代化作战武器！"林平边吃边说，"而且我们的作战对象也很狡猾，他们对我们的战略战术有些了解，稍有不慎，就会有伤亡！"

"所以，大家一定要时刻保持警惕，不仅要保护好咱们的线路，也要保护好自己！"彭果接过林平的话，一脸严肃地说，"刚刚林排长跟我商量了一下，吃过晚饭后，排长带着我和副班长先去熟悉一下线路，武银娣和冯菲菲负责警戒岗哨，其他人在原地休整。明白吗？"

"明白！"我们齐声回答。

吃罢晚饭，林排长、彭果和我头戴钢盔，脸蒙面纱，手上戴着防蛇、防虫和防毒草的手套，摸着黑就去山里熟悉线路去了。

路上，我们不时听到小动物在山林中鸣叫，茅草和灌木丛似乎比白天显得更加茂密了，看起来黑压压的一片，仿佛后面藏着什么猛兽似的，我和彭果紧紧拉着手，虽然彭果在别人面前表现得一直很勇敢，但我却从那隔着两层手套的握力中真切地感觉到了她的恐惧。林排长在前面悄无声息地走着，到了某处线路维护点后，他就会停下来告诉我们线路在哪里，并让我们牢牢记住这个地方的地貌特征。

我们一直走到后半夜才回来。此时，雾气已完全散去，半个月亮悄悄爬了上来，月光洒在小窝棚上，正在站岗的李骄阳和乔艾玛见我们回来了，忙敬了个军礼。

林平将行李搬到离窝棚不远处的一个猫耳洞中，彭果安排好后半夜的岗哨后，大家就都睡下了。

这是我们来到沐阳山上的第一个夜晚，除了武银娣鼾声不断，其他人都在不断翻着身，各自想着各自的心事，同时还在努力适应山上这潮湿而松软的红土。山上温差很大，白天还湿热无比，到了晚上却凉飕飕的，要盖上被子才行。虽然我们在床铺底下铺了一层防雨布，但我依然能感觉到地底下的湿气在不断地往上涌，寒浸浸地侵入到我的皮肤中。

我开始想我那位行署专员父亲。母亲过世得早，我和哥哥又都在外面，家中只有父亲一个人，他天天忙乎着单位的事情，哪有时间照顾好自己呀！来到部队这些年，我一次也没有回去过，也不知道他现在是胖了，还是瘦了……我又想起上学的时候，父亲经常给我梳头，那个时候的我，留了一头几乎比自己身高还要长的头发，父亲总叫我"长发公主"。每天早晨，他就会来到我的卧室里，趴在我耳朵边轻轻叫醒我："我的'长发公主'，起床梳头喽！"可惜后来为了当兵，我毅然决然地将那一头留了十多年的长发一剪子剪断了，父亲默默地把那段头发留了下来，用一根红毛线绳捆住，把它当宝贝一样放在一个匣子里……想着想着，我的眼泪就不由自主地流下来。如果，在这次战斗中，我死了的话，可能我们父女就会永远也见不到面了！一种英雄主义式的悲情笼罩了我的心，朦胧中，我仿佛看到父亲站在我面前，那么慈祥、那么和蔼地摸着我的头发对我说："我的小公主，你不是说要立个战功回来让爸爸瞧瞧吗？爸爸等着呢！"……

　　梦，便如此毫无征兆地随夜而来……梦中枪林弹雨，电闪雷鸣，我背着一捆被复线，在满是泥泞的山路中狂奔着。耳朵旁边不时地传来阵阵子弹穿梭的声音，我吓得不敢回头，一个劲儿往前跑，突然，我的脚下一滑，重重地倒在了地上，雨水冲刷着泥土，我想站起来，却怎么也站不起来。"彭果！银娣！艾玛！你们在哪儿啊？"我大声呼唤着战友们的名字，突然，雨停住了，漆黑的夜如墨水般泼在我眼前，安静得一丝声响也没有，黑暗中，我猛然看到一张惨白的脸——那是彭果！我忙爬过去使劲儿地摇着她的身子，可她却一动也不动，突然，我又看到了武银娣、乔艾玛、陆琴、李骄阳、冯菲菲……她们都一动不动地躺在地上，面色惨白、僵硬如冰。"救命——快救命啊！"我凄厉地喊着。就在我无比绝望的时候，黑暗深处闪现出一道亮光来——"副班长，不要怕，我来了！"——是林排长的声音！哎呀，可算是有人来了，"快点，我在这里，在这里！"我使劲儿叫着，林平那张长满大胡子的脸终于出现在我的眼前！我一把抓住他的手，就像快要淹死的人突然在水里抓住了一根木头。

"在哪里啊！"突然，耳边响起了武银娣的声音，我一睁眼，原来是场噩梦！我长舒了口气，看着拿着手电的武银娣，半天没缓过神来。

"副班长，你没事吧？该你换岗啦！"武银娣把枪交给我，就一头栽在床上呼呼大睡起来。今晚武银娣是第三班岗，证明我已经睡了三个小时。我拿着枪走出了小窝棚，看着不远处的猫耳洞，叹口气想，这梦也真不吉利！不过又为自己竟然会梦到林平而感到意外。

次日一早，待我们都醒来后，林排长早已站在草棚前，激动地对我们说："姑娘们，刚接到电话通知，今天师首长要上山来视察工作呢，你们快起床准备准备吧！"

"排长，先把你的脸好好洗洗，再把胡子刮刮！"李骄阳尖声叫着，"就你这模样，跟我们东北的'胡子'一样，首长肯定会被吓一跳的！"

大家都笑了，林排长也不好意思地笑了。这是他第一次笑，那一排整齐洁白的牙齿，把脸衬托得更黑了。一想到昨天做梦竟然梦到了他，而且还拉住了他的手，我的脸突然热了一下。

早上九点，师长果然来到我们的阵地。我们七个女兵按高矮顺序站成一列横队，林排长在最前面向师长报告。他倒果然听李骄阳的话，真把一脸大胡子给刮了！没了胡子的林平一下子变年轻了许多，棱角分明的脸庞泛着青光，如一棵青松般笔直挺立着。

师长望着我们，沉着而冷静地说："你们通信七女兵，主要作战任务是维护师指挥所到炮兵团二十千米的这段被复线路。你们知道吗？从某种意义讲，通信就是指挥，指挥就是通信。通信顺畅，指挥得当，就能打胜仗！因此，通信在战场上尤为重要，没有顺畅的通信联络，就不可能有胜利的把握。现在，我军与A军正在激烈战斗中，每时每刻，我们都有新的作战命令向前沿阵地下达，前沿阵地也有最新战况向我们报告；与此同时，我们师指挥所也要向暖泉涧指挥所报告战况。所以，不论在任何情况下，你们都要保持这段线路畅通无阻！线断了，你们要很快接上；线接通了，你们要和指挥所通话，让我们确认是我们的护线兵接通的，而不是A国特工接上偷听的，这样我们才能放心大胆地对前沿阵地的步兵、炮兵、工程兵和雷达兵下达作战命令！因此，这二十千米的有线线路，你们一定要像爱护生命那样去爱护它、维护它、呵护它！明白吗？"

"明白！"我们齐声回答。

"好！"师长继续训示道，"你们可能要问，战场上不是还有无线通信吗？我告诉你们，无线通信，那是在万不得已的情况下才启用的。因为现代战场的高科技军事技术非常发达，无线通信的信号很容易被敌军截获，密码也容易被破解。因此，我们部队在作战期间，一般不启用无线通信。为了保密起见，你们在接通线路与师指挥所通话时，都要使用化名。我看你们七个呀，就像沐阳山的山茶花那样秀美，像天空中的百灵鸟那样活泼可爱，那我就按山茶花和百灵鸟的特征给你们化名。百灵，就是线路接通的暗语，如百灵鸟的叫声那样好听，就是线路通了。你们七个女兵的化名依次叫：班长彭果是山茶百灵1号，副班长徐芷华是山茶百灵2号，列兵冯菲菲是山茶百灵3号，列兵武银娣是山茶百灵4号，列兵陆琴是山茶百灵5号，列兵李骄阳是山茶百灵6号，列兵乔艾玛是山茶百灵7号！林排长还用以前的化名，叫'火凤凰'。我们师首长也化名为1号、2号、3号、4号和5号首长，作战参谋也化名为1号、2号、3号、4号和5号参谋。在线路通话中，你们都要遵照化名报告任务，明白吗？"

"明白！"我们七个女兵响亮地回答。从此，我们通信七女兵有了一个全新的代号——山茶百灵七女兵！

师长走到冯菲菲面前，关切地看了一眼她，而后轻声说："菲菲，你爸爸让我代他给你问个好！"

冯菲菲敬了一个标准的军礼，大声回答："谢谢首长！"

其实我们都知道，冯菲菲的爸爸是位部队领导；但我们不知道的是，她的爸爸是我们军最年轻的那位将军！

四、冯菲菲

在我们女兵队伍里，有不少人是来自军人家庭。而在我们这个班中，家长职务最高的肯定是冯菲菲的父亲了。

冯菲菲的父亲冯征参加过抗美援朝战争，立了战功，战后就提拔为旅长，之后又迅速晋升为副军长。在参加和 A 国的战争时，刚刚五十出头的他已经是一名赫赫有名的将军了。冯家原本有四个孩子，老大、老三都在三年自然灾害中得病死去，只剩下二哥和她。二哥比她大五岁，早些年参军入伍，随父亲的部队一同参加了和 A 国的战争，回来后少了一条胳膊，至今仍在部队工作。作为家中最小的女儿，冯菲菲被视为掌上明珠，是在娇生惯养的环境中长大的。母亲格外疼爱她，从小就不让她做一点点家务事，尤其是在二哥出事后，她更是恨不得天天把冯菲菲含在嘴里、捧在手上，生怕这个小女儿一时半刻离开自己的视线后就会出点什么事情。冯菲菲就像商场里玻璃柜台中一尘不染的洋娃娃，赏心悦目而又养尊处优地慢慢成长着。虽然大家都看到她光鲜的一面，却看不到在那洋娃娃的头上、胳膊上和腿上其实都绑着一根根细细的丝线，无时无刻不束缚和牵动着她的一举一动。

她的学习成绩一直不太好，头脑基本遗传了农民出身的母亲的基因，既缺乏她那位将军父亲的杀伐决断，也没有多少聪明智慧可言。高考落榜后，她就再也没有拿起过书本。在家中闲待了几个月，父亲要她参军入伍，打算先在基层锻炼两年，再上个干部子女班。父亲的意见遭到了母亲的激烈反对，生怕自己唯一的女儿会离开她。父母最后妥协的结果就是让她留在父亲所在的军部机关，这样也方便照顾她——当然，她对这些安排都无所谓，因为她从来就没有违拗过父母的任何命令。

那年11月，冯菲菲像其他人一样参加了征兵体检，由于她长得白白胖胖，以至于体检时差点因为体重超标而被淘汰。当然，由于父亲给征兵办打了招呼，这点小问题也就迎刃而解了——毕竟她是战功赫赫的冯军长家唯一的千金呀！

最终，她也没有离开省会，而是被分配到了军部通信站话务连。通信站的领导和战友们都知道冯菲菲是冯副军长的千金，自然都对她十分客气。这种客气却让她有了一种莫名其妙的失落感，因为她总是不能真正融进战友们的群体中，大凡有她在的场合，大家说话都很小心，生怕一句话说不对，就会通过这位千金小姐的嘴巴传到首长耳朵中，从而造成一系列的麻烦。大凡有脏活累活，站里的干部都不会安排让她来干，甚至在体能训练的时候，她如果实在撑不下来，班长也不会过分要求她。久而久之，她不但没有瘦下来，体重还增加了不少。

每个周末，只要她不值班，总会被母亲叫回家吃饭。在她当兵第三年夏天的一个傍晚，母亲在饭桌上郑重其事地对她说要给她介绍对象。这着实让正在吃饭的冯菲菲吃惊不小，她尖叫起来："妈，我才十九岁呀！还不到结婚年龄呢！"

"妈像你这么大时，都已经生下你二哥了！"母亲是个地地道道的农村妇女，十六岁就嫁给了父亲，十七岁就生下头一个孩子，之后就一直待在家里做家庭妇女，所以结婚生子的观念在她脑袋中根深蒂固。

"但部队有规定，不允许女兵谈恋爱呢！"

"部队的规定是规定，该谈还要谈嘛！明年你不是提干就是复员，趁现在还在部队，就先找一个处处，万一合适了，谈上几年就可以结婚嘛！"

冯菲菲噘着嘴巴想，要是爸爸在，肯定不会赞同的，可惜爸爸下部队检查去了，要半个月才能回来！母亲一眼就看出她的那点小心思："就是你爸在，他也不会反对的！"

母亲突然要给冯菲菲介绍对象，并非空穴来风。昨天下午，她去菜市场买菜回来，恰好碰到政治部鲁主任带着一个年轻帅气的小伙子往机关楼方向走去，三人正好碰了个照面。鲁主任笑着向母亲打招呼："弟妹，刚买菜回来啊！"母亲漫不经心地应了一声，就仔细打量了一下鲁主任旁边的那个小伙子。小伙子浓眉大眼、相貌堂堂，一米八的个头就像一棵雪松一样挺拔，直直的腰板将一身崭新的军装衬得笔挺笔挺的。看到母亲看着他，他马上很有礼貌地说："阿姨好！"

母亲一下子就相中了这个小伙子，晚上去鲁主任家串门，就刻意问起这个人来。鲁主任说这个小伙子叫梁冬，刚从西安政治学院毕业，今年才二十三岁，是当年河南省信阳市的高考状元，政治部决定先将他留在宣传处帮助工作。母亲听了后更加满意了，忙问他有没有对象，而后就在心理盘算着要是能把他招进家里做女婿就好了。鲁主任毕竟是个老政工，精明得很，一听母亲这话就猜出她的意思来。他笑眯眯地说："弟妹啊，是不是想给菲菲找对象啦？你放心好啦，这事就包在我身上啦！明天我就跟小梁说说，周末让两个孩子在我家见个面！"

　　鲁主任办事果然利索，第二天直接把梁冬叫到办公室，跟他把相亲的事情说了一下。在他们结束谈话的时候，他还很意味深长地说了一句："小梁啊，冯副军长是咱们军区最年轻的将军，而且还立过战功，今后是前途无量呢！"梁冬笑着说了声"谢谢，都听首长的"，而后就若有所思地走出主任办公室。

　　送走梁冬，鲁主任立马将这个情况跟母亲说了。母亲听了之后非常高兴，自己先给女儿拿了主意，不管冯菲菲愿不愿意，一定要让他们先见个面再说。

　　其实冯菲菲对恋爱结婚的概念真是一点感觉都没有！在她心里，始终觉得自己还是个小女孩，结婚生子那都是大人的事情，似乎离自己还很遥远，母亲干吗要这么着急把自己嫁出去啊！况且她还非常不喜欢小孩子，在她眼里，刚刚出生的婴儿除了不停吃东西无休无止哭闹不分场合拉撒之外就再无其他，大凡做了妈妈的女人，就基本和自己的少女时代彻底告别了！她们总是在脏兮兮的屎布尿布中度过，就算孩子稍微长大一些，她们的生活也会和孩子绑得死死的，在之后上幼儿园、小学、中学的漫长岁月中，要无休无止地为他们的安全担心、为他们的衣食操心，直到青春老去，韶华不返！孩子明明就是女人的累赘呀，稍微有点头脑的女人是不会年纪轻轻就要一大堆孩子的！

　　当然，她对男女之间的那种感情也并没有什么兴趣。由于从小在部队大院中长大，在这个多以男性为主的世界中，她从来就没有觉得有什么异样的感觉。小时候的玩伴中也有很多男孩子，上学后也结识了不少男同学，但她很清楚，那些始终都是朋友，就算平时嘻嘻哈哈有说有笑，也不过是朋友而已！她可从来没有想过要让他们之中的某一个人拉起她的手，一起散步甚至是拥抱接吻。那些都是多么可怕的事情啊！想一想她都会觉得面红心跳不好意思的！何况，她觉得一男一女正儿八经地谈恋爱简直蠢透了，女孩子要矜持内敛而不能表达自己内心真实的想法，男孩子要用尽心思花言巧语哄着女孩开心，双方还要不断地制造出机会来约会，并在一次次无聊的约会中去拼命寻找着能够迎合对方的一些话题……想一想都觉得好烦好无聊！

在恋爱这个问题上，她特别羡慕她的姑姑冯行。冯行是军区总医院的一名女军医，今年已经四十三岁了，至今却孑然一身。姑姑自己住在总院家属楼的一套公寓房中，比起冯菲菲一家所住的军职楼小了很多，但却被她布置得非常有情调。冯菲菲从小就喜欢到姑姑家中去玩，甚至还会小住几天。她愿意把什么事情都和姑姑说而不是和她的母亲说，因为她觉得姑姑的思想总是很开明，总能站到冯菲菲的角度上去看问题，提出一些非常具有建设性的意见和建议，启发她自己去拿主意，让她觉得自己不再是个平庸少女。姑姑不会像母亲那样一味要求她应当这样做或者那样做。

尤其是在两件事上，她特别佩服姑姑。第一件事是冯行上过战场，参加过和A国的战争。作为一名女军医，虽然是在战地医院进行保障，但离真正的前线已经很近了，每天都能听到炮弹呼啸而过的声音，见到太多因战争而失去肢体甚至生命的战友。姑姑经常给冯菲菲讲她在前线看到和听到的故事，尤其是在战争最残酷的那一个月，双方牺牲竟多达六万多人，一天送来的伤员就有一个营！被子弹穿透脑袋的、被炮弹炸开肚子的、被地雷炸断胳膊大腿的……仿佛就像一个真实的人间地狱，到处都是流血、残肢断臂和痛苦的呻吟……到了后来，就连一直以冷静而自傲的冯行都快要崩溃了！姑姑曾告诫过冯菲菲，真正的战争都是很残酷的！如果能不打仗，最好就不要打！可惜冯菲菲对姑姑忠告式的话语向来不很在意，反而将战场上激烈残酷的战斗所带来的悲壮与伟大深深铭刻在心里——是啊，部队里经常请那些上过战场的英雄报告团来单位做报告，每次听到他们铿锵慷慨、激烈悲壮的战斗故事时，总能让冯菲菲和她的战友们热血沸腾、激情澎湃，感动得泪流满面。她曾经不止一次想过，假如有一天她也上了战场，那将会是什么样子呢？

　　冯菲菲佩服姑姑的第二件事情就是她始终不结婚。虽然大家都知道她是冯将军的亲妹妹，自身条件也不错，要找个对象应该没什么困难，但这么多年过去了，姑姑就是非常执拗地不相亲不谈恋爱不结婚，对所有曾经给她介绍过对象的领导或同事，她全部婉言拒绝。以至于到后来，大凡身边熟悉她的人也就不再关心她的婚姻问题了，似乎大家已经习惯她孤身一人的状态了，而且还十分肯定她后半辈子也将会孤老终身。冯征在对待自己妹妹不结婚的问题上，完全没有一个将军的魄力和决断。他虽然能够指挥千军万马，但那一套刚硬的方法在对这个小妹妹的婚姻问题上却毫无作用。所以，他最终还是向妹妹妥协了。其实，冯行的想法很简单，就是恋爱和结婚太麻烦了！恋爱要考虑对方的感受，结婚要考虑两家人的感受，她冯行实在无法做到违背本心、左右逢源，她觉得自己的生活就不错，无牵无挂想干什么就干什么，不用在意别人的看法，这样多好！何况，她还认为真正的爱情是不需要婚姻来束缚的，婚姻仅仅是人生的一种责任罢了，就和要赡养父母、上班工作的责任一样，并无任何特别之处，不去结婚也就少了这份责任，人生会变得更轻松一些！对于姑姑的这一套理论，冯菲菲那简单的头脑总是半懂不懂的，她虽然无法完全理解，但却是个坚定的支持者，因为她打心眼里既不喜欢恋爱，也不喜欢结婚。

当然，在自己家中，冯菲菲是绝对拗不过母亲那强大的意志和决心的。在家庭问题上，母亲一旦下定决心要做某件事情，堪比父亲在战场上势必要跟敌人拼个你死我活不得胜利不罢休的那种劲头。既然母亲坚持要她相亲，那她也只能乖乖顺从，毫无反抗的能力。

冯菲菲和梁冬的第一次正式会面，是在鲁主任家。那天是周日，梁冬早早来到鲁主任家中等候，冯菲菲则由母亲带着过来。梁冬见到冯菲菲母女二人后，立即站起来，身高的优势让他看起来比别人更加挺拔几分，他敬了一个标准的军礼，双腿绷得紧紧的，大声说："阿姨好！小冯同志好！"

冯菲菲低着头，她盯着他那两条夹得紧紧的、却明显因用力过猛而有些颤抖的小腿，心想如果在中间放个核桃，会不会被夹碎呢？

鲁主任和他的爱人忙招呼着母亲坐下来，给她们端茶倒水忙得不亦乐乎，也让旁边像松树一样站立的梁冬坐下来。

几个大人寒暄着，梁冬则一直坐得端端正正，只有半个屁股在沙发上，不时回答着"是，阿姨""是，首长"。冯菲菲一直低着头，瞅着他那条正在不停颤抖着的绿色军裤的一角，心想估计他比她还要紧张呢！

三个大人聊了几句，便找了一个借口准备离开客厅，好让梁冬和冯菲菲单独待着。他们的脚步声渐渐消失在木质楼梯的尽头，冯菲菲却一直不好意思抬起头来。

过了好久，梁冬打破了这种沉闷的氛围："小冯同志，平常……工作忙吗？"

"还好！"冯菲菲小声回答。

直到三个大人下了楼，他们交谈的话题依然在围绕着彼此的工作展开着。在走出鲁主任家院门的时候，冯菲菲也不知道梁冬到底长什么样。

路上，母亲问冯菲菲感觉怎么样，她说没什么感觉呀，要么就算了吧！而后就一路小跑回到通信站。

她本以为事情到此就结束了，却没有想到这才刚刚开始。

次日晚上，她在总机值班的时候，竟接到梁冬的电话！电话中，他问了她几句诸如"今天忙不忙""有什么工作"之类无聊的问题，出于礼貌，她一一回答了他。当他又要说话时，她忙说:"梁干事,这是一号台,有很多给首长的重要电话会打进来要我们转接的,不能长时间占用!"梁冬讪讪笑了一下,忙说:"是,是,那等你不忙了,我去通信站找你!"

还要来通信站找她?!她顿时感到心头一紧,之后就是一阵反胃的感觉涌上嗓子眼:"不行!那会让战友们说三道四的!"

"不会,我自有办法!"梁冬在电话那头笑了。

梁冬果然有他的办法。

当时宣传处正在抓一项主题教育,集团军决定将通信站作为一个试点单位来抓典型,而梁冬又是主题教育领导小组的成员,所以可以光明正大地到通信站来指导工作。既然是抓教育,就要找人来座谈,倾听基层官兵对教育的意见建议,这样一来,梁冬就有了和冯菲菲单独相处的机会。

渐渐地,冯菲菲那不算太聪明的头脑也意识到了梁冬追求她的那股子热烈和急切劲儿。除了千方百计地找借口在工作上接触她,每当冯菲菲回到家中,梁冬就会立马出现在冯家,也不知是谁告诉了他她回家的消息。她暗自猜想肯定是母亲,因为自从上次相亲之后,母亲就一直利用一切可以利用的机会在冯菲菲面前大夸特夸梁冬的各种优点。

也难怪母亲会喜欢他,梁冬每次都不会空着手来家里,要么拎一包双流老妈兔头,要么就是一盒宫廷糕点铺的椒盐桃酥,最次也是一大袋子时令水果,极大地满足了母亲潜意识中的小农思想和虚荣心。一到家中,只要看到哪儿有脏活儿累活儿,他就挽起袖子二话不说开始干活儿,母亲看着乐呵呵的,笑得嘴都合不拢，看他的那个眼神，简直就跟看到自己的儿子一样开心——当然，二哥可没有梁冬那么勤快，母亲才舍不得让少了一只胳膊的二哥干任何一点点活儿呢！

不久之后，母亲竟然成功地将父亲冯征也拉到了她的阵营中。

梁冬肯定已经单独见过父亲了！冯菲菲就算再笨，也看得出来他见到父亲时那种熟悉的程度肯定不是第一次见面了，而且他们聊得还颇为投缘。作为一名刚刚从军校毕业的高才生，梁冬有一肚子的理论知识，刚开始在冯征面前还颇为拘谨，后来放开了，索性就将心中那些所有对家国天下事的独到见解天马行空地向首长汇报起来。冯征是个爱才之人，他的文化水平不算很高，但也并非是什么都不懂的"土八路"，除了政治理论，他对古代兵法、国外经典战例等方面还是有一些了解的，毕竟，他可是一个参加过两次战争的将军呀！

随着谈话的不断深入，冯征越来越喜欢这个年轻的小伙子。这不仅仅是因为他有一颗聪明的头脑和满肚子学识，更多的是冯将军很看重他身上那股子不折不挠的上进之心！甚至有一次，冯征当着冯菲菲的面，颇为严肃而认真地对母亲和她说："小梁这个孩子，我看不错！今后发展肯定错不了！"

既然得到了冯菲菲父母的肯定，梁冬对她就更加殷勤了！他几乎每天吃完晚饭都会到通信站这边来散步，有意无意地到站里去转转，站长和教导员都知道他和冯菲菲的关系，自然也不敢怠慢。何况梁冬还是宣传处干事，多来帮助指导一下他们通信站搞好宣传工作，似乎没有什么不好。这让冯菲菲感到无比厌烦，但又不好发作。他们之间的话题永远都是从工作开始，再谈到工作结束。譬如哪个首长如何如何，哪个部门如何如何，军队下一步有什么调整改革，前线有什么新的动静，等等，而且大部分时间都是梁冬在说，冯菲菲在听。

其实梁冬并非不优秀，通信站的小姐妹们都羡慕死她能拥有这样一位又高又帅又有学识的年轻男友了，但说不出来为什么，她总觉得他根本就没有走进自己的内心。

为了躲避梁冬，冯菲菲开始将心思用在业务训练上。她报名参加了站里的业务尖子培训班，每天晚上，她都会在梁冬来站里之前提前到学习室学习，梁冬到通信站之后，她便会让值班的战友们告诉他她在学习。这样，就可以避免和他见面了。

但每次回家的那次会面是避免不了的。因为他总能准确地打探到她什么时候回家的消息。她越躲着他，他越上赶着追她，再加上母亲的不断施压，让她觉得自己苦不堪言。有时候，她觉得自己就像《玩偶之家》里面的娜拉，被无数的手指着要做这个，不要干那个，虽然她觉得将自己比作是资本主义制度的受害者而将父母比作是压榨她的资本家显得非常不妥当，但她就是总忍不住往这方面想。

姑姑冯行知道这件事情后，曾经不止一次对冯菲菲说过，自己的事情自己做主，要有自己的主意。可冯菲菲哪敢违背父母的意思呢？冯行曾经想自己亲自跟哥嫂说，却被冯菲菲阻止了——某种程度上来说，她确实也挑不出来梁冬的任何毛病来，再说就算推掉一个梁冬，能保证不会有第二、第三个梁冬出现吗？

那年春节，她主动向站里领导请示，要求假期值班。因为按照她的推测，放假这几天梁冬肯定是要到家中去拜访的！谁料，这天值班中所转接的一个电话，彻底改变了她的命运。

那是大年初一的上午，她正在总机值班，突然接到军区一号台转来的电话，要她立马接通军长。接通之后，她便监听到上级下达给军里的参战命令：立即转入一级战备，并在三天后派出一个师的兵力奔赴沐阳山前线！

姑姑曾经向她提起的那些战场情景，又一次在她的眼前浮现出来……

如果，要是有机会的话，她能不能去参战呢？可能性很小吧！战争本来就是男人的事情，何况这次派出的还是军下面的一个师。她两眼无神地盯着监听屏幕，沮丧地想，如果真的能够参战，倒是可以摆脱梁冬的纠缠了！

突然，监听屏幕上宣传处的指示灯亮了起来——是梁冬吗？她突然很好奇地拿起听筒，将监听拨到这条线路上来。

果然是他！

听声音，他应该正在和他的一个老乡通话，因为俩人都操着一口浓郁的口音。多年的接线经验，让冯菲菲练就了能听懂全国各种方言的能力，梁冬的区区几句方言当然也不在话下。

开始，他们只是随便聊聊家常，可之后的内容，却让冯菲菲顿感五雷轰顶、气愤难平。在电话中，他告诉他的老乡战友，他目前正在和副军长的胖闺女谈恋爱，"俺哩个娘咧，像只小母牛一样壮实的女子""俺哩个娘咧，看上去呆头呆脑的，不会比一只水母的智商高出多少来""俺哩个娘咧，跟她还谈啥恋爱呢，要不是看着她老子是将军，就她那样子，谁会正眼瞧她啊！""俺哩个娘咧，就是为了赶紧结婚好让她那个将军老子帮哥们儿一把啊！"……

梁冬那一句句略带戏谑但却是发自内心的话语，如同一把又一把尖刀刺进了冯菲菲那毫无防备的心里，让她那骄傲的自尊心顿时如天女散花般散落得到处都是。她虽谈不上喜欢他，但却也不曾像今天这样厌恶他！他让她想起了莫泊桑笔下那个靠英俊脸蛋和无限心机攀附上流权贵的"漂亮朋友"杜洛华，当他撕下了之前那完美无缺的伪装，终于展现出自己真实的面目时，一想到他那张卑鄙的嘴脸，她就觉得恶心得想吐！

她的脑袋彻底蒙了。整整一上午，她都在想着怎样把这一切告诉父母——可父母会信她的话吗？他们会不会认为这是她为了拒绝他而编造出来的谎言呢？

就在她还为这件事情烦恼的时候，中午换班后，连里突然集合全连官兵召开紧急会议。原来，是这次参战的师通信站要派出一个女子护线班，目前还缺三个人，要从军通信站话务专业的女战士中选调一个人进去，一是为了加强力量，二是为了锻炼业务骨干。

大家听了之后，有立即表态要去的，有踌躇不安的，还有在下面沉默的，连长最后挥挥手，说："这样吧，你们每个班先推荐一名人员，下午正课后我们召开支委会进行研究！"

她的心突然动了。机会来了，一个脱离家庭束缚的机会来了！一个彻底摆脱梁冬纠缠的机会来了！她觉得自己就像是在帷幕下跳舞的布偶，终于有了一把剪子从旁边伸过来，要将缠绕在她身上的那些细小的丝线一剪而断了！

她是完全符合条件的！

这半年来，她的业务能力突飞猛进，几乎成为全连最优秀的话务骨干了，而且她的体能成绩也在不断进步着，虽然看着还有点胖，但更多的肥肉已经转化为肌肉了——要搞定班长不成问题，班长和她关系还不错，何况班里的女兵们大都出生于干部家庭，似乎对马上就要上战场缺乏一定的勇气和思想准备——至于站里，她也完全有办法搞定，现在的作训处处长是她爸爸的老部下，她完全可以找他帮忙，只要他一句话，站里面不敢不同意——而且她可以告诉他，这也是她父亲冯副军长的意思，这样他就不会去父亲那里泄露秘密啦！

冯菲菲有生以来第一次如此迫切地渴望着为自己的命运做一次主，十九年的人生，一直都在父母的操控摆布之下——当然，这样也没什么不好，很多人还巴不得拥有她这样的家庭出身呢——但当她的独立意识第一次真正觉醒时，她才发觉自己能够变成一个如此有主见的人是多么地美好和轻松，这种感觉在之前还是从来都没有过的！

多年前，当她还是一个上小学一年级的小姑娘的时候，二哥和他的朋友们商量着要去成都市新开的动物园中去看熊猫，她很想跟着去，但又怕逃学出去玩的事情被父母知道，犹豫了半天，她还是没有抵得过熊猫的诱惑，决定跟着二哥他们去。那天下午，她和二哥逃学去了动物园，他们兄妹俩玩得都很开心，但逃学的事情终究没有瞒得过父母，父亲知道后大发雷霆，狠狠地揍了她和二哥一顿，母亲虽然对女孩子上学的事情要求得不是那么严格，但对冯菲菲敢自作主张跟着哥哥出去玩的做法很是恼火，于是也自然而然地站在父亲这一边，事后很长一段时间还总是拿这个事情来教育冯菲菲凡事都要和家长请示后再做决定。于是，冯菲菲那么一丁点儿刚刚觉醒的独立意识，就这么被父母无情地打压下去了。

这次，她绝对不要再请示父母了，因为她知道，父母肯定不会同意她的决定！她的大脑飞快地计划着，每个环节该怎样去做、会遇到什么样的困难、怎样去解决，等等！总之，她再也不要做那个被人牵着手脚的布偶了！她一定要去战场，哪怕前面是刀山火海、悬崖断壁，哪怕要她粉身碎骨、魂飞魄散，她也要去！

事情比她预想的要顺利得多，直到参战命令下来后，她才将这一切告诉了父母。母亲听了一愣，目瞪口呆，而后就号啕大哭起来；父亲沉默了很久，才郑重其事地说："毛主席当年能够把儿子送到朝鲜战场，我冯征今天就应该把女儿送到战场前线！只是——"他抬起手来，慈爱地摸了摸冯菲菲的脑袋，眼睛里分明闪现出些许泪光来："闺女，你到了战场上，可千万要小心呀！"

五、战斗

沐阳山位于南山县榕树镇当面，距县城八十公里，属喀斯特地貌，山脉东北西南走向，石灰岩溶洞较多。该地区山峦起伏，海拔一千两百多米，常年云雾缭绕，雨量充沛，海拔差异很大，山上植被多为灌木丛林和茅草，路少沟深，山势险峻，是一块易守难攻的天然防线。

山上的天气真是瞬息万变！在师长视察后的一周时间中，都是大晴天，沐阳山很少有这样好的天气，但好天气带来的后果是没有了天然的掩体，白天只能在北山巡线，沐阳山的那一面只能到晚上才能去巡查。

经过几天的勘察，我们发现这条线路的实际长度早已超过二十千米，因为地形复杂，铺设的被复线弯弯曲曲、高高低低，有的铺在山脊上，有的埋在山谷里，有的要走平地，有的空架在树梢上，还有几截沉在沼泽地中。每次巡查，我们山茶百灵七女兵都要全副武装，头上戴着钢盔，脸上蒙着面纱，手上戴着手套——这些都是用于防虫蛇咬伤和防毒草割伤的；除此之外，每个人还要背上挎包水壶、被复线和铁锹，扛着子弹上了膛的冲锋枪，加起来足有十来公斤，这些沉重的装备让我们几个女兵在崎岖不平的山路上走上半个来小时就会累得气喘吁吁。为此，"火凤凰"林排长不止一次对我们的体能水平进行了嘲笑。李骄阳性子急，每次林排长嘲讽我们的时候，她总会站出来当面反驳，有一次甚至说："林排，你老说我们女兵不行，那你行，你给我们生个孩子出来！”逗得我们几个人哈哈直笑。现在，李骄阳抽烟已经成了公开的秘密，由于林排长也爱这一口，所以两个人常常在林平的小猫耳洞边上腾云驾雾。彭果虽然看不惯女兵抽烟，但有排长在，她也没办法。

如果山中的日子都像这样平和，偶尔还能开个小小的玩笑娱乐一下，那么这样的日子也算惬意了。但这是沐阳山，是前线，是战火随时爆发的地方！

一天晚上吃过晚饭，林排长把我们几个叫了过来："同志们，今天晚上，我们要趁着夜色把山上十千米线路进行一次维护，刚刚我和彭班长商量一下，我们分三个组，我和徐副班长一个组，负责西面最靠近敌人的那部分，彭班长带着武银娣负责中间的线路，冯菲菲带陆琴、李骄阳负责东边靠近阵地的这一边，乔艾玛留在哨所看家！”

“排长，为什么又是我看家呀！天这么黑，我一个人害怕！”乔艾玛噘起嘴巴，可怜兮兮地看着林平。

还没等林平说话，彭果就疾言厉色地说："乔艾玛，你哪来的那么多理由！你是军人，就必须服从命令！”就像有一个小魔鬼带着一把火热的钳子在彭果眼后狠狠地夹了一下，她那投射出来的锐利而坚决的目光让乔艾玛顿时感到一阵阵畏惧，乔艾玛忙躲开彭果的眼睛，小声说："那好吧，你们早点回来！”

“同志们，这是我们第一次晚上分组查线，这样做的好处是节约时间，提高效率。经过前两天的勘察，我想大家对咱们的线路分布情况有了一定的了解。这次检查，大家一定要查仔细了，尤其要看看一些固定的双环结、双活结和挑活结有没有松动，还有一些打了并合结和蛇口结的地方，要接上电话单机试试线，看看有没有杂音。"林平又望了我们一眼，严肃认真地说："大家一定要时刻注意安全！Ａ军的炮火随时都有可能打过来，因为咱们执行任务的地域没有任何掩体，炮弹就会落在我们身边。一旦发现炮弹打过来，大家除了要掩护自己外，更重要的是要确保线路随时都不能断，要用生命去接通线路。记住一句话：线通，我在；线断，我接；我不死，线不亡！还有啊，Ａ军的特工最喜欢在晚上活动，除了侦察敌情还会破坏我们的通信线路，如果遇到他们，大家绝对不要手软！明白吗？"

"明白！"我们七个女兵齐声回答。

"好，出发！"夜色中，林平正了正戴在头上的帽子。

我们一起向山上出发，冯菲菲、陆琴和李骄阳在第一段停住开始维护，又走了大概三千米，彭果和武银娣停住开始维护第二段，我和林平继续向西走去，我个子高，而且体质也好，一直紧紧地跟着林平。待山中只剩下我俩的时候，林平回过头看了我一眼："累吗？"

"不累！"我笑笑，"这四年的兵可不是白当的！"

"你是第五年了？"林平好奇地问，"超期服役呀？"

"嗯，为了提干呀！"我问，"排长，你是什么时候提的干？"

"我是七〇年的兵，八〇年提的干！"林平说。

"十年才提啊!"话一出口,我顿时便觉得非常唐突。倒是林排长笑了笑,有些自嘲地说:"嗨,咱是农村兵嘛,没文化,又没啥关系,除了一身力气能吃点苦外,啥都没有,所以就只能耗这么长时间才提干了呗!"

"部队还是需要你这样的老兵的,毕竟经验多嘛!"我想把这个话题岔开,忙问,"排长老家哪里啊?"

"铁山市!"

"啊?铁山哪里呀?"我又问。

"铁北县柳林子村。"

"呀,我们是老乡呢!我老家就是铁北县城的!"我兴奋地说,顿时对他的好感度倍增。没想到,这个看上去黑黑傻傻的大个子竟然是我的老乡!透过纱网,我仿佛看到他两只漆黑的眼睛也透射出兴奋的光芒来。

"真不容易呀,小徐!咱们军铁山的兵本来就少,铁北的更少,没想到还能在前线碰到老乡!"

我们正聊着,一个工兵侦察班赶了过来,他们跑在我们前头,用地雷探测器在被复线旁边进行探雷,林平跟他们打了声招呼,一个战士对林平说,接到侦察情报,今晚 A 军可能会有动作,让我们小心点!

林平对我说:"小徐,咱们今晚可能要在山上过夜了!"

"怎么了?"

"如果 A 军今晚行动,南坡的线路肯定是他们炮击的重点目标。我们必须守在这里,随时准备接线。这样,你赶紧开设一个电话单机，拨通哨所电话，让乔艾玛通知冯菲菲她们那一组做好战斗准备。我现在去找彭果她们，然后再回来跟你在这里会合！"

"明白！排长，你去吧！"

看着林平的背影消失在漆黑一片的树林中，我忙拿出电话单机，将一条备用线路拿出来，用火柴将胶皮烧开，将密密麻麻的线蕊缠绕在备用线路的铜线上，打了一个丁字结。我一手猛摇发电机，一手紧紧握住话筒，心中不停地喊：艾玛，艾玛，快接电话呀！

终于，电话接通了！

"山茶百灵七号，山茶百灵七号，我是山茶百灵二号，听到请回答！"

"山茶百灵七号收到，山茶百灵七号收到！"乔艾玛银铃般的声音在听筒中响起来。

"山茶百灵七号，我们在阵地前沿收到情报，A军今晚可能要有所行动，请你立即转告山茶百灵三号、五号和六号，让她们今晚坚守岗位，一旦发现线路有情况立即处理！"

"芷华姐……"艾玛的声音有些颤抖，"你是说，今晚会有战斗吗？"

"用代号！"我大声说，"注意战场纪律，防止被窃听！"

"是……那林……哦，不，那'火凤凰'呢？"

"他已经去通知山茶百灵一号和四号了！"

"明白！我立刻就去！"

刚放下电话，我的眼前就亮起一道十分耀眼的火光，将黑暗的天幕顿时照亮，紧接着，耳边就响起了一阵轰隆隆的声音——这，是炮声？！

虽然离得很远，但在黑暗的夜色中，那道火红色的光芒如同地狱之门刚刚被打开后冲出来的一头猛兽，让人不寒而栗。

是的，战斗打响了！

顿时，第一天晚上噩梦中的场景在我眼前升起——我仿佛看到在不远处的那个高地，正在兵戎相见、血肉相搏，炮火在不断地腾起，滚滚硝烟如张牙舞爪的怪兽般横行肆虐，一梭梭子弹呼啸而过，人群应声倒下……战友，敌人，都在一片枪林弹雨中倒在血泊中，横尸遍野，满目血腥……无数张被战火摧残的狰狞之脸绝望地仰望着如墨水般漆黑无比的天空，仿佛被永久地冻结而再也不会苏醒……

有那么一刻，我害怕极了，因为我才二十一岁，还正是人生的青春年华，还有那么长的路要走，但我却上了战场，看到了杀人的火光，嗅到了死亡的气息！这时，我才想起过去我们嘲笑乔艾玛的胆怯是多么地幼稚，当自己真正面临战火硝烟的时候，和过去我们吹嘘着自己有多么勇敢完全是不一样的！不知道彭果、武银娣她们是不是和我一样的感觉，但她们至少还有战友在身边可以相互打气，而我，而我只有一个人在这里呀！

林排长，你在哪里呢！怎么还不回来呀！我心如油浇，紧张无比。

炮弹声一声接着一声，宛如沉寂已久的湖水中不断被投入的巨石，激起一片又一片的涟漪，枪声也越来越密了，噼里啪啦的声音就像大年三十快到凌晨的时候家家户户放的鞭炮一样。但鞭炮是为了给人们带来喜悦，而这些枪声却意味着死亡。每响一声，都有可能意味着一个鲜活的生命骤然消失或残破，而这个世界上，从此就会少了一个活生生的人！

炮声停止的时候，四周的茅草一动不动，宛如高墙般竖立着，林子里静谧极了，仿佛都在等待着最终的审判。如果这些草木都是铜墙铁壁该多好啊！这样就可以为我挡住一切炮火和子弹！

我惊恐不安地蜷缩在一棵蓖麻树底下，蓖麻树的叶子硕大无比，宛如一只只巨大的手掌，在我的头上摇来晃去，恐怖而张扬。我的手中紧紧地抱住电话单机，仿佛是落入汪洋大海中的人抱着的最后一块木板。伴随着越来越近的炮弹声，我竟然能清晰地听到自己狂跳不止的心跳声！我不住给自己打着气：徐芷华，徐芷华，你要勇敢些呀！你忘了向父亲保证过的那些事了吗？你还是个预备党员，你还要提干，你还要立功！

我攥紧了拳头，却发现拳头里面全是汗，额头上的汗水也顺着钢盔一直往下流。我一把将罩在钢盔下的面纱扯下来，并摘下手套，宛如一只被抛弃在沙滩上的鱼，大口大口地呼吸着那潮湿而温润的空气。

林排长啊，你在哪里呀！

突然，一团耀眼而明艳的火光在我眼前不到二百米的地方腾空而起，伴着一声排山倒海般的巨响，一股强烈的冲击波将泥土和树木掀起来，地上的砂土、折断的树枝和四处飞溅的弹片混杂在一起向我冲了过来。

我脸上的皮就像被一阵猛烈的风掀起来一般，耳鼓膜被震得生疼生疼的，那一直紧绷着的神经终于断了，"啊——"我忍不住地尖叫起来，立即丢掉手中的电话单机和被复线，站起身来就往回跑，边跑边哭。

孩子，你可千万别笑话你的奶奶，当时出现在我脑袋里唯一的念头就是，千万不要有炮弹落下来！千万不要被炸死！这个兵我不当了！这个功我不立了！！我要回家！回家！！回家！！！我要回到爸爸身边！扑到他怀里，把脸全部贴在他的温软的肚子上，让他慈爱而温暖的大手一遍遍抚摸着我的长发（可是，我的长发早就剪了呀），关心我，鼓励我，安慰我，告诉我不要害怕！不要颤抖！！不要让心脏狂跳不止！！！

可惜，炮弹是不长眼睛的。

我越这样想，炮弹就越对着我来，还没跑出一百米，我的耳边就又响起一阵阵咝咝的声音，我似乎都能看到那发炮弹在我眼前呼啸而过留下的长长痕迹，就像流星的尾巴一样闪耀着死亡的光芒。就在那一刻，我似乎感觉到死亡之门已经向我打开了，我突然就那么愣住了，不知所措地站在那里，眼看着炮弹落下来。

也就是在那一刻，我的后背突然被一股强大的力量推了一下，整个身子立即向右边的小山坡倒去。火光在我眼前转瞬即逝，"轰隆隆"的声音震得我耳鼓膜几乎破了，弹片、沙土和石子在我身边如闪电般嗖嗖地划过，也不知道是否击中了我的身体。我的身子在不停地顺着坡地往下滚，眼前一片天旋地转，仿佛骤然跌落进一个无底的深渊中——或者，那就是地狱之门！

仿佛过了一个世纪般漫长，我突然感觉自己的身体停了下来，但脑袋却依旧在不停旋转着，甚至能看到很多星星在眼前闪耀着。世界突然安静下来，没有战争，没有炮火，也没有了战友们和敌人……

我在哪儿？我死了吗？

背上的一阵生疼将我拉回到现实中。

没死，我没死！我还能感觉到疼痛！

我抬起头来，四周依旧漆黑一片，我发现自己躺在一个缓坡的小土堆边，脸上、脖子上和身上全都是炮弹炸起来的焦土，眼睛里满是辛辣的泪水。我使劲站立起来，抖了抖头上和身上的土，摸了摸我的背，背上的军装还完好无损，没有血迹，这疼痛的感觉肯定是刚才滚下山坡的时候被石头蹭的！

好在炮弹没长眼睛，是个瞎子！要么，就是老天可怜我还是个年轻人，刚刚上战场而放过我一马……

不对，刚才是有人推了我一把！肯定是林平回来了！

我突然反应过来，忙抬头望了望山上，大叫了一声："林排长，林排长！"

我的心再一次紧张起来，他不会被炸死了吧？！

我忙揪着茅草往山上爬去，一点都感觉不到锋利的茅草划过手掌时带来的疼痛，边爬边哭，泪水瞬时就模糊了双眼：如果他是为了救我而死，那我会内疚一辈子的！

待我爬上去，才隐约看到，原先站着的地方早已被炸成一个大坑，四周都是焦土，还在不断地冒着烟，周围的树木折倒了一片，我忙大声喊着："排长，排长！"

"哎哎，小声点，在这里呢！"在一片倒了的蓖麻树下面，传来林平那熟悉的声音。

我松口气，忙哭着跑过去，几下把蓖麻树扒开，林平用左手撑着地，强坐起来，"真倒霉，胳膊伤了！"

我忙从挎包里摸出手电，照在他胳膊上，只见他右手的军装袖子上满是泥土和血水粘连在一起，发出浓浓的血腥味。我流着眼泪，背过他的身，迅速解开军装扣子，把自己的内衣连扯带拉地拽出来——因为内衣是棉布做的，很干净，也没有泥浆和焦土。我把扯下来的内衣撕成布条，从挎包中拿出止血的药和棉花，在他流血的伤口塞上敷料，然后用"布条"当绷带给他绑上。

"动作还蛮熟练的啊！"林平笑了一声，都这个时候了，他竟然还能笑得出来。

"来前线之前的必修科目啊！"我把绷带紧了紧，"疼吗？"

"不疼！"

"不疼才怪！"眼泪又在我眼眶中打起转来，"待会儿我背你下山吧，找个救护车把你送到暖泉涧医院去。"

"哎呀，徐芷华同志，你也太小题大做了！"林平着急了，

"这点小伤算什么呀！刚才有两枚炮弹打过来，估计前面的线路被炸断了，我们现在得赶快到阵地上去抢修线路，不然，我们的指挥所就瘫痪了！"

林平这么一说，我才想起来自己的本职任务，忙说："排长，我明白！我去查看线路，你就在这里原地休息！"

林平站了起来，憨笑着说："哎哟，你们女人就是麻烦，这么一点点小伤就当成是大病来临一样，军人哪有那么娇气，快走吧！"

我紧跟在他身后，边走边问："排长，刚才那发炮弹是什么炮啊？威力这么大！我觉得自己就像被炸飞了！"

"你要真炸飞了，早就不能在这里跟我说话了。再说，这炮弹的威力还大啊！这只不过是枚迫击炮，杀伤半径只有四十米！"林平不屑地说，"要是碰上颗榴弹炮或者加榴炮，咱俩现在早就去见阎王了！"

我倒吸了一口冷气，心中默念着菩萨真是保佑我们！林平仿佛意识到我后怕的情绪，接着说："小徐，A军的迫击炮弹没有什么可怕的，你只要不在四十米内的杀伤半径里，就能安然无事。"

"谢谢你救了我。要不是你，我估计早就没命了！"我感激地说，"不过，如果我下次再遇到炮弹的时候就不会跑了，肯定不会被它吓到！我也要和你一样，巧妙地躲闪它来保护自己！"

"傻丫头，刚才吓坏了吧？"林平关切地问，"还哭着跑回来了，想当逃兵啊！"

"排长，我刚开始是很害怕，还真的想当逃兵呢！"我丝毫不想掩饰自己内心的真实想法，但却也不好意思地说，"不过真的在鬼门关上晃了一圈，嘿，说来也怪，现在我就不想当逃兵了，胆子也大了，勇气也有了，好像瞬间就长大成熟了！排长，你放心，我一定要当一个优秀的护线兵，保护好这段线路，让它上情下达、下情上报，保障指挥畅通，让我军打胜仗！"

"嘿，小丫头，你还说的一套一套的。不过你能这样想，那就对了！"林平接着说，"刚才你的表现很棒。这个'棒'，我把它叫作坎，只要过了这道生死关坎，以后战场上的各种坎就都能闯过去！我第一次上战场的时候，听到 A 军的枪炮声、看到战友们一个个在身边倒下，跟你刚才的心情是一样的；到了第二次、第三次，胆子就大起来，就学会怎样巧妙地躲避了；再后来，我从敌军发射炮弹的火光起数时间，到炮弹落点爆炸声为止，我就可以大致推算出敌军的火炮距我们有线阵地有多少千米，就知道阵地是不是还完好无损了！甚至是从炮弹飞过来的声响，就可以判断出这是一颗什么样的炮弹呢！"

"啊！原来你还有这个本事呀！"我感觉自己就像一个小学生一样，在虚心而认真地听着老师的教诲。

"'身经百战'啦！当炮弹飞过来的时候，通常情况下我们会听到两种声音，一种声音是呼啸而过，飞到远处才爆炸，听到这种声音不必惊慌，只要迅速趴下去就行了；另一种是发出

'咝咝'的响声，一听到这种声音，就必须赶紧卧倒。因为听到这种声音时说明炮弹已经非常近了，并且会立即落地爆炸，也就是一秒钟左右的时间。炮弹爆炸后，弹片是斜着向上飞的，就像一把打开的折叠扇，扇柄朝下，弹片的威力非常大，会把树木都削断，更别说是人的血肉之躯了！"

林平滔滔不绝地向我讲述着战场上的基本知识，让我觉得自己非常幼稚，也不知道陆琴会不会知道这些，因为她是我们七个姑娘中学识最渊博的一个，但我想了想，觉得她也不会知道的，因为这些都是实战积累的经验。

"我刚才就听到了'咝咝'声，好险！"我不由得为林平的及时出现而感到庆幸，"那就是说，只要听到'咝咝'声，卧倒就可以生还了吗？"

"只能说，是生还的可能性非常大！"林平坏坏地笑了一声，"就算万一不幸被震死，遗体也是完整的呀！"

死亡，这个平时只是在电影与书本中读到的字眼，突然间离我如此之近！

我们越往前走，炮弹声反而越来越少了，林平告诉我，双方都在进行调整，但并不意味着战斗的结束。

到阵地找到被复线，我接上电话单机试线，线路果然不通。我们顺着线路一直往西边走，才发现阵地的一块被炮弹炸了一个大坑，被复线早已经被炸断了，一边的线头也不知飞到哪里去了。

我和林平分头去找线头。漆黑的夜色中，我们只有一点一点用手去摸，因为如果我们点亮手电筒，就会暴露目标，倘若A军用望远镜一看，就可能发现我们。

突然，远处的炮弹火弧腾空，像照明弹似的把这边照得通亮，在炮弹的光芒下，我瞪大了眼睛对四周进行扫描。终于，在弹坑西头的一片茅草丛中，我找到了那根颤巍巍的被复线线头！

"找到了！"我兴奋地向林平喊了一声。

"快接线！"林平迅速下达命令，我俩飞快地削皮接线，然后放线拐绕弹坑跑到东头，又将东头的断线头接上。接好后，我立即用小夹子分别夹在两条线上，然后手摇电话单机。

很快，师指挥所就接通了："1号首长，1号首长，我是山茶百灵2号！听到请回答！"

"收到，收到！"电话那头，传来参谋的声音："1号要表扬你们，表扬你们果断机智地将线路接通，让指挥所'百灵'了。刚才我们正在发愁，因为线路不通，不知怎样向460高地下达作战命令。现在'百灵'了，非常好！但我要告诉你，今夜的战斗还没有结束，A军还要继续破坏我们的通信线路，让我们指挥所陷入瘫痪状态。你们要在'火凤凰'的带领下维护好这条线路，确保畅通无阻！"

"是，请1号首长放心，我们一定会用生命去保护好这条线路，让它一直'百灵'下去！"

林平笑着拍了拍我的肩膀，说："小丫头很有决心呀！走吧，我们现在往回走，去看看其他人的情况！"

　　我们在半山腰地段碰到了彭果和银娣，过了一会儿，冯菲菲带着其他三个人也过来了。我们山茶百灵七女兵终于会合了，我们紧紧地拥抱在一起，在黑乎乎的护线阵地上蹦呀跳呀，还边笑边哭，要不是怕暴露目标，估计早就兴奋得大叫起来。林平在一旁望着我们，笑着说："嘿，看你们这帮小丫头，搞得跟多少年没见过似的！"

　　这个时候，虽然依旧有炮弹声在远方响起，但我却不害怕了，因为我和我的战友们在一起。只要我们在一起，就什么危险都不怕了！

　　简单分析敌情后，林平又给我们重新分了工。我们将线路分成四段来维护，他带着李骄阳守最前沿的一段，我带着陆琴守第二段，彭果带着银娣守第三段，冯菲菲带着乔艾玛守最后一段。在短暂的相聚后，大家又一次分散开来。只是这一次，我们得到的任务更加明确，信心和勇气也比刚开始大了很多。

　　A军很精，他们知道打仗就是打通信，打通信就是打指挥，打掉指挥就能打胜仗。果然，正如1号首长所言，在后半夜的时候，A军又对我们的有线阵地进行了几次炮击。在炮击的时候，我们迅速找掩体卧倒，一旦炮声停止，我们便快速展开，在各自分管又相互配合的线段上，飞快地整线、查线、放线、接线，然后及时向指挥所报告，再接受指挥所新的指示！

　　这场战斗一直持续到天亮，炮声和枪声渐渐少了起来，直到最后全部消失。

　　此时此刻，东方已开始发白，墨黑色的天空渐渐变成了青黑色，而后又转成深蓝色，紧接着就抹上了橘红色、鹅黄色和天蓝色。天空随着太阳的升起而绚丽起来，我们的心情也为之放松下来。我和陆琴躲在一个小壕沟中已经两个小时了，陆琴呆呆地望着天空发呆，而我则依旧在回味着刚才战斗中林平为了救我而负伤的情景，也不知道他现在的伤情怎么样了……少女的心总是这么容易被打动，前一天还冷冰冰的像陌生人一样的傻大个儿林平，现在突然就变得亲切起来。虽然我也不清楚这种感觉为什么会发生变化，但林平那张黑黝黝的脸总在我眼前晃来晃去。

陆琴突然对我说："芷华姐，你看那天上的红霞，就让我想起电影《红衣少女》里面女主角穿的那条红裙子了！"此时，她正用双手托着那瘦削而骨感的尖下巴望着天空，露在军装袖子外的手腕显得纤细无比。

"嗨，原来是想看电影了！"我笑着说，"我也想起一部电影，我们在临走前的那周晚上看的《这里的黎明静悄悄》！"

"是苏联作家鲍里斯·瓦西里耶夫的作品！确实是部不错的电影，还得过威尼斯国际电影节纪念奖呢！"一听到陆琴说出的那一长串苏联人的名字，我的头就有点发大，不得不佩服她超常的记忆力。

"我觉得这部电影和我们当前所处的情况很像呢，故事讲的是一个准尉排长带着五个女兵在前线执行任务！你看，我们也是一个排长，带着咱们七个在执行任务！"

"可惜到最后，她们全死了！"

"哦！是呀！"我不禁为自己说出的话而感到后悔，第一天的梦境又一次浮现在我眼前，一股不祥的预感在我心中腾然而起，我狠狠地将它压了下去。

"世上大多数的痛苦都是战争引起的，而战争一旦结束，谁也不知道这些战争是怎么回事——这是小说《飘》里面阿希礼对斯嘉丽说的话，我认为无比正确！"陆琴叹了口气，接着说，"法国大作家加缪也曾说过，一场战争爆发时，人们常说：'这仗打不长，因为那太愚蠢了。'毫无疑问，战争的确太愚蠢，然而愚蠢并不妨碍它打下去。"

陆琴就是这么爱引经据典，而我们几个却大多都不知道她读过的是些什么书！为了能让她的思路转回到现实中，我接着说："不过仔细想想也是，林平就是瓦斯科夫，我们这个班的乔艾玛，就跟小说里那个胆小怕死的嘉丽娅如出一辙，彭果的坏脾气倒是和冷静的丽达有一拼！还有冯菲菲，和热妮亚的出身很像！可惜没有一个暗恋林排长的'丽莎'，那样就更完美了！"

我的脸突然一热——鬼才知道我为什么会脸热呢！幸亏是在黎明时分，陆琴应该不会看到，我忙说："那你就是那个爱读诗的大学生！我记得电影中有一个大学毕业的高才生，最后为了给准尉拿烟袋而被德军捅死了。"当时，我非常惋惜那个姑娘死的是多么不值得——竟然是为了一个烟袋死的！

"你说的是那个犹太女兵索妮娅吧？"陆琴真是太厉害了，竟然能把电影中所有人的名字都记得一清二楚，"哼，我才没她那么柔弱呢！"

望着她一脸坚毅的表情，我不禁说："有时候真不了解你，看着文文静静的，谈话中却感觉无比坚硬。"

"那是因为你没有经历过我所经历的事情！"陆琴望着我，冷笑了一声："虽然你比我大几岁，但我相信你不会有从小父母双亡、寄人篱下的那种感觉的！"

"啊，他们是生病去世的吗？"我忙问，同时又说，"我妈妈也去世了，我觉得一定程度上，我是能够理解你失去至亲的那种感觉的！"

"他们是在'文革'中去世的。"陆琴皱了皱眉，眼睛中却不带一点悲伤的色彩，晨曦中那张消瘦的脸庞显现出无比坚毅的表情来，"自从我妈妈死了之后，我就什么都不害怕了！因为我知道发生在自己头上最糟糕的事情已经过去了。老天本是要女人胆小、害怕的，而什么都不害怕的女人身上就会有某种不自然的东西。"陆琴微微地叹了一口气，转过脸来幽幽地对我说："芷华姐，你一定要记住，一定要留着某些东西让自己感到害怕才好，甚至要像我们当初留着某种东西去爱一样！"

六、陆琴

上海姑娘陆琴，是一名不折不扣的高才生。

她从小学到高中，就没有考过第二名的时候，只要一有时间，她就会拿本书来看。长期养成的看书习惯，使她的眼睛有一些近视，背部还有些微微的驼起。陆琴出生在上海陆家嘴，是个地地道道的上海人。她的亲生父母都是新中国后的第一代大学生，在北京大学的校园中相识相恋，二十世纪六十年代初研究生毕业后，又双双分回上海老家，父亲在一家科研所搞研究，母亲在一所大学里教书。

在陆琴那残存的模糊记忆中，父亲瘦高瘦高的，总是戴着一副黑框眼镜，不苟言笑，冬天穿着黑色或蓝色的中山装，夏天则是一成不变的白衬衣，标准的老学究形象；母亲则完全相反，她本身就长得很漂亮，也懂得如何打扮自己，她留着一头瀑布般的长发，她那两弯新月似的眉毛和温柔如水的眼睛恰到好处地彰显出自己独特的文学气质，她也十分注重保养那江南女子特有的如木兰花般细腻白嫩的皮肤，每次出门前总是随手携带着一把苏绣小阳伞，作为北大文学系的研究生，母亲将江南女子本身就具备的蕙质兰心与文学女性特有的艺术家气质完美地融合在了一起，远看像画，近读如诗。夫妻俩从大学毕业就住在科研所家属院的筒子楼中，家很小，却被母亲布置得很温馨，两人的日子平凡而快乐，母亲喜欢浪漫的情调，总是不断地给父亲制造出一个个惊喜，而陆琴的到来，无疑是所有惊喜中最大的一个！

那年，当这个知识分子家庭迎来他们生命中第一个也是唯一的一个孩子时，"文革"开始了。

刚开始，陆琴的父母觉得这场运动和自己并没有多大关系。可随着时间的推移，陆琴的父亲终于被定为有问题的人员，下放到苏北的农场进行劳动改造，母亲只得自己带着三岁的陆琴在上海艰难地生活着，还要时不时被学校里面的"革命组织"揪出去进行批斗。那些人来家中把母亲那些漂亮的首饰衣服和收藏了十多年的书全部给烧掉了，这让母亲悲伤不已。后来，告密举报蔚然成风，莫须有的罪名一条加着一条，父亲之前所在的科研机构被牵扯到里面，父亲被押送回上海，进行审查。

陆琴永远记得父亲自杀前的那个下午，那是 12 月 25 日，西方的圣诞节，天气阴沉沉的，母亲带着陆琴去看守所探监。监狱中的父亲瘦骨嶙峋，灰白的头发长长的，一脸憔悴不堪，眼镜早不知弄到哪里去了，所以眼神看起来就更加空洞迷茫了。在看守警察出去的时候，父亲紧紧地抓住了母亲的手，颤抖地说："天空密布着乌云，我看不到太阳，看不到希望，我不知道出路在何方，也不知道未来在哪里。在这里的每一天每一刻每一秒，我都感觉自己好像在一个小小的铁盒子里密不透气；可我一想到就算我现在从这里出去，我依旧是在一个大铁盒子里密不透气……这个时代真的是太疯狂、太荒唐了，我最近一直在想，我究竟犯了什么错……"母亲忙捂住父亲的嘴巴，惊恐不安地四下看了看，用更加小的声音对他说："不要再说了！小心让他们听到！"父亲惨然笑了一声，低头看着一脸惶恐的陆琴，亲切地摸了摸她的小脑袋，对她说："孩子啊，记住吧，书本是我们最好的朋友，知识是人类世界永恒不变的财富！永远不要抛弃书本，一定要把它们当成你最好的朋友！希望你们今后所生活的时代，不要再这样荒唐了！”

年仅五岁的陆琴当然不能理解父亲当时对她说的话，但她却牢牢记住了父亲的这些话，在渐渐长大之后才慢慢明白父亲话中所蕴藏的深意。

从看守所出来，竟然下雪了。南方很少下雪，更何况是这样大的雪，白皑皑的雪花一片一片落在地上，也落在母亲和陆琴的脸上、手上。陆琴兴奋地跑在雪地中，不停地跳着、叫着，母亲则一脸忧愁地看着她。

次日，就传来了父亲“畏罪自杀”的消息。那是陆琴第一次意识到死亡的存在，母亲虽然悲伤无比，却一滴眼泪都没有落下，只是一副漠然的表情，这种压抑让陆琴感到更加的恐惧。死亡仿佛和下雪联系在了一起，以至于每当她看到下雪的场景，就会闻到死亡的气息。

父亲死后，母亲的性格一下子变了，几乎日日都是在沉默寡言中度过的。她很少说话，机械般地起床、上班、下班、做饭、睡觉……有时母女两人一天都不说一句话，家里静得可怕。陆琴在这种压抑的氛围中慢慢长大，幸亏后来上了学，她就将全部的精力投入到学习当中。

“革命组织”天天来家中闹事，说父亲是“畏罪自杀”，还有“重大线索”被带进了棺材。再没有人比陆琴更加憎恨这些人了！母亲经常被他们叫去审讯，学校里一搞批斗，她总是重要的批判对象。但她已经麻木了，再没有之前的羞涩与不安，仿佛她的灵魂已经死了，她只是一具行尸走肉而已，彻底丧失了自我感觉。

那年冬天，母亲疯了。

看着母亲被学校强制送去精神病院，九岁的陆琴在家中茫然不知所措。就在这个时候，父亲唯一的姐姐，也就是陆琴的姑姑突然出现在她面前，并把她接回了家，开始了她新的生活。

姑姑家住在区政府大院，姑姑是区里的一名领导干部，姑父是一家纺织厂的厂长。他们有一个儿子，比陆琴大五岁，正在读初中。

区政府家属房很小，为了给陆琴腾地方，姑姑将儿子的卧房一隔为二，一边一个人。姑姑不喜欢爸爸，也不喜欢陆琴，大概是爷爷家重男轻女的氛围让姑姑从小就受到了很多不公正的待遇，而她长大成人后却又将这一思想"发扬光大"，总把自己唯一的儿子当成天底下最优秀的人来看，对其他的孩子尤其是女孩却嗤之以鼻、无比轻视。如果不是出于姑姑的义务和在意别人的眼光，她是不会把陆琴接过来的。

寄人篱下的陆琴慢慢学会了察言观色，她谨慎小心地在姑姑家中生活着，每次吃饭也不敢多吃一点，吃完饭后必定抢着去洗碗，而表哥则去外面玩耍到很晚才回来。

"文革"结束后，学校的教育便恢复了正常。姑父所在的单位之前清缴了一大批违禁书籍，有一天，姑父带回来一包书，准备放在空空的书架上，好装点一下门面。陆琴看到那是一批国外的小说，《战争与和平》《傲慢与偏见》《死魂灵》《悲惨世界》，等等，都是文学名著。她就像发现新大陆一般，如饥似渴般地阅读起来。只要做完功课、干完家务，她就沉迷在这些书本当中。在文学的世界中，她突然发现自己的思想是自由的、奔放的、独立的。在阅读《简·爱》的过程中，她偷偷地哭过好多回，她觉得自己的命运太像简·爱了，她以她为榜样和偶像，她那颗小小的稚嫩的心暗暗地发誓，自己绝不做那个哭哭啼啼、等待命运安排的林黛玉，而是要做一个永远也不会向命运低头的女孩，时刻都要保持着人格的独立和自尊，并用自己的双手去改变命运！在知识的海洋中，她开始渐渐明白父亲临走前对她说过的话，把书本当成最好的朋友！是的，这个世界上，一切都可以抛弃她、离开她，可是她的书本不会！只要她读过它们，它们就会存在于她的脑海中，融进她的血液里，每当她需要它们的时候，它们就会在她的精神世界中站立出来，于是她的寂寞便一扫而空了！

在书本的世界中，陆琴渐渐长大了。她很好地遗传了父亲那优秀的理科头脑和母亲那出众的文科基因，学习对她来说从来就不是什么难事，她总是考第一名，似乎这个位置是永远属于她的。这和表哥本就不聪明的头脑和落后的成绩形成了鲜明的对比，也让姑姑的嫉妒与日俱增。

走过初中，走进高中，她瘦弱的身躯也开始萌动了，虽然比别的女孩发育得晚了一些，但鲜嫩的花朵终究还是要绽放的。当她十五岁那年第一次发现自己来月经的时候，并没有一个人告诉她那是女性走向成熟的标志。她以为自己病了，慌乱中跑去向姑姑诉说。姑姑听了后，冷笑了一句，说那是身为女人所必须经历的过程，并且今后还将伴随她的大半生。

她变得更加羞涩而敏感了，幸亏表哥早在她上初中的时候就去部队当兵去了，现在的卧室属于她一个人。她依旧和书本为伴，她心中的目标渐渐明确而清晰起来，那就是要考上名牌大学，彻底跳出这里，用双手去创造一个属于自己的生活！

然而，命运之神却不愿意轻易放过她。

第一次发现姑父偷窥自己，是在夏天周日的一个黄昏。那天，姑姑出差去了，姑父去单位加班，她美美地躺在床上，穿着那件自己最喜欢的红色棉睡裙，细细品读着美国作家玛格丽特·米切尔的《飘》，读着读着，她就睡着了。也不知过了多久，她突然感觉有人在自己的胸口摸着，还伴随着粗重的喘息声。她猛然醒来，一眼就看到了姑父那双贪婪而充满欲望的眼睛。她惊叫起来，姑父却捂住了她的嘴巴，惊恐地说："别叫！"而后就仓皇地跑了出去。

一想到姑姑那冷漠的表情，她就觉得绝对不能将这件事情告诉姑姑，她只能默默在心里忍受着。那天晚上，她跑到精神病院，握着母亲的双手，泪流满面。陆琴多么希望母亲能够了解到自己现在的处境呀，哪怕是仅仅说一句安慰的话语，也会让她心中好受许多！可惜，这些年来，母亲一直是疯疯傻傻的，没有丝毫改观，在她的脑海中，已经完全营造了一个只属于她和父亲的世界，她沉迷在其中，再也不能出来了！

幸好，还有一年就高考了！她一定要考中大学，离开这个可怕的地方！

从那以后，陆琴尽量避免和姑父单独待在一起。平静了一段时间后，陆琴以为没有事了，可荒唐的事情却再次发生了。

那天晚上，陆琴在睡梦中再次被姑父的手给抓醒了。当她在醒来后想叫出声时，却被姑父的大手严严实实地给捂住了。她怕姑姑，如果姑姑知道这件事情后一定会赶她出门，并把所有的罪责都加在她的身上！窗外漆黑一片，看不到一丝光亮，她屈辱的泪水慢慢打湿枕巾……

她在这里度日如年，只盼望着高考能快点来临，好尽快解脱这噩梦般的生活。

高考前一天，正当她沉浸在自己的"大学梦"中时，不幸再一次降临在她身上。

妈妈趁着看管的护士没有锁门，跑到楼顶跳了下去，当场死亡！

她是在下午的时候知道这个噩耗的。当姑姑冷冰冰地告诉她后，她突然感觉自己的脑子陷入了一种僵硬的状态。此时此刻，她并没有感到极大的悲痛，反而觉得更多的是一种麻木。

"这个世界上，还会有什么更糟糕的事情发生在我头上吗？"她内心不断重复问着自己，她觉得自己就像《悲惨世界》中的芳汀一样无比悲惨……可芳汀至少还有冉·阿让去安慰，而她自己呢？

就算她平时的学习再好，高考考场上的发挥还是受到了影响。她根本不能做到完全不去想这件事情，除非她是铁石心肠、毫无感情的冷血动物！一旦她意识到自己已经成为无父无母的孤儿的时候，她的脑仁就会发疼，就会觉得心酸无比！

她离报考大学的录取分数线仅是一分之差，而那些平时学习比她差的同学，却都考中了大学。

她原本寄予生活很大的希望，生活却不断和她开着玩笑。

补习？不！一想到姑父那两只禽兽般的双手，她就忍受不了！她再也不能在这个冷冰冰的家中待下去了！

那天晚上，她躺在床上翻来覆去，辗转难眠。生活给予了这个年轻的姑娘太多的灰色，如果再没有一抹亮色出现，她将会觉得人生毫无希望。可是，该如何摆脱现在的家庭呢？一个大胆的念头突然从她脑中冒出来：当兵！虽然当兵不是她非常情愿的事，因为从书籍中，她似乎将战争的本质看透了，看到了战争给人们所带来的痛苦，当一场大战结束之后，战争带给人类灵魂的创伤才刚刚开始。同样，她也不怎么喜欢军队，但这可能是她摆脱当前处境的唯一出路！

她决定先和姑父摊牌！

她和姑父谈话的那个下午，电视中正在播放着电影《红衣少女》，一身红衣的女孩安然自认为生活中有那么多的烦恼，可陆琴觉得和她比起来，安然的烦恼全部不值一提。

她简明扼要地说明了自己要当兵的想法，然后就冷冰冰地告诉姑父，他如果在接下来的几个月中继续骚扰她，那么她将跟姑姑坦白这一切。不管姑姑愿不愿意相信，她都会说，哪怕她被赶出去！而就算她被赶出去了，她也会跟别人说，她会让他身败名裂的！她一无所有，而他则仕途大好！

姑父不敢相信眼前这个瘦弱的女孩能有这样的勇气，但当他盯着她的眼睛时，看到的是一种不到黄河心不死的决心和复仇女神般坚决的气魄。

他当然不愿意拿自己的仕途和家庭的名誉来开玩笑。接下来的四个月里，他很规矩，再没敢动她一下。12月，陆琴报名参军，由于过硬的文化功底，她终于如愿以偿地走进了部队！

陆琴是带着一箱子书去部队报到的。来到军营后的第一天晚上，她躲在被窝里狠狠地哭了一场，将这些年来所遭受的委屈和不幸全部发泄出来。哭过之后，她就决定重新开始自己的生活。凭借她的聪慧和毅力，她在部队表现很好，在第二年就被确定为重点培养对象，并且以全军文化课第一的成绩毫无争议地获得了团里唯一的考学名额。6月份，她就要参加全军统考了，凭她的实力是肯定可以考上的，无非是选择哪所军校的问题……只要战斗一结束，只要战斗一结束，她就可以参加考试了！

生活让这个十八岁的女孩经历了如此多的不幸，她本应花季般开朗的心已经被打造出一层厚厚的外壳，变得无比坚硬起来。世界上所有的事情，都不会让她再感到害怕了。

当然，可能除了一件事：战争！

七、休整

战斗整整打了一夜，直到拂晓时分才停止。

山中一片静谧，偶尔会响起几声云雀的叫声，几乎感觉不到前一天晚上刚刚发生的激烈战斗。当然，如果细看，就会发现很多之前长着茂密树林和茅草的地方被炮弹炸成了一个个大小不一的土坑，焦黑色的红土虽然已经冷却，却能嗅得到一股股刺鼻的味道。有些黑色的焦木还在悄无声息地燃烧着，隐约升起一股股淡蓝色的烟雾，混杂在清晨的雾气中，显得诡异而危险。

我们顺着线路的方向撤退回来，一路上边走边检查。在我们女兵班辛劳地维护下，大多数地方都是完好的，只有一些架在树上的被复线被炸掉在地上。

那天清晨护线回来，大家都筋疲力尽了。我和陆琴是最后一组回来的，回来后，就看到姐妹们一个个横七竖八地躺在茅草窝棚中，军装上全是土，一个个蓬头垢面的。当然也有例外，只有乔艾玛一个人在窝棚外洗头，洗发香波的味道远远飘进来，和大家的汗水混杂在一起，形成一种奇怪的味道。

我将沉甸甸的装备卸下来，就赶紧向林排长的猫耳洞中走过去。到了洞门口，我看到林平只穿着一件白背心，旁边草地上放着他那身皱巴巴的军装，他嘴里叼着一根烟，正在用左手笨拙地将我那浸满鲜血的内衣布条一层层往下拽，边拽边皱着眉头，看得出来一定很痛。

他见我来了，笑着说："副班长，你们可回来了！这么说'山茶百灵'全部归巢了！"

"是的，排长！"我盯着他的伤口说，"我来帮你吧，排长！"

他并没有反对，我便走到他跟前，蹲了下来，一点点仔细帮他拆开，生怕动作大了会弄疼他。

全部拆下来后，我才发现他的伤口比预想的要小一些。昨天晚上天色昏暗，根本看不清楚到底有多大，现在看来，只是一道十厘米左右的口子，虽然已经停止流血，但被一夜的潮气所浸润后，反而变得发起白了，这可是要发炎的征兆啊！

我拿出药箱中的药水，轻轻帮他敷上，又找出干净的绷带来一层层给他缠好，边缠边问他："真的不用去医院吗？万一感染了怎么办？"

"那就等感染了再去呗！"林平黑黝黝的脸上露出了一丝不屑，长长的胡茬沾满了昨天炮弹扬起的尘土，这个地地道道的铁北的汉子，倒真有我们老家那边人的倔脾气！

"要是真感染厉害了，你就得截肢了！"我还是有些不放心。

"不会的！这点小伤算什么呀！你也太大惊小怪了！"林平掐了烟，接着说，"在你们来之前的一天晚上，我带着两个哥们儿到敌人阵地前沿去布线，就在快布好的时候，敌人的侦察兵突然发现了我们，立即向我们几个发起突袭。当时有三个高地的敌人一齐向我们放枪，密密麻麻的子弹在黑夜里闪烁着，我当时就感觉这回肯定要挂了！我们正匍匐撤退的时候，突然有一枚手雷扔到了我们边上，离它最近的那个兵直接抓着手雷就往外扔，结果手雷刚出手就炸了，他的整个手臂一下子就炸没了，那血就像爆裂的自来水管子一样哗哗往外喷。我忙把他的腰带抽下来扎住他的大胳膊给他止血，结果又一发手雷扔过来，另一个哥们儿为了掩护我俩，直接趴在了手雷上，一声闷响后，就看到他那满身的烟啊！我把他翻过来，他的肠子从肚子里哗哗往外流，我的眼都红了，抓住他的肠子就往肚子里面塞，塞进去后又流出来，流出来了再塞进去……后来，幸亏我方的支援部队及时赶过来了，把敌人全给打跑了！"

"那你那两个战友呢？"我忙问。

"胳膊断了的被送到暖泉涧医院，抢救过来了，不过成了残废。那个被炸开肚子的哥们儿折腾了几个小时，死了！"林平叹了口气说，"护线前，我们还在一起有说有笑的，谁知道也就是一个小时的时间，我们就阴阳两隔了！唉，打仗就是这样，谁知道下一秒钟会发生什么呢？"

是啊，回想起昨天夜里的事情，死神其实近在咫尺。或许，陆琴的观点是正确的，战争本就是一件错误的事情呢！

林平见我发起呆来，便推了推我的肩膀说："累了一晚上，你快回窝棚里面睡一会儿吧，晚上咱们还要去查线呢！"

我站起来，看着他说："那……排长，你也好好休息一下吧！我回去跟彭果商量一下，这几天护线你就别去了！"说罢，就头也不回地走了。

我们一直睡到中午时分送饭的战友来到哨所才醒来。往常，都是那个护送我们到山上的小个子兵来送饭的，可今天却换了另外一个战士，陆琴不禁问："奇怪，怎么今天是你来的啊？小方呢？"

那个战士不动声色地说："他在昨天晚上的战斗中牺牲了！"

"什么？牺牲了？！"陆琴一脸震惊。

"是的！昨天 A 军的炮弹落到我们的营地了，他在抢救器材的时候被炸死了！"

"可是，他才十八岁还不到啊……"我不禁惋惜道。

"炮弹还管你多大啊？"李骄阳说，"可惜了，挺好的一个小伙子！"

"是啊，一个爱学习的小伙子！不过，我们至少知道了他的名字，叫方良。"陆琴重重地叹了口气，眼神中露出悲伤的神色。这些天，小方总是利用送饭的机会，跟陆琴请教很多问题，有考学复习方面的，也有其他方面的，陆琴也很认真地回答他，差不多把他当成自己的一个学生了。

"好了，大家不要难过了！"彭果一脸正色道，"咱们昨天不也是从炮弹的眼皮子底下逃出来的嘛！"

我们都陷入沉默，默默地吃着午饭。我想，那个小个子兵，方良同志从此在这个世界上彻彻底底地消失了，我们再也见不到他了！而我们这八个人，谁又能知道，下一刻谁会突然离开我们呢？

　　一只云雀低鸣了一声，振翅飞向天空，只留下空空的树枝咿咿呀呀地晃动着。似乎根本就没有人注意到，有一只小生命曾经在这里驻足过……

　　有了第一次战斗的经验，我们姐妹在之后的日子中就再也不惧怕炮火了。查线、放线、架线、接线……山上的日子如流水一般，一转眼，一个月就过去了。

　　沐阳山的春天来了！

　　三月初，一直弥漫在沐阳山的大雾突然变小了，懒散了一冬天的树木在温暖的阳光的照耀下，突然焕发出活力来，拼了命地长出新枝新芽，山中的花朵争相开放，茅草比之前更茂密了，还有一些从来没有见过的新奇植物破土而出，茁壮成长，草尖竟然是淡紫色的，在阳光下一闪一闪的，看上去颇为神秘而漂亮。林平说这些草是致命的毒草，让我们千万不要被它们漂亮的外表所迷惑，一定要小心避开。

　　现在，我们七个女兵已经完全适应了山地的环境和生活，再也不是刚刚来到这里时的懵懂少女！我们在实践中完成实践，在战斗中学习战斗，一个个都成了沐阳山战场上的优秀护线兵。我们能够在敌人的炮火中临危不惧冷静面对，过了勇气关；我们能够在暗夜中快速找到线路问题并把线接好，过了技术关；我们学会了用暗语向指挥所报告线路情况的简洁文书，让指挥所心中有数；我们学会了怎样躲闪Ａ军炮弹袭击的妙招，学会了如何在硝烟弥漫中接通线路的方法和时机，学会了在夜间利用炮弹火光观察我军被复线铺设的路径……当然，我们还学会了利用战斗间隙这个调节器，让身体和思想适当放松，得以休整休息，以便全力再战！

林排长看到我们一天比一天成熟，感到很满意。在我的严格监督下，他不得不按时给胳膊上的伤口换药，结果伤口并没有发炎，而是完全好了！他高兴地对我们说，再有一个月，也就是三月底，他的两个月帮带任务就要到期了，他要撤离前线，回到后方的老部队去了。

听到这个消息后，我起先竟然为他要离开我们而感到很难过。但只是难过了一会儿，就又替他高兴起来。他已经在前线坚守了一年多，是该回去看看儿子、看看老娘了！在这里的每一天，都会有送命的可能呢！这些日子里，我和林平经常在一起用家乡话聊天，聊铁北老家的事情，聊各自家里的事情，也聊部队上的事情……渐渐地，我们彼此了解了对方，我被他身上那种朴实无华的本质和英勇无畏的男子气概所吸引，也为他坎坷不平的人生道路所叹息；他对我也比其他几个女兵更为关心和在意，有时我会盯着他那黝黑的面庞和一脸的胡子陷入沉思：他是像我喜欢他那样的喜欢我吗？还是仅仅把我当成一个纯粹的老乡和战友来看呢？而后就开始嘲笑起自己这些小女生的心思来——这可是在战场呀！倘若让彭果知道我脑子里的这些乱七八糟的想法，肯定会把我痛批一顿！

彭果现在越来越像一个干部了，一言一行中无不透露着严肃刻板和雷厉风行。她知道，只要林排长一走，她就必须负责我们这个女兵班所有的事务，所以她现在就必须树立起绝对的权威来。武银娣和乔艾玛都是她一手带过来的新兵，自然被她管得服服帖帖的，虽然乔艾玛还是会经常被她训斥，但大多数情况下也是她咎由自取的结果。如果艾玛不是那么爱打扮、爱干净、爱讲究生活中的每一个细节，胆子再大那么一点点，彭果批评她的次数肯定会少很多。相比之下，没头没脑的武银娣就显得要好管得多，因为银娣向来不善于思考，也没那么多毛病，班长说什么就做什么，很少抱怨，而且她还有天生一股子天不怕地不怕的"愣"劲儿，所以颇得彭果的器重。至于其他三个"外来户"，又都有各自不同的特点：冯菲菲虽然有着较为深厚的家庭背景，但她其实是很在意别人总是拿她爸爸说事的，所以凡是脏活累活她都抢着去干，非常想赢得大家的认可；李骄阳天生是一个东北姑娘的性格，泼辣无比，凡事都大大咧咧的，任务完成得也挺好，就是话多，还爱抽烟，有时候会顶撞彭果几句，气得她干瞪眼没话说，每到这个时候，林排长就会充当"和事佬"的角色，似乎李骄阳就吃林平这一套，哄哄就过去了；而最让彭果头疼的，大概就是陆琴了，没错，陆琴什么都做得很好，技术没得说，学东西又快，也很听话，但她总是时不时地说出几句听上去非常高深莫测、玄而又玄的话，又爱引经据典，不仅是彭果，就连我们有时候也很难跟上她的思想，颇有"语不惊人死不休"的感觉。但我们可以从她的话语中明确感受到一种情绪，那是一种消极的情绪，用彭果的话说便是"资产阶级的腐朽思想影响了通信班女兵们的战斗力"。

三月中旬，送饭的战士给我们带来了一个好消息，他告诉我们前一天晚上，我们的炮兵把敌人的炮阵地给彻底端啦！

"怪不得昨天晚上炮声隆隆的，我去护线的时候看到西面整个天都照亮了！"乔艾玛若无其事地说了一句，好像这些战火就像家长里短一样平常，若换在一个月前，她可是连大白天走出哨所二百米的距离都会感到害怕的呢！

"是吗？那个炮阵地那么难找，这次是怎么找到的？"林平提起兴趣问。

"这得多亏我们师侦察营的胡连长！"送饭的战士得意地说，好像找到阵地的就是他本人一样。

"胡兵吗？嘿，他可是我的同年兵呢！一个车皮拉过来的！"林平有些兴奋。

"排长，你看人家都连长了，你还是个排长！"李骄阳从包里抽出三根"大重九"来，一根甩给那个送饭的战士，一根甩给林平，剩下的那根便塞到自己嘴巴里。李骄阳从口袋里摸出火柴，先给自己点上，又把火递到那个战士面前。大概是很少见到会抽烟的女孩子，那个战士有点目瞪口呆。

"嗨，谁让你们的排长笨哪！"林平划了一根火柴点上烟，抽了一口嘿嘿一笑，"啥本事都没有，就会放个线、接个线啥的，现在只能带着你们七个丫头片子在山里面转悠！"

"排长重男轻女！"武银娣颇为不满地说，"为啥我们女兵就是丫头片子了？"

"好好！不是丫头片子，你们是山茶花，是百灵鸟！"林平咧着嘴笑道，"快说，后来呢？胡连长怎么发现的敌人炮阵地？"

"人家带着四个侦察兵，跨过边界在山林里整整潜伏了一周的时间，最后终于在一座山崖的另一边发现了 A 军的炮阵地！"

"我就说嘛！怪不得我们侦察了这么久都没发现，原来是藏在山窝窝里面啦！"林平愤愤地说。

"所以昨天那仗打得好嘛！"战士继续说，"把敌人的炮阵地坐标摸得清清楚楚，我们的炮兵对准了就用火力集中射击，直接把 A 军的炮阵地给炸平了！"

"唉，这一仗肯定伤亡不少……"陆琴又要开始她的悲观论调了。为了阻止她的言论，我忙说："好！这样我们的阵地就安全多了！"

"可是，A 军还是会重新建立一个新的炮阵地的！"彭果说。

"但是至少能让我们有一段调整休息的机会啊！"林平望着大家，"咱们前线的战略方针是'人不犯我，我不犯人；人若犯我，我必犯人'，A 军也需要休息啊！"

"那排长你的意思就是说，我们也可以休整一段时间喽？"艾玛兴奋地问。

"理论上是这样的！"林平笑着说，"至少不用每天晚上都去巡查线路了，因为这段时间内 A 军的炮弹肯定是打不过来啦！"

"哎呀，太好了！"艾玛竟然高兴地跳了起来，不过一看到彭果那张不动声色的脸时，她又忙坐了下来，眼睛不安地瞅着地面。

看到这一场景，我觉得很好笑，忙说："这确实是个好消息啊！艾玛，快给我们唱个歌，好久都没有听到你的歌声了！"

"好啊，好啊！"武银娣积极附和着。艾玛不安地望了望彭果，彭果点点头，说："唱吧，艾玛！"

"嗯！那我就唱个《啊，朋友再见》吧！"艾玛站了起来，一旦要唱歌，她那张白嫩小巧的脸上就充满了激情和神采，她张开嘴，银铃般的歌声随口而出："那一天早晨，从梦中醒来，啊朋友再见吧，再见吧，再见吧！一天早晨，从梦中醒来，侵略者闯进我家乡；啊游击队呀，快带我走吧，啊朋友再见吧，再见吧，再见吧！游击队呀，快带我走吧，我实在不能再忍受！"

唱到这里，林平也忍不住和她一起唱起来："啊如果我在，战斗中牺牲，啊朋友再见吧，再见吧，再见吧！如果我在，战斗中牺牲，你一定把我来埋葬！"

一听到"牺牲"的字眼，我的心口不禁一紧，虽然我也很喜欢这首歌曲，但还是情不自禁地想到了死亡。

"请把我埋在，高高的山岗，啊朋友再见吧，再见吧，再见吧！请把我埋在，高高的山岗，再插上一朵美丽的花！"受到艾玛和林平的感染，大家边拍着手边一同唱了起来，"啊每当人们，从这里走过，啊朋友再见吧，再见吧，再见吧！每当人们，从这里走过，都说啊多么美丽的花！都说啊多么美丽的花——"

此时此刻，我们每个人的眼睛都湿润了，我想起了电影《桥》中游击队员曼纳的那个年轻助手落入敌人之手，老虎让他马上扔出手雷炸死助手，以免遭受更多的折磨，曼纳伤心欲绝的样子……唉，或许陆琴的话也是有些道理的，战争真是无比残酷的事情啊！而在战火中结下的友情，又是多么难能可贵的呀！我望着一脸严肃的班长彭果、大大咧咧的李骄阳、兴高采烈的武银娣、忧郁深沉的陆琴、娇嫩可爱的乔艾玛，还有那个在炮火中曾经救过我一命的排长林平，以及给我们送饭来的小战士，还有正在外面站岗的胖乎乎的冯菲菲，突然间觉得他们是那么的亲切，就像我的哥哥弟弟姐姐妹妹一样亲，倘若他们中的任何一个人受了伤，或者是牺牲了，我将会是怎样地悲痛欲绝啊！真是想一想就觉得可怕呀！

"真好听呀！艾玛，你不去文工团都可惜了！"武银娣紧紧抓住艾玛的手，这句表扬的话让艾玛的脸都红了。

"这首南斯拉夫歌曲真是太好听了！"李骄阳的话刚出口，陆琴就立即纠正了她的错误："你们唱的《啊，朋友再见》不是南斯拉夫歌曲，而是意大利民歌，原名是《啊，姑娘再见》，而且还是首爱情歌曲。只是因为在《桥》中被广泛传唱，所以大家才以为是南斯拉夫的革命歌曲！"

"好好好，就你知道得多！"李骄阳双手交叠着压在陆琴瘦弱的肩膀上，"你就是文曲星转世，你就是个女状元！"

陆琴白了她一眼："沉死了，你想压死我呀！"

"我又不是冯菲菲！"李骄阳坏笑了一声，不巧正好被不远处的冯菲菲听到了。她气得腮帮子都鼓了起来，大家都笑了。

正如林平所推断的，战斗突然停止了，日子一下子平静下来，山林里面静谧极了，似乎连风吹树叶的声音都听得一清二楚。在这段难得的闲暇时间，林平决定让大家好好睡上一觉，由他来负责线路值班。

我们七个女兵一股脑儿地钻进我们的小窝棚，把架在门上面的蚊帐放下来，连衣服都来不及脱，就美美地躺在了简陋的床铺上，昏昏沉沉地睡过去……

这一觉睡得可真长，我连个梦都没有做，我们把这一个多月日日夜夜的疲累都睡了过去，从下午一直睡到第二天傍晚，直到林排长在屋子外面叫我们吃晚饭，才一个个睡眼惺忪地睁开了眼睛。

我们终于起床了！等我们起来后才发现，掩体的门口盘着一圈圈蛇。这些蛇也不知道是什么时候进来的！刚上山的时候，除了银娣之外，我们六个姑娘都怕蛇，见到蛇就跑，蛇见你跑，它就追你，以为你要攻击它。后来，银娣告诉我们蛇的习性：你不跑，它就知道你爱护它，它就有了安全感，就会和你交朋友；而且蛇还有灵性，如果你打死一条蛇，不论在山上什么地方，其他蛇就知道你是他们的敌人，它们就联合起来攻击你，为被你打死的蛇报仇……渐渐地，就连胆子最小的乔艾玛也不怎么害怕蛇了，至少见到它们后不会再像之前那样惊声尖叫了。

当然，要说玩蛇的高手，那还得是武银娣！

只见她拿着一根长树枝，走到蛇群旁边，顺时针摇晃着树枝。一条带头的蛇伸出蛇头，吐着芯子，一边爬一边绕圈似的缠在了摇曳的树枝上，又顺着树枝爬上她的手和脖子。慢慢地，其他的蛇也跟了过来，顺着树枝都向银娣的身上爬去。此时此刻，她的腿上、手上和脖子上都缠满了蛇，俨然是一个表演玩蛇技术的杂技大师。

我们目瞪口呆地望着她，艾玛小声说："银娣，小心被咬啊！"武银娣一脸憨笑说："没事的，这些蛇都可爱得很！它们在跟我玩呢！"

"武银娣，快把它们弄走吧，排长还在外面等着我们吃饭呢！"彭果说。

"是！"一听班长下了命令，她赶忙"呲呲"地对着带头的蛇吹了几声气，并轻轻拍了拍它的脑袋，那只蛇仿佛能听懂她的话一样，便逆时针绕下树枝，爬到地上，其他蛇也跟着哗啦啦、刺溜溜地从银娣的身上爬下来，然后一齐爬到掩体门口集合。在头蛇的带领下，它们吐着芯子，昂首挺胸、趾高气扬的"哗啦啦"爬了出去，钻到草丛中。

大家都松了口气，而银娣竟然还举起了手，仿佛在跟老朋友告别一般，做了个再见的手势，一脸恋恋不舍的样子！

哦，这个没头没脑、胆大包天的武银娣呀！

八、武银娣

　　武银娣出生在贵州省安顺县深山老林中的一个侗族小寨子，有五个姐姐、一个弟弟。她的姐姐们依次叫招娣、唤娣、来娣、想娣、念娣，而她自己的名字则暗含着"引"弟的意思。顾名思义，由于她的父亲是单传，所以她的家中非常重男轻女，一直想要生个儿子来继承家业。无奈银娣那不争气的妈妈已先后生出六个女娃娃，所以银娣的出生，给这个已经眼巴巴盼儿子盼了多年之久的家庭带来了无限的愤懑与不快。在萨岁庙（萨岁为侗族信奉的女神）中跪拜了整整一个上午的奶奶，本以为自己的诚心能够得到神的祝祷，家中能添一个孙子，孰料竟又是一个女娃娃！她紧绷着布满核桃般皱纹的脸，瞅了瞅床上哇哇大哭的小婴儿，在她儿子耳朵边悄声嘀咕了几句。父亲听了以后，先是皱了皱眉头，但望了望奶奶那张固执的脸，最终还是无可奈何地点了点头，算是答应。原来，他们是商量着要将这个女婴扔掉，因为他们那贫寒的家实在养不起如此多张嗷嗷待哺的嘴巴了！想娣和念娣幼小的两个孩子，都已经先后饿死了，再留着这个小女儿，最终的命运也不过是被活活地饿死。

　　于是奶奶趁着因刚刚生产完而疲惫不堪的母亲睡着的时

候，悄悄将婴儿抱出来，走到后山深处一个很偏僻的山沟中，将她放在了一块清冷的山石上，嘴中念念有词地祈祷了一番，大意是"孩子啊你不要怪我们狠心，下次投胎再投个好人家吧"之类的意思。

待奶奶回到家中，母亲已经醒过来了，她正披头散发地哭闹着要孩子，一溜女娃娃都胆战心惊地蜷缩在屋子里面的角落里，爷爷坐在屋子外面抽着水烟，父亲则一脸漠然地站在地上。母亲见到奶奶，一把扯住她的袖子，大张着嘴巴问："娘啊，娃子那么小，你把她搁在哪里了！"

奶奶一言不发地将母亲的手重重拉开，她是打算铁了心不告诉自己的儿媳妇！就在这时，一直在山中寡居的外公提着一只山鸡进家了。外公是个猎人，外婆死得早，他就一个人在大山深处住着，靠着打猎为生。今天，他是算准了应该是女儿生产的日子，就打了一只新鲜的山鸡给女儿炖汤滋补一下。孰料刚一进门，却看到女儿上气不接下气地哭个不停。一问，才知道是他们一家人刚刚将出生不久的女娃娃给扔了。

外公立马火了："那也是条命呀！你们咋能这么狠心啊！"

"她外公，不是我们不想养，是我们实在养不起了啊！"爷爷一脸苦恼地指了指墙角边蜷缩着的几个女娃娃，"你看看喽，三个女娃娃，加上饿死的两个，咋养嘛！"

外公看了看自己那三个皮包骨头、又黑又瘦的外孙女，又看了看在床上抽泣的闺女，不禁说："大不了我给你们养活一个喽！快告诉我，把娃娃扔哪里去了？"

奶奶极为不情愿地说:"后山第五个山沟沟里面。"

外公忙放下山鸡,一溜烟跑出去,直奔后山去了。

就这样,武银娣被外公在后山找到了,并奇迹般地活了下来。由于母亲受到惊吓,没有奶水,外公就用山羊奶和着米汤来喂小银娣。白天,他经常将小银娣背在身后的竹筐里面,唱着侗族大歌,带着她一同上山打猎。

说来也怪,银娣可能天生就适应山林里的生活,在小小的竹筐里面,她从来都不哭闹,只是静静地听着外公的大歌,玩着他用竹篾子给她编的小蚂蚱、小蝴蝶,就算外公的猎枪响起,她也只是睁一睁眼睛,如同一只刚刚钻出地洞的土拨鼠般将脑袋四下转一转,而后就又若无其事地玩弄起她的那些个小玩具了。

山中岁月长,人间时光短。就这样,小银娣在外公的精心照料下,一天天长大了。在银娣三岁那年,奶奶一家终于如愿以偿地得到了一个孙子,可代价却是母亲因为产后大出血而一命呜呼,留下了五个年幼的孩子。

银娣要比她的三个姐姐都幸运得多,因为外公经常能够捕到猎物。在那个年代,她从小就能吃到很多野味,小身体被喂养得结结实实,一双小短腿因为经常在山林中奔跑而显得愈发健壮,长期的日晒风吹,让她的小脸蛋黑红黑红的,充满了健康的活力,远比招娣、唤娣和来娣那因长期营养不良而一脸菜黄色的面容要显得好看许多。一般情况下,银娣是很少回家的,因为母亲已经去世,而她又很不喜欢奶奶看她时的那个眼神。

在银娣七岁那年，她回家去给家里人送了点野味。回到外公的小屋子中，她就有点闷闷不乐。那天晚上，她和外公吃完饭，一同在竹屋外纳凉。外公坐在竹椅子上，她则一如既往地躺在外公的大腿上。外公又开始给她唱起侗族大歌来，歌声低沉幽咽，银娣听得如痴如醉。

“外公，你唱的这些歌，是谁教给你的呢？”

“是外公的阿妈教的呀！”

“那外公的阿妈又是谁教的呢？”

“是阿妈的阿妈教的呀！”外公摩挲着银娣的辫子，说，“你听，这山里有百鸟齐鸣，百虫齐唱，很久很久以前，咱们的老祖宗们就是听着这些声音创造出咱们的侗族大歌，嘎仑朗是杨梅虫歌，嘎国朵是国鸟之歌，嘎夜是青蛙之歌……人们都说：‘汉字有书传书本，侗家无字传歌声。祖辈传唱到父辈，父辈传唱到儿孙。’咱们侗族的故事，就是这么一辈辈唱下来的。”

“那咱们现在不是可以写字了嘛，还要唱歌干吗啊！”银娣噘着嘴巴说。

外公仿佛觉察到什么，看了看她，说：“你今天咋了，娃子？”

“外公，我今天下山，看到好多和我一样大的娃娃们都去学校上学去了，我能去吗？”

外公听了，和蔼地笑了：“原来是咱们的娣娃子想上学去喽！上学好啊，可以学到好多东西，还能认识好多的娃娃，外公明天就送你去学校！"

"真的？"

"外公啥时候骗过你喽？"

看着外公一脸认真的样子，银娣高兴地咧着嘴笑了。那一夜，她觉得自己是这个世界上最幸福的人，因为她的三个姐姐都未曾上过学，寨子里面的大多数女娃娃是不会去上学的。而她，却能够享受和男娃娃一样的待遇，可以去学校上学！她紧紧地依偎在外公的怀抱里，任凭山林中的微风静静吹过，伴着虫鸣的歌唱进入甜美的梦乡。

外公果然没有食言！第二天早晨天还没亮，他就下山去学校跑了一趟，用他仅有的一点积蓄给银娣交了第一个学期的学费，并去寨子上的杂货铺给她买回来一个花布书包。银娣背着这个花布书包，唱啊，跳啊，一遍遍用她的小手摩挲着书包上那精美的刺绣花边，想象着今天下午就可以用整整齐齐的书本填满这个书包啦！外公抽着水烟袋，眯着眼在旁边看着她，正午的阳光照射在他那张沟壑丛生的脸庞上，一脸慈祥。

为了给银娣攒更多的学费，外公开始琢磨着捕蛇取胆。对于蛇，从小就在山林中长大的银娣并不陌生，山中有很多种蛇，钩盲蛇、尖吻蝮、短尾蝮、竹叶青、翠青蛇、绞花蛇、两头蛇……几乎不下三十种，外公从小就教她辨认哪些是有毒蛇，哪些是无毒蛇，哪些可以和它们玩耍，哪些千万不能招惹。外公常跟银娣念叨，蛇是有灵性的生物，是懂得报恩和报仇的一个神秘物种，你不跑，它就知道你爱护它，它就有了安全感，就会和你交朋友；如果你打死一条蛇，不论你在山里什么地方，其他蛇就知道你是它们的敌人，它们就联合起来攻击你，为被你打死的蛇报仇……外公打了一辈子的猎，却从来不猎蛇，但这回为了银娣的学费，他竟然破了例！因为最近常有城里人来寨子里高价收购蛇胆，很多寨子里的人们都开始上山打蛇，附近山上的蛇越来越少，要想打到蛇，只能往更深更密的林子中去。

银娣在得知外公打蛇的消息后，觉得很害怕，她怕蛇会因为报复而来到他们的小竹屋中。但外公却笑着说不打紧，他每次打蛇前都要先敬一次蛇神，蛇是通情达理的生物，它们会体谅这个老人家的苦衷的！

就这样，银娣用外公打蛇赚的钱，一直读到小学五年级。这期间，爷爷去世了，大姐招娣、二姐唤娣先后嫁出寨子还生了娃，十五岁的来娣也定了亲，小弟金宝上了小学，和银娣在同一所学校里。当然，她对这个本该属于她自己的家从来没有过多深厚的感情，尤其是对自己的弟弟，更没有觉得有任何可亲之处，甚至在潜意识中认为他就是杀害母亲的凶手。在家人面前，她总觉得自己是个外人，因为这个家早在十二年前就已经抛弃了她。

那天早晨，银娣像往常一样，将外公热好的糍粑放在书包中，哼着山歌下山去学校。中午在学校里吃过带来的糍粑后，她的右眼就开始跳个不停，到了下午快放学的时候，就一直没有停止过，这让她感觉心很烦躁。

放学后，她急匆匆地跑回山中，推开虚掩的房门，大叫了一声："外公，我回来啦！"

"唉……"外公微弱地应了她一声，她忙跑到床边，看到外公正蜷缩在床上，一脸难受的样子。

"外公，你咋了？"她忙问。

"唉！今天被蛇咬了一口！"外公说，"都怪我，出门的时候忘了祭蛇神！"

"啥？我看看！"

外公将腿上的裤子往上撩起来，夕阳下，两个深深的牙印刻在外公干瘦的小腿肚子上，周围已经开始红肿。

"外公，是啥子蛇咬的啊？"银娣有些不安。

"我看清楚了，是条'野鸡项'，应该是没有毒的！"

"哦，那就好！"银娣松了口气，"野鸡项"是山中常见的一种蛇，因脖子周围长着红红的一圈蛇鳞，看起来像野鸡的脖子而得名，这种蛇脾气温和，比较容易相处，是一种无毒的蛇。

"没啥子大事，我已经上了草药，我现在就给你做饭去！"外公说着就要起来，银娣忙按住外公的手，说："外公，今天我给你做嘛，你就不要动啦！"

她先从缸里捞出一条已经腌得酸酸的鱼热上，同时蒸上一笼屉红糯米饭；而后将早晨刚摘的新鲜竹笋洗干净，取出一块腌肉切成片，两样和在一起炒了，还煮了一小锅香喷喷的油茶。等她将饭菜都端在竹桌子上，夕阳已经全部沉了下去。她忙点上煤油灯，叫外公起来吃饭。

外公从床上下来，一瘸一拐地挪到小竹椅子上，银娣盛了满满一碗糯米饭递给外公，开心地说："吃嘛，外公，看看我做的香不香！"

"香得很，香得很，我在床上躺着，闻着就香嘛！咱们的娣娃子长大喽，可以给外公做饭喽！"

"外公，你要喜欢吃，我天天给你做呀！"银娣关切地说，"外公，明天你就不要出去了，在家里好好休息吧！"

"好，好！外公听娣娃子的！"外公拿着筷子，并没有夹菜，而是一脸慈爱地望着小银娣，"咱们的娣娃子越长越漂亮啦！再过几年，就要成大姑娘了！"

"外公，等将来我长大了，还要读更多更多的书，还想去县城读初中、高中，还要考大学，去大城市！到时候我要把外公接到城里去住，让你天天有肉吃，有酒喝，啥事也不用操心！"

外公咧着干瘪的嘴巴笑了，眼睛中却分明闪现出几许泪光来："好，好，等将来外公就跟着娣娃子享清福喽！"

"外公，不要光说话嘛，快吃菜喽！"银娣夹起一块鱼肉，放到外公的碗里面。

她绝对没有想到，那竟然是她与外公最后的晚餐。

这天深夜，银娣被外公一阵阵的呻吟声给吵醒了。她忙点亮煤油灯，看到外公一脸痛苦地抽搐着，猩红色的眼睛在微弱的灯火下闪耀着寒光，嘴巴不停大张着，像是要咽下什么东西似的，两只手不停地抓着胸口……她一下子慌了神，忙抓着外公的手问："外公，外公，你这是咋了？"

"蛇……蛇……"外公几乎说不出话来，但银娣却明白过来，一定是蛇有毒！她忙穿好衣服，向山下跑去。

她摸着黑，连滚带爬地找到寨子里白郎中的家，连哭带求地将人家从床上拖了起来。白家世代行医，寨子里面但凡有什么小毛病，都找他们一家人看。

待她带着白郎中回到山中的小竹楼时，外公已经奄奄一息了。

白郎中看了看外公的伤口，又仔细检查了一番，摇摇头说："太晚了！"

银娣听了之后如五雷轰顶，直接跪在白郎中的脚下，抱着他的腿大哭着说："求求你，求求你，救救我外公，救救他！"

白郎中叹口气说："中毒太深啦！这样，吃了我这服解毒药再看看吧！"

白郎中将药冲好，给外公服下后就走了。银娣趴在床边守着外公，一整夜连眼睛都不敢合住，生怕一不小心外公就走了。

天快亮的时候，外公停止了呻吟，两只眼睛虽然依旧红通通的，却散发出一丝神采来。银娣见状，忙递了口水给外公喝。外公摇了摇头，一脸不舍地看着银娣说："娣娃子，看来，外公是不能陪你喽。以后你一定要自己照顾好自己！外公会在天上看着你，让萨岁女神保佑你，让你逢凶化吉、长寿平安的！"

"外公……外公……你不要说了！"银娣抓住外公的手，她感觉到他的身体炽热无比，她哭出声来，"我还要接外公住在城里的大房子里，还要给外公买好多好多好吃的、好穿的……"

"娣娃子……回家去吧！搬回去……去跟你阿爸……阿婆……一起住吧……"

"不，不要！我要跟外公在一起嘛！"银娣紧紧搂住外公的脖子，泣不成声，连外公搭在她背上的那只手轻轻滑落下来，都没有觉察到……

就这样，这个世界上唯一疼爱着她的外公走了，走得那么仓促，那么着急，甚至还没有享受到他的外孙女许诺给他的任何回报。后来过了很久，她才知道，咬外公的"野鸡项"，学名叫作红脖颈槽蛇，是一种剧毒蛇类。这种蛇的毒牙位于口腔后部，需要咬得很深才能注毒。人一般被这种蛇咬一口后，不会出现严重反应，这也是很多人以为这种蛇没有毒的原因；但一旦咬得深了，就会向人体注入毒液，如果中毒，除了透析，无药可解。

外公去世后，她不得不搬回家中去住。尽管她又哭又闹地竭力想争取去上学，但最终也没能再回到学校。来娣马上就要嫁人了，奶奶年事已高，父亲让她留在家中做饭，有时还要跟着父亲下地干活儿。

就这样，她白天忙地里的活儿，晚上做饭洗衣服收拾家，完全成为这个家中顶替母亲和三个姐姐的主要劳动力，成为一台不知疲倦的干活儿机器。有时，她会望着那些朝学校走去的同学们发呆，她甚至都快忘记了，自己也曾经是他们中的一员，自己也曾发誓要上中学、大学，走出大山，走向城市……那一切的一切，却都已经随着外公的去世而永远地埋葬到红土深处去了。

在她十八岁的时候，弟弟小学毕业。弟弟没有上初中，奶奶和父亲给弟弟说了村里面的一个姑娘，准备先定亲，过几年再结婚。定亲需要给女方一大笔彩礼，但这些年来，嗜赌如命的父亲并没有积攒下多少积蓄，于是家里开始逼着银娣嫁人。也就是在那一年，上面到县里征兵，有三个女兵的指标。因为大姐夫在乡政府工作，大姐招娣悄悄将这个消息告诉了她，她听了之后，就瞒着奶奶和父亲，偷偷跑到县人武部招兵办报了名。到了面试的时候，她也是偷偷跑去的，那个时候她的身高还不到一米六，来招兵的男干部看到她身量未足的样子，什么都还没问，就摇了摇头。银娣急了，她忙说："解放军首长，您不要光看外表呀！我什么都能干！能跑、能跳，还会爬树！"

"哦？你会爬树？"那个男干部来了兴趣，因为在他的征兵计划中，是要招两个女通信兵的，而通信兵的训练科目之一就是爬电线杆。

银娣点点头，黑红黑红的脸上写满了真诚。那个男干部带着她走到人武部的院子里，指着院子中间的一棵木头电线杆说："爬上去看看！"

银娣二话没说，只是低下头，向手心吐了几口唾沫，又蹲在地上用土搓了搓手，而后一咬辫子，噌噌噌几下就爬到了三米多高的电线杆子顶上。

那个男干部目瞪口呆，忙说："好了，姑娘，快下来吧！"

三天之后，入伍通知书就寄到了家中。银娣欢天喜地，奶奶和父亲却愁眉苦脸。在他们看来，银娣去当兵，就等于到手的一座金山被水冲走了，但这是国家的命令，他们也无可奈何。

于是，十八岁的侗家妹子武银娣，就这样永远地告别了大山，走向了另一个更为广阔的世界！

进了部队之后，她感觉一切都是新鲜的。天天都有馒头米饭可以吃饱肚子，还有那么多可爱的战友。由于她是南方人，一顿饭可以吃下三碗米饭，这让那些大多家在城市的女兵们目瞪口呆，尤其是一个班的战友乔艾玛。为了保持身材，乔艾玛每天只吃半碗米饭就可以了，看到如此能吃的武银娣，她觉得太不可思议了！当然，在武银娣的眼中，乔艾玛才是让她极为惊叹的一个女孩儿，因为这个女孩儿有着瓷娃娃般的容貌，皮肤极其细嫩白皙，天然带着一些黄色和鬈曲的头发在太阳光底下会发出金子般闪耀的光芒，细细的腰身让银娣觉得轻轻一折都会断掉。艾玛懂得很多皮肤保养的知识，她教银娣用雪花膏、擦凡士林，甚至还在一次站里的晚会上帮银娣修了眉毛擦了粉，让银娣第一次发觉自己的脸蛋不再是黑红黑红的颜色了……

当然，对于乔艾玛的这些所作所为，班长彭果是绝对不会喜欢的。彭果永远都是那么严肃认真，银娣打从见到她的第一眼就开始怵她，仿佛她就是从公社大院里面贴的宣传画中走出来的人物一样。但彭果对银娣还是相当不错的，因为银娣人老实，也听话，还很有气力，凡是苦活儿、脏活儿都抢着去干。对于这些，彭果都是看在眼里，记在心上的。所以年底评选优秀士兵，银娣成为他们站里那批新兵中唯一一个第一年就评上优秀士兵的女兵。

站里的表彰大会结束后，银娣就戴着大红花，拿着证书和奖章，独自一个人跑到训练场一处偏僻的角落中，对着家乡的方向，满眼含着热泪，轻声低吟着："外公，你的娣娃子来到部队啦！你的娣娃子被为评优秀士兵啦！"

省会十二月的风竟然没有一丝寒冷的味道，轻轻抚摸着她那黑红色的脸庞，宛如外公那长满老茧的大手般温柔……

九、假日

一个阳光明媚的下午，我走出茅草窝棚，看到瘦弱的陆琴正坐在草地中的一块石头上，拿着一支破旧的钢笔在一个小本本上不停地写着字，时而还抬起头来，出神地望着远方，一副冥思苦想的样子。她那刚刚洗过的黑发一缕一缕地垂在胸前，在阳光下闪闪发亮。我悄悄走到她身后，猛地拍了她的肩膀一下，大叫了一声："嗨——"

"哎呀——"她猛地跳起来，一脸慌张地回过头来，一看

　沐 阳 山 上 的 女 兵

是我，才长舒了口气，"芷华姐，是你啊！我还以为是敌军来偷袭了呢！"

"要是敌军真来偷袭，你的小命早就没了！"我凑过头去，看着她的本子上已经密密麻麻地记了好多字，好奇地问："你在写啥呢，这么认真？"

"我啊，在写一首关于咱们一起战斗的歌词呢！不过还没写好。"

"是吗？快给我念念！"

"嗯……那你不许笑我！"陆琴微微笑了笑，拿起本子，深情地念道，"沐阳山，沐阳山，我是你的通信兵，一山一水满是情；炮声隆，弹飞鸣，脚穿铁鞋走山路，手牵银线似百灵。姐放线，一根根，不管风雨不管晴，不畏艰险山路行……最后还有一段，我正在想呢！"

"听着真不错，我给你想想啊！"我坐在她身边，托着下巴，想着这些时日我们在一起战斗的点点滴滴，张口慢慢说出来，"生死场，战友情，无论何处线路断，有我姐妹立马通，首长夸咱有神功！"

"芷华姐，你这几句虽然不大押韵，说的也是大白话，不过却也符合实际！要是换作我，是绝不会写出这么有高度的词句的。我看不行就用这个来结尾吧！"说罢，她几笔写在本子上，而后又盯着我，神秘地笑了笑："你这句'生死场，战友情'是不是有感而发啊？"

我立即明白了她的意思，她是在说我和林平。我的脸立刻滚烫起来，用手捶了她一下，"瞎说什么啊！"但我的内心却已经波澜起伏了。

是的，这些日子的相处，让我对林平越来越了解，他既有我们老家人的那种憨厚朴实、善良诚恳，也有军队赋予他独特的军人魅力，而少女的情窦初开也就是那么一瞬间的事情，自从他救了我的那个晚上，我对他的感觉就开始悄悄发生了变化。这些时日以来，我发现自己在内心深处是非常渴望和他待在一起的，每次在一起聊天或者工作，我都觉得幸福无比。而他，似乎也是愿意和我多聊天多相处的。我想，这大概就是恋爱的感觉吧！但是后天，他就要离开我们回到后方去了。他尽量推迟了回去的时间，说是为了多带带我们，但我内心更希望的是他想与我多相处一些时日。一想到马上就要分别，我就会感到莫名的惆怅和不舍。今后，也不知道我们是否能有机会再次相聚……

"嗨，你们两个在这里干什么呢？"乔艾玛银铃般的声音在我身后响起，也打断了我的思绪。看到她，我忙转移了话题："艾玛，正好，你快来看看，陆琴刚刚写了一首歌词，你来谱个曲，咱们一起唱！"

乔艾玛从陆琴手中拿过本子，眯着她那双小眼睛快速地扫了几遍，而后说："不赖！就叫《沐阳山通信女兵之歌》吧！至于曲子嘛，我得好好想想，这个可不是一时半会儿就能想出来的！"

"这个名字起得不错！"我笑着拍了拍她那瘦小的肩膀。

艾玛抬起头，灰褐色的小眼睛一眨一眨的，有些兴奋地说："对了，我来找你们，是有很重要的事情跟你们商量的！"

"啥事啊？搞得这么神秘！"我看着她，笑着说。

"咱们来山上这么久了，好不容易休战几天，你们就不想下山看看吗？"艾玛说，"我听说这个山下有个小镇子，那里的老百姓都特别好客，尤其是对咱们当兵的！而且这边还有好多好吃的东西，像什么糯米糍粑啦、过桥米线啦、汽锅鸡啦……"

"好啦好啦，你看你，口水都快流出来了！"我推了推沉浸在美味佳肴幻想中的艾玛，"你不是要保持身材嘛，还想这么多吃的干吗？"

"芷华姐！人家就是保持身材，也不反对偶尔放纵一下，满足满足胃口嘛！"艾玛噘着嘴，一脸娇羞的样子。

"下山能行吗？"陆琴发出质疑声来，"恐怕彭班长那边就通不过……"

"嗨，咱们可以去动员动员骄阳姐她们三个呀！我想菲菲和银娣也不会反对的！只要咱们六个人同意了，班长那边就会妥协的！你说是不是，芷华姐？"

我也有点心动。毕竟，来这里两个多月了，我们除了在山上的阵地跑来跑去，连山脚都没有下过。

"那这样，陆琴你去跟骄阳说一下，艾玛去和银娣说，我跟菲菲说，让大家都知道这个事情。等晚上吃饭的时候，我们直接跟林排长提出来，他要是同意我们就去，到时候彭果就不好反驳了！"

"班副，你要是亲自出马跟林排长说，估计这事就十有八九可以成了！"陆琴一脸不怀好意地望着我。我也笑了，很干脆地说："好，那就我来提！"

"真看不出来，你跟咱们的大班长可是两类人哦！"陆琴说。

"陆琴，你是外单位来的，对我们芷华姐了解还少，她是经常护着我们的老大姐，才不像彭班长那么假正经呢！"艾玛撇了撇她的小嘴说。

"艾玛，彭班长哪有你说的那么差啊，关键时刻她也是会站出来的！而且她对你一直很关心。不过我们这叫劳逸结合，休息好了，才能更好地投入到战斗中嘛！"我站起身来，望着眼前郁郁葱葱的山林，心情一片大好。

到了吃晚饭的时候，我们八个人聚在一起，刚吃了几口，我给艾玛她们递了个眼色，就对林平说："排长，这样休战的状态还能持续多久呢？"

林平边吃着手中的午餐罐头边说："估计还有几天吧。不过听说四月份我们部队就要有大行动！"

"也就是说，我们安稳的日子没有多少天啦？"李骄阳问。

"希望这次是彻底铲除敌军的大行动，这样战斗就能结束了！"彭果说。

"现实的战争可能会结束，人类灵魂的战争却才刚刚开始。"陆琴慢悠悠地吐出一句，彭果立即瞪了她一眼。如果因为这个话题引发彭果对陆琴的批评教育，那估计这顿饭吃完了我也不能将我们下山的想法和盘托出了，我急忙插嘴对林平说："排长，我们明天能不能下山一趟啊？"

"哦？下山做什么呢？"

"休整一下，到山下的镇子里转转！"我开门见山地说。

"是啊排长，我们上山都快两个月了，还没有下过山呢！"艾玛忙附和着，彭果严厉地扫了艾玛一眼，艾玛赶紧闭住嘴巴，不说话了。

"对啊，排长，我们要跟当地人民时刻保持深厚的友谊，这样才能更有利于军民联合抗敌嘛！"李骄阳才不管彭果高兴不高兴呢，她的东北大嗓门一扯，立即让其他几个姐妹信心倍增。

林平沉思了一会儿，点头道："好！可以！明天就给你们放假一天！我来守护值班阵地。但是，你们务必要在晚饭前回到阵地，否则，我可没办法向上级交代！"

除了彭果，我们其他几个姐妹都兴奋极了，没想到林平答应得这么痛快。彭果一脸坚决："排长，那我留下来跟你一起守护阵地吧！"

"好了，彭班长，你和她们一起下山去吧，有我一个人在就够啦！"林平望着彭果，"再过两天，想让我帮你们干些什么也不可能啦！"

听他这样一说，我刚刚还十分兴奋的心情立即如热炭上浇了一盆凉水般难受起来，陆琴仿佛觉察出我细微的变化来，忙说:"排长,那你一个人在阵地,可要小心啊!"

"该小心的是你们这帮小丫头!"林平非常认真地说,"现在的 A 国特工特别狡猾,经常会伪装成老百姓的样子来边境地区搞侦察和破坏,你们可要时刻提高警惕啊!"

"是,保证晚饭前回来!"除了我和彭果,其他几个女孩都兴奋地回答道。

第二天一大早,我们几个脱下军装,换上了上级统一给我们配发的当地彝族服饰,打扮成来这里旅游的彝族姑娘——当然,我们还在行囊里装上了铁把冲锋枪,每个人都不露声色地背在背上。看着彼此扮成这副模样,大家都不约而同地抿嘴笑了。下山的路上,大家有说有笑,几乎将战争的阴霾全部抛到脑后了,就连一向严肃的彭果,也被姑娘们开心的情绪所感染了,脸上不时露出几许笑容来。

下山果然比上山要容易得多,还不到两个小时,我们就看到了山下的小镇。在镇子边上,有一片本应该是树林的地方,却稀稀落落地长着树木,好多树下都放着三块石头,石头上面还有烧香留下的痕迹,一些小树杈上还绑着竹筒,这让姑娘们感到十分好奇。

就在这个时候,一个中年妇女正巧在离路边比较近的一棵树上绑竹筒,我们走到她跟前,胆大的李骄阳上来就问:"大姐,你在树杈上面绑个竹筒,是做什么用的呀?"

"哦,我们村里的妇女生了孩子,都要把胎衣放进竹筒,拿到这里来捆在树上。"那个妇女倒也不认生，用一口带有浓郁当地话回答我们。

李骄阳继续问："您今天是来给谁绑的呀？"

"给我女儿！"中年妇女边绑边高兴地说，"她昨天晚上刚刚生了个男孩，终于可以接到婆家去啦！"

"啊，那意思是生孩子前，媳妇都在娘家住啊？"李骄阳不解地问。

"对啊！我们这里的女人生孩子前都在娘家住，一直到生了孩子才可以回到婆家去住，那个时候还要庆祝一番呢！不过妇女们生了孩子，就不能吃猪肉和猪油了。"

"为什么啊？"我们都很好奇。

中年妇女绑好竹筒，下来对我们说："传说很早以前，有个男人出门打猎，女人在家照顾孩子料理家务，后来她家的猪跑了，男人回来后对女人又打又骂，女人疼得实在招架不住了，就说求求你不要打我了，以后再养一头猪，养大后我不但不吃肉，连猪油也不吃。于是这个风俗就流传下来，成了我们这里的规矩！"

听到这里，银娣的脸一下子沉了下来，咬牙切齿地说："这都是严重的男女不平等！"

"那边放石头的树是干什么用的呢？"冯菲菲问。

"那些树木是老人们的灵树。"

"什么叫灵树呀？"冯菲菲继续追问道。

"灵树就是给老人做棺材用的树！"那个中年妇女笑着说，

"寨子里的人到了一定岁数，都要来到这里给自己选一棵灵树，选中哪一棵，就在下面放三块石头，意思是这棵我选中了，再来的人只好去选别的树木。老人们每年都要过来祭奠一番，日子一般选在农历八月，要先杀一只鸡，煮熟了带过来，还要烧香参拜，这些香灰就是他们留下的。到了老人快要去世的时候，家人便过来把他们选中的那棵灵树砍下来，做成棺材用！"

我们听罢，都吐了吐舌头，原来这些树都是给死人用的！

那个中年妇女收拾收拾东西，就要离开，艾玛忙问："那么大姐，你们寨子里面有什么好吃的地方吗？"

"有啊，你们往前走，在前面那个路口拐个弯，不远处就有好多小饭店，都是好吃的！"

"谢谢大姐啊！"我们顺着她的指引，来到镇子里面，找到了小饭店聚集的地方。

这里虽然地处边疆，却别有一番繁华景象。这一天正巧是集市，青石板路上到处都是熙熙攘攘的人群，他们穿着各色各样的少数民族服装，好不艳丽，尤其是苗族和彝族妇女们的银饰，在阳光下闪闪发亮，看着沉甸甸的，让人不由得产生一种想摸一摸的冲动。当地的老百姓还把鸡蛋用绳子串起来卖，像北方人卖大蒜一样，也让我们感到十分新奇。

中午时分，我们找到了一家小饭馆，大家争先恐后地要了汽锅鸡、水晶肉、腊猪脚、米花、炸芭蕉、糯米糍粑等一大堆好吃的，告别了天天的萝卜青菜、压缩饼干和午餐肉，让姑娘们的食欲大增，尤其是冯菲菲，一手拿着一只猪脚，一手拿着一根鸡腿，吃得满嘴都是油，腮帮子还鼓得老高。

陆琴笑着说："菲菲，你这个吃相让我想起了《红楼梦》里刘姥姥进大观园时的情景。当时贾母在大观园宴请众人，吃饭前，刘姥姥就是这样鼓着腮帮子，说了一句：'老刘，老刘，食量大似牛，吃一个老母猪不抬头！'一下子把大家都逗乐了！"

李骄阳说："菲菲，你也说一句：老冯，老冯，食量大似牛，吃一个老母猪不抬头！"说得我们都大笑起来。

"菲菲，快慢点吃吧，多有损革命军人的形象呀！"彭果忍不住说了她一句。

"才不要呢班长，这么好吃的东西，在家里都难吃到！"

"是啊，吃了这顿，下顿还不定能不能吃上呢！"陆琴叹口气，眼睛中突然浮现出鬼魂一般的忧伤来。

"哎呀呀，真是乌鸦嘴！"李骄阳拍了陆琴的肩膀一下，"再过几天，战争就结束啦，等回到家后天天都吃好吃的！"

女兵们吃着，谈笑着。李骄阳突然嚷嚷着要吃饺子，彭果白了她一眼说："这是在南方，哪里来的饺子呀！"

一旁的老板听了这话，忙上前说："嘿，小丫头，我们这里还真有饺子呢！还有个好听的名字，叫'蝴蝶饺'！"

"什么？蝴蝶饺？名字听着倒是很美！"陆琴说，"这里面有什么故事吗？"

"这个小姑娘真聪明，这蝴蝶饺还真有一段故事哩！"老板见我们几个姑娘像是外地来的，就坐在我们旁边，很耐心地对我们说，"这蝴蝶饺啊，是一对 A 国夫妇发明的。据说，他们年轻时就来到了中国，到咱们这里工作。后来两国关系恶化后，他们在我们这边多少也受到些影响，不能到单位上班，也没有工资可以领。但咱们的政府还是给他们找了出路，让他们开了个私人小饭馆。因为他们都不会做菜，就学着包饺子，但又不知道水饺和馄饨的区别，包着包着就包成了馄饨的样子，周围留出的面皮比馄饨上的还要宽，下到水里就像蝴蝶的两扇翅膀，所以就叫了'蝴蝶饺'。后来我们这边的人也学着他们包这种饺子，于是便出名了！"

"哦，原来是这样啊！"陆琴若有所思地说，"我们对 A 国人民真是太友善了！"

"嗨，说这么多没用的干什么啊！"李骄阳敲着碗筷，一脸侠女风范，大大咧咧地对老板说，"小二，赶紧来一盘尝尝！"

如愿以偿地吃完了大餐，我们又转场到一家果园中。我们和主人商量了一下价钱，就尽情地到果园里采摘新鲜的水果吃起来。大家喝着椰子水，吃着香蕉，啃着甘蔗，真是无比酣畅淋漓。银娣还头一次唱起了侗族大歌，她的歌声虽然不及乔艾玛的那样专业和优美，但却有一种原始和粗犷的味道，在这种场合下显得恰到好处，以至于我们都跟着她的歌声拍着手、跳起舞来。

来果园里摘果子的一对母子也被我们几个欢乐的氛围所感染了，一同加入到我们的队伍中，和我们一起拉着手跳起了彝族的旋转舞。站在旁边的彭果不时看着手表，李骄阳则一把将她的手拉起来，拽进了我们围成的大圈子中。

大家尽情地唱啊、跳啊，忘记了边境前线的战火纷飞，忘记了生死边缘的枪林弹雨，也忘记了青春少女的一切忧愁和烦恼……

十、牺牲

就在我们玩得开心的时候，天空却突然阴暗下来。

开始，我们还以为是要下雨，可不一会儿的工夫，雾气就像从山石里、地缝中和树林后钻出来一样，顿时就弥漫在整个果园里。

"快，快，赶紧收拾东西！"彭果焦急地看了看表，不耐烦地说，"已经快三点了！"

等我们走出果园大门，之前还清晰可见的山峦、田地和农舍，现在早已经消失得不知所踪。混沌大雾遮天蔽日般吞噬了一切，而且今天的雾与我们初到沐阳山那天遇到的还不一样，那天的雾都是白色的，一看就是水汽，但今天的雾气中却夹杂着黄褐色，完全将刚才还十分耀眼的阳光遮蔽得一丝不剩。那高高的椰子树、芭蕉树在我们身后如鬼魅般站立着，让整个氛围显得更加阴沉恐怖。后来，直到我们回到阵地，才终于搞清楚了"天地混沌"的真正原因，这是由于前些日子沐阳山天天打仗，敌我双方的数百枚炮弹漫天飞舞，炸药包、地雷、火箭弹遍地开花，致使沐阳山上空全都被炮火所产生的浓重硝烟所覆盖，一旦气压偏低，那些弥漫在高空中的烟尘就从高处沉降下来，形成这种黄褐色的浓雾。

我们急匆匆离开果园。走上大路不久，我们就听到了一阵阵敲锣打鼓的声音从镇子的方向传来。那锣鼓声离我们越来越近，中间还夹杂着男男女女的喊叫声："天狗吃日头啦！天狗吃日头啦！大家敲起锣打起鼓，把天狗赶走，尽快见到日头！"

我笑了笑，说："想不到这里的少数民族也相信天狗食日的传说啊！"

骄阳说："这是老人们留下来的习俗，在我们长白山那边也是这样的！"

"那有效果吗？"银娣问。

"你说呢？要是真能用敲锣打鼓的方法来控制自然界的天气，我们何不用这个来对付敌人呢？"陆琴的口吻中略带一丝嘲笑，"大雾混沌了天地，人也变得糊涂起来。"

"好啦好啦，你们就别瞎扯了！"彭果看到四周无人，一脸生气地说，"叫你们别下山别下山，就是不听我的，下来玩得魂都丢了，这下好了吧！这么大的雾，怎么回去啊！"

"班长你先别着急！"我说，"我记得咱们下山的时候是沿着这条大路来到镇子上的，现在按照原路返回，找之前的参照物，慢慢走肯定可以走回去的。"

"班副，你说得轻松！现在雾这么大，之前来的时候，那些参照物早就找不到了！"

"那我们就找咱们的线路，只要能找到一根线，就顺着线走，肯定可以摸回去的！"陆琴的一句话突然点醒了我们。

"还是高才生的脑子好！"我由衷赞叹了一句。

"也只有走一步算一步了！"彭果强打起精神，对大家说，"咱们山茶百灵女兵们听好了，待会儿行军，一定要一个跟着一个，紧紧地跟上，绝对不允许掉队！还要随时保持警惕，防止敌人偷袭。大家明白吗？"

"明白！"我们几个齐声回答。

现实远比想象的更加残酷。

山上的雾比山下的还要浓重和厚实。离开大路，走上山道，我们就像是在天上那浓密的乌云中行走一样，似乎一伸手就可以抓到一团团雾气形成的棉花团，可若真伸手去抓，抓到的却是那空空如也的水汽。这情形，就像小时候曾经出现在我梦魇中的画面一样熟悉——但这不是梦，而是现实！

山路变得比我们下山时难走多了，很多地方，我们似乎觉得很熟悉，但走过了却又发现不是来时的样子。指南针彻底失去了它的作用，虽然我们明明知道哨所就在山的北坡上，但沐阳山大大小小的沟壑却如核桃的褶皱般不断出现在我们眼前，一会儿上坡，一会儿下坡，有一阵子甚至觉得是在南坡下山的节奏。天色越来越暗了，彭果不时看看表，无比地烦躁和不安。

"我们不会走到 A 军的阵地中吧？"艾玛颤抖地嘀咕了一句。

"那也没准儿啊！"李骄阳说："听说 A 军对我们的女俘虏

可凶残了，逮住一个就要扒了衣服强奸！"

"妈呀——"艾玛吓得惊叫起来。彭果立即回头瞪了李骄阳一眼："李骄阳你别瞎说，咱们要是真走到Ａ军山头上，早就看到我们的工事了！"

"这帮Ａ国兵就是一伙儿畜生，人渣！亏我们之前对他们那么好！"李骄阳攥紧了拳头，狠狠地说，"将来要是让老娘碰到Ａ国兵，老娘非狠狠地揍他们一顿，把他们打个狗吃屎！"

"骄阳，你好有女侠风范啊！"我打趣她说，"就怕还没等你伸出拳头，人家的子弹就先飞过来啦！"

"芷华姐，你也太小看我了，我小时候可是练过武功的！"李骄阳拍拍胸脯说。

"你们先别说笑了，赶紧来看看这路该怎么走啊！"走在最前面的彭果突然停住了脚步，一脸茫然地站在那里。

我们几个上前一看，顿时都傻了眼：在我们面前的，是一个岔路口，而这个岔路口竟然有三条羊肠小道，都通向北边的方向。可该走哪一条呢？

"我记得我们下山的时候没有这个岔路口呀！"我不禁皱起眉头，"看来，我们真的迷路了！"

"就是迷路了也得找回阵地！"望着越来越暗的天色，彭果担忧地说，"现在阵地上只有林排长一个人，敌人一旦在这个时候出来破坏线路，排长他肯定是忙不过来的！"

"那我们到底该走哪条路呢？"艾玛紧张不安地问。

"要么，我们'公鸡头母鸡头'吧！"银娣突然傻头傻脑地冒出来一句。

"鸡你个头啊！"彭果忍不住骂了银娣一句，这让银娣很难过，因为彭班长还从来没有对她这么严厉过。

彭果沉思了一会儿说："我看，为了稳妥起见，我们还是走中间的这条路吧！就算最后发现是错的，左右两边还是有路可以拐进去的，不至于偏得太远。"

"那就按班长说的走吧！"冯菲菲第一个应声支持道。

我却隐约感到一丝不安：这个地方太陌生了，一旦按照错误的路线继续走下去，很可能会越走越迷糊。带着这种担心，我对她说："班长，如果咱们走错了路，离哨所越来越远怎么办？我看不如在这里先歇一夜，等明天清晨雾散了再走？"

"那万一明天早晨，大雾还是没有散呢？"陆琴问。

"没有散我们就继续找！反正沐阳山就这么大，我们总会找到阵地的！"彭果说，"走吧姑娘们，别犹豫了，再过一会儿天就真的全黑下来了，到那个时候我们就真没办法再继续走了！"

大家只得背上背包，沿着中间的道路继续前行。

天色愈来愈黑，雾气中的星星微光一点点被浓雾蚕食着，周围的树木张着巨大的树冠，如一只只巨手般压向我们，长长的茅草也变得越来越湿，我们的鞋子、裤腿都被水浸湿了，混杂着汗水，黏糊糊地粘在身上，好不难受！

最终，天黑到了伸手不见五指的程度。彭果无比沮丧地说："看来，我们只能在山上过一夜了！"

"排长不知道着急成什么样子了！"一想到林平，我就有点烦躁不安。陆琴觉察到我的情绪，悄声安慰我说："你放心，排长的战斗力那么强，不会有事的！"

在漆黑一团的夜里，我们凭借着手电筒微弱的光芒，找到几棵硕大的芭蕉树，大家拔了一些湿漉漉的芭蕉叶铺在地上当床。为了防潮，我们把枪从背包中取出来，将空的背包铺在叶子上，靠着树干坐到背包上。一天的奔波劳累所带来的浓浓倦意，顿时袭来，彭果还在安排岗哨的时候，武银娣的鼾声就已经响起来。

也不知过了多久，有人拉着我的袖子叫我起来。一听声音，是陆琴的。我迷迷糊糊睁开眼，此时的天，似乎已经有了一丝光亮，但迷雾却依旧没有散去的迹象。我记得我是凌晨五点钟的岗，照这样下去，很可能天都亮了雾气还散不了。我感觉自己的全身都湿透了，仿佛是刚刚淋过一场大雨，脑袋被无数只瞌睡虫拽着咬着，困意如一只大手般牢牢抓着我，但我还是强撑着努力去摆脱这一切，使劲儿睁开眼睛，站起来。

陆琴见我困成这样，便也没有立即去睡，而是跟着我一起走到树林边上。

"怎么，你不睡觉啦？"我问。

"反正还有一个小时就要出发了，再睡也睡不着啦！陪你站完这最后一班岗呗！"

我笑笑，以表示自己对她的谢意。我们二人围着临时营地走了几圈，就坐在树下的一块石头上。

沉默了一会儿，陆琴突然问："芷华姐，等这次战争结束了，你打算做什么？"

"我？考学提干，继续为人民服务呗！"我笑了笑，很奇怪思想一向不着边际的陆琴竟然会问出这么现实的问题。

"很符合你个性的一个想法！"陆琴叹口气，"你就不想想你自己的事情吗？"

"什么事情呢？"

"你和林排长的事情啊！"

"我和他？"我的脸顿时热了起来，"陆琴你别瞎说了，我们能有什么啊！"

"你们可以拥有幸福啊！"陆琴突然变得很热情，"你喜欢他，他也喜欢你，对不？既然你们相互喜欢，为什么不在一起呢？"

我知道，在陆琴面前，我是瞒不住自己的那点心思的，陆琴是我们几个人当中头脑最聪明的人，这不仅仅体现在她那过人的智商和渊博的知识上，还体现在她那出奇敏感和准确的洞察力上。但一想到还有一天，林平就要离开我们，下山回到后方去，我的心情就有些沮丧。我长长叹口气："唉，谁知道今后我们还会不会再相见呢？"

"所以，战争啊！"陆琴也长叹了一口气，"美国有个著名的作家叫海明威，你知道吧？"

"嗯。《老人与海》的作者。"我暗自庆幸她说了一个我知道的作家，这次终于可以跟上她的思路了。

"除了《老人与海》，他还写过一部长篇小说叫《永别了，武器》，讲的是一个战士和护士在战争中相爱了，俩人虽然历经千辛万苦，最终却还是因为战争生离死别。小说里面有句话，我觉得很有道理。芷华姐，我说给你听：'不管战争多么非打不可，打得多么有道理，绝对别因此认为战争不是罪孽。'我觉得他说得特别在理。无论是什么原因引起的战争，开始的时候都有一大堆必须要打的理由，可是打到最后，死了的人永远也不会回来，那些活着的人却失去了他们所爱的人，一生都将在思念和追忆中度过。所以战争带给人类的伤害，是非常残酷和无情的！就像你和林排长，如果在和平时期，俩人相遇相爱了，很正常地就会去结婚，去过正常的家庭生活。但这是在战场上，什么都会发生。万一，我是说万一，我们受了伤，或者是牺牲了，那么留在世上的那个人，将会在回忆中痛苦一辈子啊！这样想一想，都觉得可怕！"

"陆琴，你这么说就不对了！"我忙说，"我们是人民的军队，我们所做的一切，都是为了捍卫国家的和平和安宁！"

"你又要给我做思想工作了吗？"陆琴冷笑一声，"我不是说这场仗不该打，而是觉得战争本身太残酷。芷华姐，如果咱们不是亲身经历了这场战争，怎么会知道这其中的残酷与无奈呢？我觉得，不到迫不得已，最好还是不要大动干戈。因为世界上没有一次战争不是残酷的，到最后最无奈、最可怜的都是那些被战争伤害了的普通人！"

我听了后有些不舒服，立即说："但咱们是军人啊，军人就是要打仗的。一位老将军说：'战争即杀人。'战争不光气壮山河，更多的是血淋淋的，是堆于战场的腐尸，还可能是被俘于敌军后被活活割下来的脑袋！"

"或许我这个人，本来就不适合来当兵吧！"陆琴重重地叹息了一声，而后慢悠悠地说，"但如果为了我们的事业让我去死，我也是心甘情愿的！反正在这个世界上，我已经没有什么可以留恋的了……"

"好了，别说这么丧气的话啦，大清早的死呀活的！"当时我已经知晓了陆琴悲惨的过去，所以我对她很是同情。我拍了拍她那瘦小而又坚硬的肩膀，轻轻说："你不是还有我们这帮姐妹们嘛！"

她不禁上前抱住我，将头紧紧地伏在我的肩膀上，良久不愿意离开。我分明感觉到我的肩膀被一股热热的液体所浸染了，那是她辛酸而悲伤的眼泪！可即便如此，她也没有哭出声响来，这个坚强的姑娘啊！

就在我也泪眼蒙眬的时候，突然间发现，天亮了！

是的！天真的亮了！弥漫了一整夜的大雾，刹那间就被刚刚升起的太阳那火红色的光芒给冲散了，芭蕉树、蓖麻树、白杨树的叶子宛如雨后冲洗过似的焕然一新，晶莹的露水在阳光的照射下闪闪发光，云雀也开始叽叽喳喳地唱起歌谣。那些透过树缝的阳光，一缕一缕宛如流星般直直地打到地上，青绿色的草皮炸起了一团团充满活力的水雾来。晨霭中，我们的五个姐妹还在酣睡，五把钢枪整齐地放在她们旁边，在阳光下熠熠生辉。

"快起来，快起来！"我一把推开陆琴，急忙站起来，边跑边大声喊叫着，"天亮了，太阳出来啦！"

一切都变得顺利极了！

上午，我们终于找到了一条我方的被复线，沿着这条线走了大概一个小时，我们就找到了熟悉的方位。原来，是我们在三岔路口走错了方向，偏离了我们的阵地，再有不到十千米，我们就可以找到哨所了！

就在我们松口气的时候，林平那熟悉的身影也出现在我们眼前！

"排长！"

"排长！"

我们几个开心地叫了起来，李骄阳甚至跑上前去紧紧地拥抱了他一下。林平看到我们，长舒一口气，如释重负地说："你们几个呀，让我好找啊！担心了整整一夜！"而后，他那黑红色的脸庞立马严肃起来，两道浓眉一立，站直了腰板，厉声说道："山茶百灵1、2、3、4、5、6、7号！你们知道你们违反了纪律吗？"

我们脸颊上兴奋的如山茶花般红粉娇艳的春色顿时黯淡了，一个个如做错了事情的小孩子，沮丧而不安地走到他跟前，站成一排。彭果用低沉的声音说："排长，请给我们处分吧！"

"处分,怎么处分!?把你们都开除军籍?我没那么大的权力;给你们记个行政处分?那也太便宜你们了!"林平叹口气,说,"唉,你们啊,能平安回来就好了,要是落到 A 军手里,我这个小排长就是被枪毙了,也弥补不了这重大的过失呀!"

"那……排长,你的意思是原谅我们啦?"李骄阳兴奋地问。

"好啦好啦!走吧,赶紧回阵地去,哨所上一个人都没有呢!"林平笑了一下,眼角边露出无数细微的纹路来,我对着他也笑了一下。这个细微的表情,只有陆琴一个人留意到了。

回去的路上,她们几个心情无比舒畅,就像一只只刚刚孵出弹壳的小鸡一样叽叽喳喳地给林平讲述我们在山下的所见所闻以及昨天夜里的探险经历。林平不时地"嗯"一声"啊"一下的,算是对她们的回应。只有我一直在默默地注视着他,因为过了今天,就不知道何时何地才能再见到他了。

就在我们快到阵地的时候,迎面走来一对母子,他们胳膊上都挎着竹篮,篮里装着山野菜。银娣一眼就认出了她们,对大家说:"这不是果园里面跳舞的母子俩吗?"大家也都认了出来,愉快地回忆起昨天那个美好的下午来。

可是,林平却用警惕的目光扫了一遍那对母子。他慢慢走近我,在我耳朵边小声说:"他们为什么到我们的有线阵地?"

"他们都是边寨的老百姓,昨天还和我们一起跳过舞呢!"我说,"估计是来这里挖野菜的吧!"

排长听我这么说之后，也就放下了警惕。但他还是走上前去，想要让他们去别处挖野菜。

就在他靠近他们，刚要张嘴说话的时候，那个小男孩突然从他的竹篮里抽出一把锋利的镰刀，对准排长的脖颈就是狠狠一刀！刹那间，林平的颈部血流如注，鲜血从他的伤口喷射出来，如同突然爆发的火山般剧烈。那个彝族妇女猛然从篮子中掏出一把手枪，对准我就要叩扳机。

受伤的林平毅然扑到枪口前，枪声顿时响起。

只见他背上绿色的军装突然多了一枚黑红色的小斑点，开始只是一枚硬币那么大，可随着汩汩流出的鲜血，那个小斑点迅速绽放开来，宛如一朵盛开的死亡之花……

"排长——"我一下子就急红了眼，立即从包中揪出铁把冲锋枪，"叭叭叭——"的就是一阵扫射，那个妇女应声倒在地上，小孩见状就要逃跑，彭果抽出枪，对着那个要逃跑的小特工扫射起来，只见他一头栽在草丛中，一动也不动。

我扔下枪，几步跑到林平面前。此时此刻，林平脖子上的伤口依旧在喷射着鲜血，我忙用自己的手狠命地去掐住血管，企图止血。但是不一会儿，我的手也满是他的血了。我心中充满愧疚，就是因为我刚才的话，导致排长对这对母子特工放松了警惕，让他遭此毒手！只见林平的脸色越来越苍白，和他那黑色的胡须形成了鲜明的对比。他紧皱眉头，艰难地喘着气，用尽全身气力对我说："小心……小心……还有……有特工……芷华……帮……帮我……照顾……照顾……小山子……"

姐妹们也跑到排长跟前，大家把所有的内衣都脱下来，在林平的脖子和胸前那喷血的伤口上堵呀塞呀，但是，却怎么也堵塞不住那呼呼直流的鲜血。血越流越多，浸染了林平的衣服，也浸染了我们的双手……他的衣服就像一面鲜红的国旗一样，紧紧地覆盖在身上。这面被鲜血染红的国旗，在正午阳光的照射下，显得无比鲜艳和醒目！

"排长，排长，你要坚持住，你一定要坚持住！你不能死，你不能死啊！你明天就要下山了，就要回家了，就要见到你的儿子了！你怎么能死！你绝不能死！！你要活着回去呀！！！"我抑制不住内心的悲伤，放声哭出来，大声号叫着，"快！快把他送到山下去抢救呀！快呀！"

彭果听了听他的心跳，又摸了摸他的脉搏，无比悲伤地对我说："芷华，林排长他……已经牺牲了！"

十一、林平

孩子，你现在应该已经知道了，这个在决斗中牺牲的林排长，他就是你的亲爷爷。

他是我们铁山市铁北县人，出生在铁北县西北一个偏僻小山村中。他的出生，注定了他这一生将要在艰苦的磨难中度过。

二十世纪五十年代的一个冬天，铁北地区寒冷无比，下了一场百年不遇的大雪。猛烈的北风卷着天上和地上的雪花，如沙漠中的沙丘般被风吹积成一座座小小的雪丘，又将这些小雪丘推移成大片大片的大雪堆，将这个小山村中所有黄土垒砌的房子都覆盖起来，最终形成一座座白皑皑的城堡和城墙。

那天清晨一大早，你的太爷爷林海生穿戴好，将半夜熄灭的灶台重新点燃起来，便拿起空空的麻皮袋子，准备去合作社领口粮。他回头望了望躺在炕上那大着肚子的媳妇，不禁叹了口气：再过一天就是大年了，也不知道合作社今年是否能给分点猪肉，让马上就要足月的媳妇儿能吃饱肚子，好有力气把孩子顺利生下来。孰料他推了几下子木板门，门竟没有推开。他用力往外顶了一下，门终于露出一条小缝，透过这条窄窄的缝隙，一道耀眼的白光立即灼入他的双眼，随之而来的寒风如刀子般猛烈地划到他的脸上，生疼生疼的。他忙眯起眼睛，扒在缝隙中小心翼翼地向外看去，只见外面白茫茫的一片，天地混沌不分。原来门已经被一米多高的大雪堆给挡得严严实实了，怪不得他费了那么大的气力依旧推不开。

林海生不得不回房拿起一把铁锹，用有木头棍子的一头使劲儿向门外的雪堆戳，慢慢地将雪堆戳出一道缝来，再使劲推门，门缝就变大了一些。如此反复折腾了几次，门终于可以推开一头宽了。

媳妇被他的一顿折腾给弄醒了。她觉得今天比昨天更加虚弱了，肚子虽然沉，却依然很饿，还很冷，身上竟一点劲儿也没有。她努力地叫唤了一句："咋了？"

"雪把门给堵上啦！"林海生愤懑地说，"这雪下的，快要把房子给埋上了！"

　　媳妇听了，想起身下炕去帮他一把，孰料她刚刚用双手支起腰来，腹部就一阵猛烈的剧痛袭来。

　　"哎哟！"她实在忍受不住，尖叫了一声。

　　林海生忙扔下手中的铁锹，跑到炕头边问："咋了这是？"

　　"肚子——肚子疼啊！"媳妇捂着肚子，豆大的汗珠直往下滚。

　　"要生了？"林海生惊喜中带着一丝惶恐。

　　她艰难地点了点头："快去，快去西村那边，把李奶奶请来吧！"

　　"好，好！那你坚持住啊！我马上去！"林海生忙跑到门前，一把拿起铁锹，使劲又铲了几下子，终于，门缝可以钻出去一个人了！他努力爬出去，连帽子都没顾得上戴，就一头扎进了茫茫北风中。

　　林海生走后，她觉得肚子越来越痛了，并感觉下面已经湿了。虽然这是她的头一胎，但她知道，这是破水了！她强撑着把褥子掀开，露出了黄草编的席子。她咬咬牙，把身子挪到席子上，以免弄脏了家中仅有的这一副被褥。灶台刚刚烧起来，席子才有一丝热气。她大口大口地喘着粗气，狠命抓着被子，剧痛还是一阵阵袭来，丝毫没有减弱的迹象。她只能等着丈夫叫人过来接生！

　　可这场等待也太久了！

　　她一次次地经受阵痛，又一次次晕厥过去，在晕厥中又被阵痛所痛醒，她扯着嗓子拼了命地叫，"海生啊海生，你咋还不回来啊！"汗水凉了又湿，湿了又凉，头发一缕缕地贴在脸上、席子上和枕头上，盖在身上的被子湿漉漉的，中间混杂着汗水和羊水，散发出一股刺鼻难闻的腥臭味，这漫长而艰苦的一天啊！

也不知过了多久，她突然意识到，丈夫可能出了什么意外情况，不然也就几里地的路，怎么会走如此之久？如果丈夫真的回不来，她会不会痛死在这里？她越想越觉得可怕，公婆死得早，父母又在邻村，而且现在是年根儿，家家户户都在忙着准备过年，指望别人主动来家里串门，几乎不可能！于是她便更加狠命地扯着嗓子叫了几声，可窗外呼呼的北风立即将她的叫喊声给吞没了。她沮丧地意识到，他们家在村子最东头，离最近的人家也要一里路，她这样叫，外面肯定是听不到的！

又是一阵尖锐的疼痛，直插她的五脏六腑，她感到下身有股热乎乎的东西流了出来，一只手伸下去，一把黏稠的血出现在她的眼前！

要生了！

这是她和海生的第一胎，无论如何，也要保住孩子！

她拼尽力气爬起来，一只手猛地够到放在炕头的针线筐，从里面拿出剪刀来。她知道，但凡孩子出生后，都要剪脐带，剪掉脐带后，孩子就安全了！

她一只手握着剪刀，另一只手狠命地扯住被子，肆意大声叫着喊着，使劲儿用力，疼痛又一次次袭来，好几次都让她痛得晕了过去。仿佛过了几百年之久，她觉得自己已经没有了力气，甚至连疼痛感都消失了，她突然觉得好舒服，不再感到寒冷和饥饿，不再觉得痛苦，这是不是就是人临死前的感觉呢？

她要死了吗？她真的要死了吗？

突然，肚子又动了一下，是孩子的小脚狠命踢了她一下！

顿时，所有的疼痛又一次在她体内复苏了，那个顽强的小生命在拼命地拉着她从死亡线上回来呢！

不，还不能死啊！这是她和海生的第一个孩子，这个孩子在强烈地要求来到这个世界上来呢！

她拼尽了最后一丝力气，狠命使劲儿，大声叫嚷，脑袋因过度用力而感到无比地胀痛，眼球几乎要爆出眼眶，太阳穴上跳动的脉搏直击到耳鼓膜上，如打在牛皮鼓上发出的梆梆声一般！终于，孩子生了下来！

她都顾不得喘口气，忙拿起婴儿，用剪子将缠绕在婴儿那细小的脖子上的脐带一剪刀剪断，使劲儿拍了拍孩子的背。

哇——哇——

终于，他发出了来到这个世界上的第一声啼哭！

啊！这个又丑又瘦的小家伙，这个突然来临的小小子，他稀疏的头发紧紧贴在头皮上，浑身包裹着紫色的胎衣，眼睛紧闭着，一张小嘴大张着，扯了命地号哭着……她心满意足地看了看孩子，顿时觉得全身都没有了力气，眼睛一黑，就一头栽倒在炕上。

也不知过了多久，她被孩子的哭声所惊醒。她睁开眼睛，眼前却一片漆黑，什么也看不见。是天黑了？她顺着婴儿的啼哭，摸到了孩子，炕已经被烧热了，这让她又一次想起了丈夫，难道他回来了？

"海生！海生！"她扯着嘶哑的嗓子叫了几声，却依旧没有人应答。

她满脑子的绝望。整整一天过去了，海生却依旧没有回来，外面冰天雪地的，肯定是出了什么事！如果他真的出了事，那她还怎么活？

大滴大滴的泪水，顺着她的眼睛扑啦啦地落下来，她努力擦了擦眼，却什么也看不到。凭着记忆，她在炕头边上找到了火柴和煤油灯，她忙划了一根火柴，却发现眼前依旧是一片漆黑。她使劲儿揉揉眼，再划，还是黑的！

怎么，难道是眼睛看不到了？

她的心头一紧，又连着划了好几根火柴，直到火柴盒空空的再也找不到一根新的火柴！

她是瞎了吗？瞎了吗？

绝望惊恐的情绪充斥着她的大脑，她无法分辨是白天还是黑夜，也不知道时间到底过去了多久，可能是子夜，也可能已经是新的一天了！她失去了丈夫，又失去了眼睛！在这样的一个天气里，如果没人发现，不是被冻死，就是被饿死呀！

婴儿的啼哭又一次响起，她紧紧抱住孩子，想哭，却又哭不出来。一种万念俱灰的感觉突然袭入她的意识中，死亡似乎已经并不遥远，而是近在咫尺！而她，只能坐以待毙。

　　就在她无比绝望的时候，赤裸的乳房却被一张小嘴紧紧地唼住。婴儿已经停止了啼哭，他在黑暗中找到了食物的源泉，同时也将她的母性唤起。这种母性就像黑暗中突然亮起的一点灯火，给了她活下去的希望。

　　为了孩子，一定要活下去！

　　她既然有了主意，就决定不能坐以待毙。喂饱了婴儿后，她把孩子裹在被子里，自己穿起棉衣，披起一双被子，赤裸着双脚下了地，在黑暗中摸索到门边，使尽全身力气推开门。门外，冷冽的寒风顿时一股脑儿地灌了进来，刺向她的肩膀、心脏和腹部，刚刚舒服了点的肚子再一次疼起来，她忙把被子使劲儿往身上裹了裹，就钻出门去。

　　她感觉脚下全都是软绵绵的雪，一踩一个坑，她不得不伸出双手四下摸索着，几乎是走几步就要跌一个跟头，身上的棉被和棉衣早已湿透，到最后，她只得在雪地里艰难地爬着。

　　也不知道过了多久，她终于爬到了一处有院墙的地方，院子里的狗叫了，她扯着嗓子，再一次拼尽全力大声叫着："来人呀，快来人呀，救救我啊，救命呀！"

　　当这户邻居闻声而出，在夜幕中发现她的时候，她正浑身颤抖地裹在一张破棉被中，头发凌乱不堪，满身是雪。他们把她抬到家中的热炕上，她哭着喊道："孩子，我的孩子还在家里！还有海生，他从早上出去就一直没有回来……"

　　那天晚上，是大年夜，家家户户都忙着在家里吃团圆饭，当大家得知林海生失踪的消息后，都拿着马灯自发去寻找他。

直到天蒙蒙亮，一伙人才在一个近五米多深的雪坑中找到了他，但他全身已经冻得硬邦邦的，和冰块一样，早已没有了呼吸。

这个深坑被大雪覆盖得严严实实的，走在旁边根本看不出来，他一定是走路太着急，没有注意，一失足掉了下去。他肯定尝试着爬上来，无奈坑太深了，雪又很滑，在所有努力都失败后，他便被活活冻死在了里面。

村里人帮着林海生的媳妇办了丧事，还为她找来乡里的郎中来看眼睛。那个郎中看过后，摇摇头说，她因生产的时候用力过大，血液突然向眼球聚集，造成血液堵塞而导致失明。大家都为她感到惋惜，这个可怜的女人，今后该如何过活啊！

当人们问她要给孩子起什么名字时，她平静地说："就叫林平吧，希望他能一生平安！"

于是，这个可怜的孩子，在刚刚出生就失去父亲后，终于有了属于他自己的名字。

村里人都以为，这个瞎了眼的寡妇是不可能孤身一人把林平养活大的。可大家都错了，林海生的瞎眼寡妇是一个骨子里很倔强的女人，父母把她接回家去了，和他们一起生活。她出了月子后，就开始自己找活儿干。先是学着生火做饭，刷锅洗衣，慢慢地，她适应了黑暗的世界，凭借着一双灵敏的耳朵，就能感知周围的环境了。种不了地，她就在家织布、编篮子，把村里的编完，就揽村外的活儿。合作社的干部们也可怜她，都帮着她找这些活儿来干，邻居们隔三岔五地给她送点吃的穿的，日子也就在这样的艰难贫穷中一点点过去了。

在村里，都流传着一种古怪的说法，就是腊月出生的孩子都命硬，越接近年根儿越不好；相反，正月出生的孩子命最好，尤其是大年初一。林平是在腊月二十九出生的，他一出生，林海生就死了。所以大家都说他是个不吉祥的娃娃，有亲戚甚至来劝说海生媳妇丢弃这个孩子，但都被她严词拒绝了。

林平渐渐长大了，在他的印象中，从清晨他睁开眼睛，到晚上睡着，母亲永远都闲不住。因为在母亲的世界中，是没有白天与黑夜的，他不知道她什么时候休息，只知道自己每天起床时，总是能第一眼看到母亲手中的纺车在咿咿呀呀地转动着。等他稍大一些，就开始帮着母亲做饭洗衣。

后来，三年自然灾害开始了。在林平的记忆中，那段日子是可怕的，每天都是饿着肚子，仅有那么一点点食物可以吃。亲人们在饥病交加中相继离开，家中只有母亲和他两个人，他们又搬回父亲在时的老房子去住。再到后来，他只能每天都躺在床上，两只眼冒着金星盯着那灰蒙蒙的屋顶……要不是后来一支部队来这里驻训，分给了他们一些救命的粮食，他和母亲恐怕就饿死在那个时候了。

在饥饿中度过了童年，林平终于艰难地长大了。他可以下地干活儿赚工分养家啦！他拼命干活儿，拼命赚工分，为的就是让母亲少吃一些苦！

再后来，到他十八岁的时候，县里招兵，他又想起了童年快饿死的时候，是解放军救了他，于是他毫不犹豫地报名参军去了！大卡车拉着他们整整走了一天，又乘着火车走了三天三夜，终于来到南方的巴蜀之地。

他在部队里学会了认字读书，他可以写信给公社里的干部，让他们去家里念给母亲听。部队良好的伙食条件，也让这个从小饱受饥饿之苦的农村娃娃又茁壮成长起来。来时那个黑瘦黑瘦的小矮个子兵，如节节生长的竹笋，高了，也壮了，身上硬邦邦的肌肉越来越多。由于他肯吃苦，秉性忠厚老实，得到了连里干部的青睐，第三年就提了班长，并批准他可以休假探亲二十天！

再次回到铁北县城的小山村，林平感慨万千。

此时正值秋天，田野里的庄稼几乎完全成熟。一阵风吹过，墨青色的莜麦深情婉转，金黄色的小麦喜悦欢笑，蚕豆角趾高气扬地挺着它那硕大的将军肚，豌豆秧则慵懒散漫地躺在地上舒展着身躯，马铃薯似怀春的少女般晃动着绿色的触角四处张望着，沉甸甸的谷子却低着头想着自己的心事……这一切，都是那么美丽！

在村头的一片小树林中，他找到了父亲林海生的坟墓。平整了一下军装，他规规矩矩地磕了三个响头。这个他平生素未谋面的亲人，在他生日这一天离他而去，至今他也不知道儿子长得是什么样子，想来也是一个苦命之人！

回到家里，母亲正坐在炕上纺线，听到门开了，她忙问："谁呀？"

"娘啊！是我呀！"他走近母亲，母亲一把抱住他，那双空洞洞的眼睛顿时就流出泪来。林平仔细打量着母亲，才两年多的时间，母亲的头发就花白了，皮肤像核桃般起了许多皱纹，粗糙的双手满是坚硬的茧子。林平哽咽地说："娘，你受苦了！"

"不苦，不苦啊！平儿，你可是咱们村第一个当兵的，公社对咱们军属可好啦！逢年过节就来送粮送肉的！"母亲仔细摩挲着林平的头发、脸蛋和衣服，激动地说，"平儿啊，你长高了，也长胖了呀！这部队就是好呀！孩子，你可要在部队里好好地干呀！"

林平扫了一眼家中那黑矮的墙面。墙面上，挂着他第二年优秀士兵的喜报，他甚至可以想象到母亲每天都要去抚摸无数遍，所以才能像这样平平整整、一尘不染。

"孩子，你郭大爷给你说了一门亲事，那个闺女是他亲侄女儿，叫郭丽娟，就在邻村，听说，人家姑娘可贤惠啦！我们已经给你们定了亲啦！你今年正好二十岁，也够公社规定的结婚年龄啦！我看，你就趁着这次回来把喜事办了吧！"

林平在信中已经知晓家人给他定了亲，却没料到这次探亲回来母亲就催着他办事。但他看了看日夜操劳的母亲，想了一想，还是觉得早点办事好，至少这样就有人在家照顾母亲了。

村里人知道林平回来了，都来家中串门看望他。他一一向前来看望他的老乡们道谢，感谢他们这两年对母亲的照顾，大家十分稀罕地看着他那身崭新的军装，眼神中流露出无比羡慕的神情，嘴中不住夸赞他，这让母亲觉得脸上十分有光彩，那个关于林平命硬不吉的谣言也不攻自破了。

第二天一早，郭大爷就将他的侄女郭丽娟带了过来。郭丽娟今年十九岁，黑黑的皮肤，个头不高，身体却很粗壮，一看就是把干活儿的好手。

林平趁着大人们说话，悄悄问郭丽娟："嫁给我们当兵的，一年就只能见一次，你愿意吗？"郭丽娟脸一红，一句话也不说，却自顾自地笑了。

就这样，郭丽娟就嫁到了林家。

婚后十天，林平假期就要结束了，丽娟搀扶着母亲，一直送林平到村口，直到马车消失在小土路的尽头。

丽娟真是个好姑娘！

自从她进了林家，小小的破土房子再一次焕发出生机。她把家里收拾得干干净净，每天给婆婆做好饭菜，就跟着生产队去地里干活儿，能顶上一个男人赚的工分！自从有了她，人们惊奇地发现，瞎了眼睛的林家婆婆每天都收拾得整整齐齐，脸上的笑容也比先前多了。

再后来，林平接到丽娟的来信，她告诉他，她怀孕了。可还没等他过了高兴劲儿，丽娟又来信说，锄地的时候用劲儿过猛，孩子给掉了。次年探亲回家，他们又一次有了孩子，但好景不长，四个多月的时候，丽娟喂猪的时候被猪撞倒了，孩子又一次流产了！

丽娟的肚子就像是一块出了问题的庄稼地，种了两次种，却都没有留住庄稼。与此同时，关于林平命硬不吉的传言，又一次在乡里乡亲中流传开来。大家都悄悄地说，这个生在年根儿的娃娃啊，克了父亲，克了姥姥姥爷，就开始克子孙，这是要断后呀！

第三次探亲回家，丽娟又怀上了。这次，瞎了眼睛的母亲说什么也不让她干一点儿重活儿了，哪怕是一个工分都赚不上！母亲让她在家里做饭，跟着她一起编篮子。娘俩精心呵护着肚子里的这个小胎儿，这一次，丽娟终于熬到了足月。林平算好时间，早早向部队请了假，一路上，他都憧憬在做父亲的喜悦之中，盘算着该给孩子叫个什么名字才好。

孰料他进了家门，迎接他的却是一片雪白的世界。

丽娟因难产大出血，死了！

她来到林家，待了四年，总共和林平见了三次，加起来的日子还不超过三个月，怀孕三次，流产两次，最后为他留下一个男孩，就死了！

林平觉得，自己的一生似乎和女人生产有着密不可分的联系，母亲生他的时候，父亲死了；媳妇生儿子的时候，媳妇死了……仿佛是一种循环的魔咒，天底下最常见的自然繁衍，却成为他心中永远挥之不去的痛苦回忆。他发誓这辈子再也不娶媳妇了！他害怕这样的悲剧再次发生，他越来越相信自己的命是太硬了……

丽娟下葬后，五十多岁的老母亲镇定地对林平说："平儿，你该回部队就回去吧！孩子有我照顾，你放心！娘生了你之后就瞎了眼，不也好好地把你养活这么大了吗？你还怕娘养活不了这小子吗？你要记住，是部队救了咱娘俩，这个恩情，咱们可一辈子都不能忘呀！"

林平给孩子起名叫林小山，希望他能像小山峰一样结实强壮。回到部队后，他撇开了一切儿女情长，发誓要干出个样子来！

后来，入伍十年的林平终于提了干，当上了通信营有线排的排长！这时，他的儿子小山子已经五岁了。他将这个消息打电报告诉了家人，这是他们这个公社第一次出了一名军队干部。公社主任带着管理委员、监察委员、妇联主任和大队书记等一帮子黑压压的人亲自来到林平家的小黑房子，将这个喜讯告诉了林平的母亲。老人家紧紧地搂着小山子，高兴的眼泪止不住地往下流。

再后来，林平所在的部队奉命奔赴沐阳山参战。林平带着一个班的兵力，负责沐阳山上师指挥所至某步兵团二十千米的有线通信任务。一年中，他经历了真正的战火考验，看到了身边的三个战友陆续牺牲，还带着这支女兵班渐渐进入战斗角色。战斗，让他变得更加成熟起来，也让他愈发思念远在家乡的老母亲和儿子……

可谁能料到，生死却是这般无常呢？

当林平认为自己人生的一切厄运都将结束的时候，却没料到，死亡降临了。

十二、伏击

林平死了！

那个皮肤黝黑、一脸胡茬的大个子死了！

那个严肃认真、不苟言笑的林排长死了！

那个手把手教会我们在战场上护线的战友死了！

那个在炮弹爆炸的那一瞬间一把推开我、救了我的老乡死了！

那个在别人向我开枪射击时用他自己的身体挡住了这颗本应该属于我的子弹的救命恩人死了！

那个让我情窦初开、芳心暗许的男人死了！

死了！死了！！死了！！！

死亡，真的就是那么一刹那的事情。前一刻他还在跟我们谈笑风生、眉飞色舞，可在刀刃和子弹入体后的仅仅那么几分钟，他却永远地闭上了眼睛，再也听不到我们的呼喊声！尤其是当我所有的少女情怀就要对他喷薄而出的时候，他却还来不及知道，就已经离我远去了。

他并不知道我对他的想法，或者是已经知道了，但却无从面对面去证明。我真后悔自己当初为什么不早一点将自己的心迹表露给他，让他能够明白我对他的感情。这样，无论生死，他总是知道的！可是现在，我只能对着他的遗体，撕心裂肺般地在心底呼喊着：是的，我喜欢你！我爱你！我愿意为你做任何事情！

——可是，他毕竟已经死了！

彭果将林平的遗体在草地上放平，李骄阳边哭边用内衣继续堵着流血的伤口，乔艾玛将头伏在武银娣怀中，像个孩子似的放声哭泣，唯有陆琴默不作声，呆呆站在一旁。

我低下身子，将他的头紧紧地抱在怀中，强忍着眼中的泪水。此时此刻，我能够感觉到自己的眼泪马上就要喷涌而出，那是对林平牺牲痛彻肺腑肝肠寸断的巨大悲伤，是对昔日他精心教导耐心帮助自己最真切的眷恋，是对自己放松警惕麻痹大意导致他被敌人残忍杀害而升起的无比悔恨，是对一个为自己舍了性命去挡住敌人子弹的男人的诚挚感激……当然，还有我对他那如纯洁的栀子花般悄然绽放却再也无法表达出来的爱情！

"死亡，就是一扇门。它不意味着生命的结束，而是穿过它，进入另一阶段。"陆琴慢悠悠地说，"大家不必太过伤心了，排长他只是开始了人生的另一个阶段！"

彭果站了起来，说："陆琴说得对，现在还不是我们伤心难过的时候！发生了这么重大的事件，我们必须马上报告上级首长！班副，你说呢！"

伤够了，痛够了，我突然想起了林平那半句没有说完的话——"小心，小心，还有特工！"我的脑子里燃烧起复仇的火焰，将所有的泪水都烧干了。那一刻，我感觉到自己作为少女的最后一点柔弱之心在一点点死亡，取而代之的，是一块渐渐被风化的无比坚硬的石头。

女人的心一旦变硬起来，那将比男人还要坚强！

我面无表情地对大家说："姐妹们，林排长的战场经验非常丰富，他最后跟我说'小心还有特工'，我分析，他说得很有道理！因为'母子特工'搜集了我们野战有线阵地的情报，没有即时返回去，Ａ军特工队肯定会知道他们死了。所以我判断，Ａ军特工队还要派人过来，一是继续侦察，二是为'母子特工'报仇！如果我们现在就返回指挥所，正好让Ａ军特工钻了空子，他们就会来破坏我们的野战有线阵地，让我们的指挥所陷入瘫痪状态！"

"班副，你分析得很有道理！我建议咱们还是分成三组，在原来分配的野战线路上护线，同时向上级首长报告情况。大家要特别注意隐蔽好、保护好自己，如果我们发现特工时，就立即用电话报告，大家再集体将他们包围住。记住，一定要留活口，不许击毙！"彭果抬头看看天，而后接着说，"今天的天气特别好，我判断Ａ军很有可能向我军进攻。他们进攻之前，肯定要疯狂地破坏咱们的野战有线阵地，让我军指挥所陷入瘫痪状态。首长跟我们说过，现代战争，打仗就是打通信，打通信就是打指挥，打掉指挥就有胜仗。所以，我们一定要用生命保护好我们的野战被复线路，让指挥畅通无阻！"

"大家还记得林排长生前曾经跟咱们说过的话吗？'线通，我在；线断，我接；我不死，线不亡！'现在，就是考验我们的时刻了！不管怎样，我们都要确保线路畅通！"我铿锵有力地对姐妹们说，想要用自己这种坚定的斗志来掩盖住内心的悲伤。

"班副，排长他不在了，就让李骄阳跟你一组吧！"彭果拍了拍我的肩膀说，"艾玛到菲菲那组！"

"那排长的遗体怎么办？"艾玛红肿着眼睛问。

"找一些树枝，先盖起来放在这里吧！"彭果看了看排长，又看了看不远处的 A 国母子，说，"把他们两个也掩藏起来！等过两天这次战斗结束了，咱们再报告上级进行处理吧！"

我们用树枝分别掩盖好他们之后，对着林排长敬了一个庄重的军礼。

"好，我们开始行动吧！"彭果一声令下。

按照计划，冯菲菲、陆琴和乔艾玛去了第一段线路，彭果和武银娣去了第二段线路，我和李骄阳则在最靠前线的第三段线路。

我俩飞快地跑到野战有线阵地的最南边，找了一丛茂盛的茅草隐藏下来。我快速接好电话单机，向彭果报告情况。我们三组都就绪完毕后，彭果又接通后方指挥所，向首长报告了刚刚发生的一切。当她说到"火凤凰"已经牺牲的时候，我眼中的泪水还是忍不住滑落下来，大滴大滴地滴落在脚下刚刚长出来的山茶花上。我将耳机摘下来，递给李骄阳，让她继续监听，自己则拿出望远镜，去侦察周边的情况。

突然，我发现在离我们不远处的一个小山头上，伸出一根黑色的竖线。凭借多年的经验，我断定这是一根无线电发报机天线。那里有人，一定是Ａ军特工，他们很可能正在向Ａ军报告我军野战有线阵地的坐标和方位！

"骄阳，骄阳！"我小声叫着李骄阳，李骄阳放下耳机，匍匐到我跟前，我将望远镜递给她，悄声说，"你仔细看十点钟方向，那个小山头的茅草中间！"

李骄阳仔细看了一会儿，兴奋地对我说："是Ａ军特工！这帮兔崽子，这次落到老娘手里，有他们好受的！"

此刻，尽管我只是一个护线兵，但在经过了这些日日夜夜的战争淬火，我的心智早已成熟起来，我立即对她说："骄阳，咱们现在还不能立即动手，因为咱们不知道他们来了多少人，都有什么武器装备，必须先报告指挥所后再采取行动！"

"好，芷华姐，那么你去报告，我继续盯着他们！"

我立即戴上耳机，接通线路，向指挥所报告了这个重要情报。1号首长指示："山茶百灵2号、6号，千万不要打草惊蛇，要稳住他们，想办法抓活的，获得更多情报。"

遵照指挥所命令，我立即通知离我们最近的第二组，让彭果和武银娣快速向我们的隐蔽地集中，大约一刻钟，彭果、银娣便悄悄到了。我们几个简单商量了一下，因为东面的山陡峭难爬，这伙特工肯定不会向东逃窜，所以要按照南、西、北三个方向来围攻这伙特工。围攻方案定下后，我一人在北面继续留守阵地，彭果去南面，骄阳和银娣去西面，各自准备好武器，隐蔽起来。

不一会儿，小山头的茅草中走下来三个打扮成彝族姑娘的特工，她们每人胳膊上挎着一个竹篮，竹篮里装满了山野菜，嘴里还哼着彝族旋转舞的音乐。

我趴在草丛中，紧握冲锋枪，感觉到手心在慢慢渗出汗珠，我默默数着自己的心跳声。只见她们慢慢地走到我们围攻的包围圈内，三百米，二百五十米，二百米……

就在她们距离我们不到一百米的时候，我猛然听到彭果大声喊了一声"上！"于是我们几个迅速从草丛中冲了出来，大声喊道："不许动，举起手来！"

三个特工惊慌失措，立即掏出手枪就向我们开火，我们快速寻找最近的掩体，对着她们开始还击。枪声响起在树林中，子弹打在树干和岩石上，冒出一阵阵青烟和火星子，一片飞鸟被惊起，落荒而逃。

因为她们的手枪只能在五十米的射程范围内发挥作用，而我们使用的是冲锋枪，有效射程在一百五十至二百米范围内，我们要让她们弹尽粮绝，自动放下武器乖乖投降！

果然，三个特工没有办法和我们短兵相接，手枪发挥不了多大作用。相互射击了一阵子，武银娣一枪击毙了其中一个女特工，还有一个腿部也受了伤。我们按照事先定好的战术，举枪射击时，只在她们头顶放空枪。不一会儿，两个特工的子弹都打光了，我们四人立即围攻上去，只见那个腿部受伤的女特工正趴在地上，双手使劲儿捂着正在冒血的伤口，而那个没有受伤的女特工看到我们，突然扔下背包，撒腿就向南边跑去。

彭果大叫一声："快追，不能放走她！"我和李骄阳立即向她追去。

A国女特工在树林中跑得飞快，一看就是受过专业训练的特种兵。我追得都有些吃力，渐渐落在李骄阳的身后。李骄阳一看我跟不上了，就将冲锋枪甩在地上，丢了一句："芷华姐，拿好枪，让我去！"而后就一阵风似的跑去。

我将地上的枪拿起来跨在肩膀上，继续跟着她们。我突然意识到，这个女特工非常狡猾，她选择的这条路线，正是敌我双方防御的空白区，而再有不到三千米，就是A军的控制地盘了，如果我们贸然闯入敌军区域，很可能会被击毙或者俘虏！一想到冯菲菲说的那些女俘虏的事情，我的头皮就发麻，不由替骄阳担心起来。

就在这时，我听到不远处一个女人尖锐的惨叫声，心下暗想这回完啦！忙加快脚步跑过去。

待我带着一堆担心，气喘吁吁地跑过一片小树林时，才发现山坡下的李骄阳反剪着A国女特工的双手，像个凯旋的将军般，向我咧开她的大嘴巴，灿烂地笑着。

十三、李骄阳

李骄阳是个地地道道的东北姑娘，她的父母都是吉林省延边人，双双在长春市工作。和许多部队家庭的子女一样，因为父母无暇照顾，她打一岁起就被送到了长白山中的爷爷家中。

　　这个姑娘从小就表现出异于常人的暴戾性格。在她刚满周岁，才开始蹒跚学步的那一年，有一次奶奶熬了一大盆滚烫的稀粥，刚刚端到炕上转身去端菜时，她竟然把一只刚出生还未满月的小猫抓起来就扔进了稀粥盆中，小猫在冒着热气的稀粥盆里扑腾挣扎了几下子就不动了，待奶奶发现时已经被活活烫死。

　　打从她记事起，就爱拿根棍子四处乱晃，上房揭瓦下河摸鱼，见狗打狗见鸡捉鸡，要多淘有多淘，与乖巧温顺一点边都沾不上。当然，在她的童年记忆里，到处也写满了与长白山有关的一切诗情画意。

　　长白山，这座地处吉林省与朝鲜边境的圣地，因其多白色浮石与积雪而得名，是中朝两国的界山，有着"关东第一山"之称。《山海经》称不咸山，北魏称徒太山，唐称太白山，金始有长白山之称。在经历了上亿万年的地质变化后，这里堆叠形成了座座挺拔的高峰和道道深邃的峡谷，天池、地河、温泉、瀑布、云雾、冰雪、原始森林、火山岩林……宛如童话世界中的美丽景色，编织着少女李骄阳的梦幻童年；红松、枫桦、紫椴、山杨、白桦、水曲柳、沙冷杉、红皮云杉……这些树木随着四季的更迭，色彩斑斓、变幻万千，宛如梵高笔下尽情施展颜色魔力的画布，常常让李骄阳觉得自己是生活在仙境之中。而这一切的一切，都不如爷爷的形象让她印象深刻。

　　爷爷是那种仙风道骨般的老人，脑门前的头发虽然已经掉了大半，后面却留着一头长至肩膀的银发，明亮的眼睛总是闪烁着睿智的光芒，长长的胡子垂在胸前，虽然清瘦，却因长期习武而显得精神矍铄、腰板笔直，从背影看，竟丝毫也看不出他已经是一个年近七旬的老人。他出身武术世家，自幼便对中国武术有一种天生的痴迷和喜爱，并对中国道家学说颇有研究，日常行事都讲究天人合一、顺其自然。和爷爷形成鲜明对比的，是李骄阳的奶奶，奶奶比爷爷还要大三岁，两人是那种典型的包办婚姻。她自小就没有接受过正规的文化教育，是个彻头彻尾的东北乡村妇女，讲话大大咧咧，行事风风火火，干活儿干净利落，骂人也爽快犀利，对待任何事物都以世俗的眼光来思考和判断。

李骄阳自幼便接受了奶奶为人处世的思想，但又极其迷恋爷爷的武术修为，从懂事起就爱打打杀杀武枪弄棒。奶奶索性也并不反对，因为她认为，女孩子厉害点，将来肯定不会受人欺负。

在她七岁那年，一个秋日的午后，爷爷带着她爬到了长白山的顶峰——白云峰。那天，她第一次看到长白山最美丽的风景——天池。

那真是人间少有的美景！天空瓦蓝瓦蓝的，没有一丝云彩，红松青绿色的针叶在阳光的照射下熠熠发光，丹枫像着了火似的，一大片一大片地在山上燃烧着，不时有几只云雀啾啾叫着，从山谷中一掠而去。爷爷在林中小道上健步如飞，她吃力地迈着小腿跟着，走一段路，爷爷就停下来在不远处看着她，她本以为爷爷会停下来帮她，却丝毫看不出来他有背起她走的想法，于是她不得不使出浑身气力来追赶爷爷的步伐。就这样，他们从半山腰的小木屋，一直爬到了白云峰的最顶端。

当那片火红的枫叶渐渐消散开来时，如仙境梦幻般美丽明亮的天池也就这样呈现在了李骄阳的眼前。那湖水平静得如同一面镜子，丝毫看不出有一丝半点的褶皱，近处是浅绿色的颜色，再往远，就成了墨绿色、深绿色，直至远处的湖心变成了碧蓝色。天池的四周奇峰林立、树木参天，显得无比静谧肃穆，年幼的李骄阳努力克制着自己急促的呼吸声，生怕大声出气，就会打破了这份看似永恒的宁静。

爷爷捋了捋胡子，微笑着对她说："孩子，这片湖水，可是松花江、图们江和鸭绿江的三江之源。关于它的由来，还有个美丽的传说呢！"

"爷爷，快讲啊！"李骄阳很喜欢听爷爷讲故事。

"传说这天池啊，原来是天上的神仙太白金星的一面宝镜。天上的西王母娘娘有两个花容月貌的女儿，谁也难辨姐妹俩究竟谁更美丽。在一次蟠桃盛会上，太白金星掏出宝镜说，只要用它一照，就能看到谁更美。小女儿先接过镜子一照，便羞涩地递给了姐姐。姐姐对着镜子左顾右盼，越看越觉得自己漂亮。这时，宝镜说话了：'我看，还是妹妹更漂亮。'姐姐一气之下，当即将宝镜抛下瑶池，落到人间便变成了眼前的天池！"

"哦，怪不得它这么像面镜子！"李骄阳有点丧气地说，"不过这个传说一点也不好玩，看到比自己漂亮的人就不高兴，也太小心眼了！"

"哦？"爷爷笑眯眯地望着她，说，"当然，还有一个传说，说长白山之前有一个会喷火的火魔，常年盘踞在山顶上，但它经常出来作恶。在它的祸害下，全山草木枯焦，整日烈焰蔽日，百姓们苦不堪言。后来有个名叫杜鹃花的姑娘，为了降服作孽多端的火魔，怀抱着一块冰块钻入魔鬼的肚子，用以熄灭熊熊大火。火灭后，山顶就变成了湖泊。"

"是吗？"李骄阳拉着爷爷的手，说，"那这个杜鹃花姑娘真的好有勇气呢！我喜欢这个姑娘！"

爷爷拍了拍小骄阳的脑袋，笑呵呵地说："我们的小骄阳从小就是个有勇气的小姑娘呢！"

"爷爷，你教我功夫吧！"骄阳一脸认真地望着爷爷，说，"我长大了要当个女侠！"

"孩子，学武术可是一件很苦的事情！"爷爷说，"你不怕吃苦吗？"

李骄阳似懂非懂地看着爷爷，阳光下，爷爷的白发在微微颤抖着，微微含笑的目光中宛如一潭深不可测的潭水。她郑重其事地说："没事，我不怕苦，只要能学到功夫，什么苦我都能吃！"

"武术，不仅仅是外在的拳脚功夫，更重要的是一种内在的精神修为。"爷爷望着幼小的骄阳说，"咱们中国的武术，可谓博大精深。《易经》《道德经》，以及儒释等多家哲理，都融在其中，这在全世界都是独一无二的！所以，要想学习武术，先要学习做人的道理！"

　　李骄阳似懂非懂地点了点头。于是，七岁的李骄阳在长白山的天池边上，就算是完成了一次颇为正式的学武拜师，走上了她的习武之路。

　　爷爷对李骄阳的要求很严格，每天清晨四点钟，他就带着她到树林中跑步，寒暑不变、风雪无阻。跑完一个小时，骄阳就背上书包、走十多里的山路到二道白河镇小学去上学。晚上回家后，爷爷会给她讲中国武术的历史，讲《道德经》《易经》，并要求她在睡觉前蹲一个小时的马步。

　　就这样过了三年，爷爷还是没有教她一招一式。但年幼的骄阳却比别的孩子长得更结实、更有耐力。她的个头虽然不是班上最高的，身上的肉却比别的孩子更瓷实，黑里透着红的皮肤在阳光下油光发亮，炯炯有神的大眼睛中透射出一股子飒爽英气来，胳膊和腿粗壮，却很矫健，一点也不显得笨拙，成年人都跟不上她的步伐，更别提同龄人了。她的火爆脾气也越来越强烈，但凡在班上看到一些男同学欺负女同学的时候，她总爱打抱不平、出手相助，那些爱欺负同学的男生们还真不是她的对手。久而久之，她所在的班级变得和睦无比，班主任委任她当上了"纪律委员"，大家都叫她"骄大侠"，这让小小的李骄阳颇为得意。

　　一天，骄阳做完作业、蹲完马步，很认真地问爷爷："爷爷，我都十岁了，您为什么还不教我武功呢？"

　　爷爷微微笑了笑，说："小骄啊，你为什么要这么着急地学武术呢？"

骄阳回答:"因为有了功夫,别人就会害怕我!"

爷爷大笑起来:"学习功夫,就是为了让别人害怕吗?"

"还有,看到别人受欺负的时候,可以出手相助!"

"这倒有点道理!"爷爷眯着眼睛说,"那你觉得武术是什么?"

"就是可以用来打人的厉害功夫呀!"骄阳伸出拳脚来,在爷爷面前比画了一下,"看着好看,打起来过瘾,来劲儿!"

爷爷哈哈大笑起来:"你那是花拳绣腿!"而后一脸严肃地摸了摸她的脑袋,认真地说:"小骄啊,咱们中国的武术是有灵魂的!一个真正有力量的人,并不需要靠武力来证明自己的力量。中国的武术,说到底,也不是征服他人的工具,而是我们中华民族的一种艺术,一种传承,一种文化!"

骄阳一脸茫然地看着爷爷,她觉得爷爷的语气高深莫测,如云里雾里。爷爷看着她幼小的脸庞,叹口气说:"唉,你还小,现在还不能听懂这些,但总有一天你会明白的。到你明白的那一天,爷爷再教你功夫也不迟!"

遗憾的是,李骄阳最终也没能等到那一天的来临。

在她十二岁那年冬天,身体一向康健的爷爷突然病倒了,额头滚烫,起不了床。开始,奶奶以为只是普通感冒,将村子里的赤脚医生请来开了些感冒药,想着调养几天就会没事。孰料他连着烧了三天三夜也不见好转,还满嘴胡言乱语起来。奶奶这才着急了,想要把爷爷送到二道白河镇上去医治。可那些天正赶上暴风雪,大雪把山路给封住了,要想下山,就得穿过茫茫雪原。正常人走下山都要冒着极大的风险，更别说再抬着一个重病人了！

赤脚医生来家里看了看爷爷，摇摇头对奶奶说，病人气虚体弱，可能不行了！赶紧找人到镇子上拍电报通知家人赶回来吧。再晚，恐怕就见不上最后一面了！

一旁的李骄阳一把扯住医生的袖子，问那怎么办！赤脚医生叹口气说，要是能弄到一棵百年野山参，或许还可以暂时定住阳气！

野山参是长白山孕育的天然瑰宝之一，它生长在海拔一千五百米到两千米的原始森林中，是东北三宝之首，因其产量稀少而滋补效果显著，传说是"起死回生的仙草"。但平时想要挖一棵普通的野山参都很难得，更别提是百年的野山参了！

可看到病榻上奄奄一息的爷爷和以泪洗面的奶奶，李骄阳还是瞒着奶奶，悄悄穿戴好，偷偷跑出门去。

外面的天气远比她预想的要恶劣得多。虽说她打小就在山里长大，也见过很多风雪场景，但那一天的暴雪，却比她有生以来见到过的所有风雪都大都猛。由于村子坐落在山坳里，有山遮挡住了大风，所以她刚出门的时候只是看到纷纷扬扬的大雪不时卷起几股寒风而已。可当她走出村子、向山上爬去时，天色一下子就阴沉下来，厚厚的乌云将太阳遮挡得严严实实，放眼望去，四下白茫茫混沌一片，根本分不出来哪边是天，哪边是地，只能隐约看到几座白色的山峰粘连在远处时隐时现。寒风狂躁地从天上、从山峰中、从石缝里、从树丛中咆哮而来，雪花突然变成了尖刀，一刀一刀刺向李骄阳的脸，不一会儿就冻住了她的睫毛，每眨一次眼睛，都能感觉到冰冷的雪水浸润到眼中。她虽然已经将自己包裹得严严实实，却依旧能够感受到外面的寒冷，忍不住打起哆嗦。

其实她也不知道要到哪里才能找到野山参。这种植物对生长环境要求比较高，它怕热、怕旱、怕晒，要求土壤疏松肥沃，空气湿润凉爽，所以多生长在长白山的针叶和阔叶混交林里。倘若是在夏天七八月，正是人参开花的季节，紫白色的花朵结出鲜红色的浆果，还能在不远处看到。可现在是冬天，又在下雪，放眼望去，山上除了雪还是雪，该如何才能找到小小的野山参呢？

看来，她只有去山林里面碰碰运气了！之前熟悉的山路，早已被大雪掩盖得了无痕迹，凭着多年来的方向感，她步履蹒跚地走向离村子最近的一片山林里。大雪不仅抹去了山路，还掩藏住许多危险。有好几次，她都不小心掉进雪坑里，幸亏雪质轻柔松软，才不至于摔伤，但要爬上去，却也颇费功夫。亏得她体力好，身手也较为矫健，每次都能艰难地爬上来。

连滚带爬地走了不知多久，她才找到那片熟悉的山林。一进林子，风似乎小了许多，方才在雪地里挣扎了半天，她厚厚的狗皮帽子和羊皮袄下已经满是汗水了。她一屁股坐在雪堆上，大口大口喘着粗气。在她身旁，笔直的红松和枫桦直插云霄，相比之下，白桦树则要矮小很多。但除了高度，它们都已经看不出很大的差别来了，因为树枝和树干全部都是被雾凇覆盖的枝丫，仿佛轻轻一碰就会断裂开来；山林里，除了雪，还是雪，只有山涧中一条汩汩而流的小溪冒着白色的雾气，穿过大雪覆盖的蜿蜒河堤和折断了的枯木残枝。缓过劲儿来，她就站起来，决定沿着河边去找。

老人们常说，野山参喜欢在大树底下成长，因为大树底下好乘凉。于是她每见到一棵大树，就跑过去在树根附近五六米的地方拨开浮雪，仔细寻找。只要稍微发现一点干枯的枝叶，她就用木铲向下挖去，可挖出来的大多都是枯草。就这样，她不停地找，不停地挖，从早晨挖到下午，一直挖到腰酸背痛、筋疲力尽。此时此刻，李骄阳才后悔自己走的时候太着急了，竟然忘记带点儿干粮，现在肚子饿得咕咕直叫，眼睛都开始冒金星了。可一想到躺在病榻上的爷爷，她又鼓了鼓劲儿，继续找下去。

在又一次找完一棵大桦树后，她失望地站立起来，突然眼睛一黑，天旋地转，身子向后一仰，就跌倒在雪地里。

雪花好松好软啊！她大睁着眼睛，死死盯着天空。天上，白色的雪花飘飘然地旋转落下，没完没了，连续不断，不知从何时开始，也不知将在何时结束。可渐渐地，白雪突然变得模糊起来，隐隐约约勾勒出一个人的头像轮廓，这个轮廓竟然是那么熟悉，那么亲切……

爷爷！那是爷爷！是留着一把白胡子、一脸精神矍铄的爷爷呀！可不知怎的，她仿佛看到爷爷是在向她告别，对她微微笑了一下，就转过了头……

"爷爷，你别走，别走呀！"她猛然坐起来，才发现四周除了风和雪，依旧还是雪与风。

她哭了，她不知道自己是否还能不能找到野山参，也不知道爷爷现在是生是死。长这么大，她头一次哭得这么伤心这么难过，泪水不断从她眼中涌出，滴落下来，融化了地上的那片雪，而一棵野山参的枯枝，就这么完完整整地呈现在她朦胧的泪眼中。

"啊！？"她忙拿出木铲子来挖了下去。是的，没错，这真是棵野山参呀！她都顾不上擦干眼中的泪水，边哭边小心翼翼地挖着，生怕这支棵山参会长了腿跑掉。山参的根脉极其脆弱，稍不小心就会被伤到。她先用铲子一点点将周边的泥土挖去，再脱下手套，用手轻轻地将包裹着泥土的山参端起来，将泥土小心揉碎了抖干净，捧在自己那已经被寒风冻得红得发紫的手掌心中。

她笑了，她终于找到了！

她将这支救命的野山参放在自己的小布口袋中，一路小跑往家赶而去。天色已渐渐暗了，风雪似乎小了许多，夜幕虽然已经降临，地上的雪却异常明亮起来，白皑皑的反射着耀眼的光芒。

这一切都是好兆头呀！

可当她跑到门口的木栅栏边，却听到里面传来一阵阵哭声。她先是愣了一下，而后就死死攥紧手中装着野山参的包，慢慢走近门口。她的鞋子踩着雪花，发出一阵阵吱吱呀呀的声响，一声接着一声地刺进她心里。她很不情愿地推开虚掩的房门，就看到满屋子都是悲伤的脸。二道河镇的亲戚们都赶了过来，她终究还是晚了一步！

就这样，爷爷还没来得及教她武功，就匆匆离她而去了。

爷爷去世后，父母就将她和奶奶接到了长春市。告别了长白山，面对新的环境，她适应得很快，马上就跟班里的孩子们"打"成一片了。

当时正是七十年代末，新思潮、新事物如雨后春笋般在中国的大地上冒出来，在大城市尤为突出。当时，很多年轻人将烫头发、穿喇叭裤、听港台音乐视为时尚的标志，甚至将抽烟喝酒打架斗殴拉帮结派作为相互追逐的榜样和攀比的资本。升入初中后，李骄阳暴戾的性格越来越明显，经常跟别人打架，凭借着她那出奇大的力气和一点拳脚功夫，一般的男生都招架不住。很快，她就被学校里面一个叫"虎头帮"的小团伙给拉了进去，"骄大侠"的绰号再一次在长春的校园里不胫而走、一炮而红，她天天无心学习，整日和校园里的一帮兄弟们抽烟喝酒、称兄道弟。

父母对李骄阳的现状很是担忧，他们都是军队机关的干部，总希望自己的女儿乖巧可爱一点，可一次次看到她穿着奇装异服哼着口哨回家，就知道这个女儿离淑女的标准是越来越远了！

初中毕业后，李骄阳就辍学在家了。她天天跟着一帮社会上的哥们儿混，成了一个彻头彻尾的"女阿飞"，父母都已经管不她住了。一次，她参加了一个群架斗殴，竟被派出所逮了进去。最后还是父亲托了老战友的关系，才把她捞出来。

那天晚上回到家中，父亲黑着脸，对李骄阳说："李骄阳，你给我听好了，你知道你爷爷为什么到死都没有教你功夫吗？"

李骄阳一脸茫然，自从离开长白山，她已经很少去想起爷爷了，只是在睡梦中梦到过几次而已。

"爷爷曾经对我说过，说你身上的戾气太重，不适合练习武术。习武之人要先学做人，如果掌握武功就是为了打架称霸，那还不如不学！"父亲严厉地看着她，"骄阳，你是我们唯一的女儿，我们不希望你这辈子就这样混下去！不管你愿意不愿意，今年12月，你都得给我们去当兵！让部队好好教教你怎么做人！这事没得商量！"

就这样，那年冬天，李骄阳被父母强制送到部队参了军。

十四、布局

夜已经很深了，一弯圆月挂在天穹，明亮的月光冲淡了周边星辰所散发的光芒，微风习习，浅草低吟。我独自一人坐在一棵芭蕉树下，紧握着手中的钢枪，下巴抵在枪托上，那枪托却依旧是冷冰冰的，就如眼前冰蓝色的天幕一般，让人的心也不由得感到一阵阵的颤抖。

离林平牺牲已经过去大半个月了。那天，我们活捉了两名A国女特工，从她们口中套出了A军的重要情报。为此，师首长特意嘉奖了我们。在那之后没过几天，我军某师开始对沐阳山的Ａ军连续实施炮火打击，大力杀伤其有生力量，摧毁了他们的很多工事、营房、武器和弹药，并且迷惑了疲惫的敌人，造成随时准备进攻沐阳山的假象。我们山茶百灵七女兵日夜守护着连通前线和后方指挥的通信线路，对于早已司空见惯的炮火硝烟和枪林弹雨，我们已经学会了如何去适应战斗，保护自己。偶尔看到从前线运送下来的战士们那血肉模糊的遗体或四肢残缺的伤员，我们也不再恐惧和流泪，只是将这些悲愤都化作了战斗的力量，让自己所负责的那段线路时刻都保持畅通。就连一向胆小的乔艾玛，都敢在深夜里单独出去巡线检修了！不过她还真给《沐阳山通信女兵之歌》谱出了曲子，并在业余时间教会了我们每一个人怎么唱。大家都觉得这首歌旋律优美、朗朗上口。

可惜，林平再也听不到这首歌了！

一想到他，我就钻心地痛。这些日子，我极力把所有精力都投入到紧张的战斗任务中去，好分散自己的痛苦。但人的思想总会闲下来，只要一有空闲，林平的死就会浮现在我的脑海中，挥之不去、刻骨铭心。

不远处就是林平生前住的猫耳洞。此时此刻，猫耳洞旁已经长满了杂草，几乎要将洞口掩盖起来。我回想起来第一次见到他时，他那张长满了灌木丛一般茂密胡须的黑脸蛋，还有那双炯炯有神的明亮明亮的大眼睛，他就那么赤着脚丫子站在猫耳洞口，就像个野人般！我还记得那天我们八个人一起唱

《啊，朋友再见》的情景，林平的脸上洋溢着灿烂的笑容，一口整齐洁白的牙齿在阳光下如海边的贝壳般熠熠发光……一想到这些，我的眼睛就开始发酸，但我极力去抑制住这股悲伤，不让眼泪滴落下来。林平去世的那天晚上，我痛痛快快地大哭了一场，并暗自从心底发誓，就让我把所有的眼泪都流光，今后不要再去流泪！

"又在伤心呢！"一只手轻轻地搭在我的肩膀上，是彭果的声音！

我沉默不言，彭果挨着我坐了下来。月光下，可以很清楚地看到她那张圆润的脸盘散发着青春的光彩。

"我知道你在想排长！毕竟是他救了你。"彭果叹口气说，"你可能觉得我天天冷冰冰的，根本不能理解你现在的心情。但你错了，其实我懂你！芷华，人死不能复生啊！与其天天沉浸在悲伤中，还不如多想一想今后能为他做些什么事情！"

"班长，道理我明白……"我低下头，用鞋使劲踩着脚下石头上的那片滑腻腻的苔藓，发出一阵阵"吱吱"的响声。

"芷华，这个班里就你和我年龄最长，咱俩又都是党员，你要知道，现在可是关键时刻了！我们的部队已经连续半个多月对 A 军进行火力打击了，我总有种预感，这场战斗可能就要结束了！但现在就好像是黎明前的那段黑暗，就是最黑最黑的时候，越是在这个时候，敌人就越疯狂！芷华，你知道吗，我现在最担心的事情就是怕他们侦察到我们的有线阵地坐标，用火炮强制来破坏我们的线路！一旦线路被掐断，就能阻止我们的前方观察所发回来的情报，我们的指挥所就会陷入瘫痪，让我们的火炮阵地成为瞎子！"

"班长，你说的这些，我也认真想过。"我暗自佩服彭果转移话题的能力，虽然有时候我并不是太喜欢她的一本正经，但在这个时候能和她一起来讨论工作上的事情，确实能够让我暂时忘记失去林平的痛苦。我接着说："我觉得，我们是时候再架设一条新的野战有线线路了，以防通信中断！你看，A军迫击炮的有效射程在十三千米之内，如果我们再开辟一条新的线路，就应该架设在十五千米之外！这样，我们这边的野战有线阵地就算被敌人炸断了，通信也不会断啊！"

"好！"彭果激动地跳了起来，十分高兴地拍了我的肩膀一下子，"芷华，你这个主意真棒啊！我立即给师部汇报，马上就干！"

当天晚上，彭果就向师首长进行了汇报，上级立即回复我们："同意你们的建议，想得非常周到！一定要尽快！明天，我军要采取大规模行动，新线路一定要在明晚六时之前架设好！"

接到上级命令后，彭果连夜将大家召集起来，让陆琴铺开地图，冯菲菲点亮灯火。大家围着地图，开始七嘴八舌地研究明天的架设方案。直到凌晨两点钟，才确定了一个比较稳妥的方案。我们决定由彭果带着冯菲菲、武银娣一组，我带着陆琴、李骄阳一组，乔艾玛依旧留守阵地。彭果特意强调了一定要快，天亮后出发，下午五点前必须全部架设好，六点前返回阵地！

后半夜似乎过得很快，几乎就是打了个盹，天就亮了。

晨霭中，我们将装备收拾妥当，武银娣突然发现自己的手套不见了！乔艾玛忙从背囊中取出自己的手套递给武银娣，银娣感激地笑了笑，彭果看了艾玛一眼，小声说："艾玛，你自己可要多小心！"

"放心吧班长！我会看好阵地的！"艾玛小小的鸡心脸上浮现出少有的坚定表情来。

于是我们六个人各自背着线拐，分头行动起来。

经过昨天连夜研究，我们决定沿着十五千米之外的335高地铺设新线路，我们六个人一起到达335高地的中间位置，选了一个比较隐蔽的树林，将两段被复线接好，便开始向相反的方向跑开来，我带的一组向指挥所，彭果带的那组向阵地。被复线在我们的手中飞舞起来，我们就像一匹匹骏马般飞快地穿山越岭，攀岩上树，把线路连接起来。遇到难以架设的地段，就留下一个人在那边进行处理，其他人继续放线，待处理完毕后，再顺着线赶上队伍。

就这样，近二十多千米的线路，我们三人仅用了不到半天的时间就架设好了，当我和陆琴到达山下我们开设的线路交换机时，时间正好是下午四点！此时，李骄阳还在不远处的一处沼泽地里处理线路呢！

我忙接通电话单机，向彭果发出信息。无奈那边还没有回音，这说明她们还没有到达阵地那边的线路交换机。

"芷华姐，快坐下来歇歇吧！"陆琴放下沉沉的线拐，摘掉头盔和面纱，顺手把眼镜也摘下来，便一屁股坐在草地上，两只手撑在后面，显得肩膀更加消瘦起来。

我将话筒挂上，也坐在地上。如果彭果那边接通，就会立即打电话过来，现在要做的，就是等待话机铃声的响起。

方才跑了一路，现在突然松懈下来，才感觉有多么舒服和惬意。

陆琴望着我说："这一切，是不是就要结束了？"

"什么？"我没反应过来，不解地问。

"战争啊！"陆琴长舒了一口气，"就是我们所经历的这场战争！"

"或许吧！"我知道，陆琴从心底不喜欢战争，"可能也就是这几天的事情吧！"

"希望我们都能活着走出这座山！"陆琴扭过头，看了看暮色下的沐阳山。此时，雾气又出来了，太阳早已不见了踪影，灰黑色的山脊在雾气中若影若现，几乎就要消失。陆琴的话，让这雾气就如同死神一般笼罩着整个沐阳山。我想起了来到这里第一天晚上做的那个噩梦，不由得头皮发凉。

"真是乌鸦嘴！"我忙说，"你就不能盼点好吗？老是死啊死的挂在嘴边上，也不嫌晦气！"

"林排长在死前的那一刻，你能预料到他就这么突然走了吗？"陆琴的话，就像一把刀一样直戳向我的心。

"他是为了国家而死的，作为军人，也是死得其所！今后，如果他的后辈们知道他是如何而死的，必定会感到骄傲和自豪的！"我咬了咬嘴唇，轻轻地说："我们都会被他的故事感动的！"

"呵呵，人类有一种习惯，总会将感动的事情称为'真实'，但区分真实与虚构的能力却很低！"陆琴幽幽一笑，"我完全相信林排长的事迹会在今后的一段时间内被宣传，我们甚至都可以在战后组成一个宣讲团四处去做报告，将我们在这里所经历的一切诠释成一个个英勇无畏的精彩故事……"

"够了！陆琴！"我忍不住大叫起来，"我不喜欢你这样说我们！"

"我不是在说我们，而是在说战争。"陆琴并没有理会我，继续说，"这些日子，你和我都看到了，战争可不是什么鲜花簇拥、豪言壮语，那些炮弹和子弹都是没有眼睛的，管你是敌是友，只要有这血肉之躯，就难逃这些钢铁利器的残杀。你看看我们的和敌人的那些血，那些肉，哪里像有了几千年历史文明的人类？这简直就是实实在在的屠宰场啊！多少鲜活的生命转眼间就没有了，死在这里太常见了！可芷华，你想过没有，一个人死了——当然，这在战场上算不上什么——但他们的后代就没有了，他们这个家族的命脉就从他们这里被活生生剪断了呀！"

"好了陆琴！"我不耐烦地说，"你要知道，咱们是军人，军人就是为了战争而存在的！"

"是的，没错……"陆琴幽幽地看着我，正要继续说什么，电话铃声却突然响了。我忙接起电话，那边传来彭果的声音：

"呼叫山茶百灵 2 号，山茶百灵 2 号，我是山茶百灵 1 号！"

线路通了！

我兴奋地回复了彭果，就在这时，李骄阳也赶了过来。我们迅速处理好接线处，收拾工具准备返回阵地。路上，我趁着李骄阳不注意，悄声对走在前面的陆琴说："陆琴，刚才说的那些话，不要再跟别人说了。就算你有这些想法，也都给我烂到肚子里！一切等战斗结束后再说！"

陆琴苦笑了一声，眼神中分明写着一种悲天悯人的清高。

回去的路上，大雾越来越重，幸亏有线路的指引，才不至于像上次从山下回来那样迷失方向。待我们回到阵地，已是晚上六点。阵地上静悄悄的，几株芭蕉树在大雾中时隐时现，散发出一种颇为诡异和死寂的氛围来。看样子，彭果她们还没有回来。

"艾玛？艾玛？"我低声叫着。

"芷华姐，我在这……"乔艾玛低沉而颤抖的声音从茅草屋中传了出来，似乎还有些微微发颤。

我们三个人忙钻进茅草屋，只见乔艾玛如一只刺猬般团缩在地铺上，不住打着抖。我忙上前问："你怎么了？"

"我觉得头晕恶心，手脚发麻！"艾玛有气无力地回答道。

李骄阳把马灯点着拿过来。灯光下，艾玛那张小小的鸡心脸苍白如纸，仿佛一捅就会破掉。

"艾玛，你是不是吃了什么不干净的东西？"陆琴忙问。

乔艾玛摇摇头，我抓住她的手，却意外地发现手上黏糊糊的，我忙把马灯拿过来，一照，竟然是血！

"艾玛，这是怎么弄的？"我问。

"哦，你们走了之后，有一段时间线路信号不是很好，我就顺着线走了五六千米，查到一个线虚的接口。我把它接好后往回走的路上，不小心滑了一跤，估计是把手蹭到地上的石子划破了吧！"这时我才记起来，早晨出发时，她把自己的手套给了武银娣。

陆琴指着她身后那一束蓝紫色的鲜花，忙问："艾玛，那束花是什么？"

"那是我在回来的路上采的，想带给你们看……"艾玛的声音越来越低，到最后，就像是耳语般软弱无力。

"你是用受伤的手摘的这些花？那这些花的汁液沾到你的伤口了吗？"陆琴继续追问她。

艾玛孱弱地点了点头。

"那草不会有毒吧？"李骄阳说。

"这些花是草乌呀！"陆琴皱着眉头说。

"草乌？那是一种什么东西？"李骄阳问。

陆琴扶了扶眼镜说："草乌是乌头草的一种，本来是一味草药，但同时也含大量的乌头碱，乌头碱是一种麻醉剂的成分，对人的神经和循环系统都有很大伤害的！"

我不得不佩服陆琴的学识，这样一个博学之人，不上大学真是可惜了！

她接着说："艾玛的血液直接接触了乌头草，草乌有毒的汁液肯定已经进入她体内了，所以才会引起这么剧烈的反应！看她现在的症状，毒液应该是通过血液循环遍及全身了，如果不输液用药，真的会危及性命的！"

"啊！会……会……死吗？"艾玛突然睁大了她那双小小的眼睛，努力张开嘴，惊恐地问道。

"不会的，这么一根草，哪里会死人！"我悄悄瞪了陆琴一眼，陆琴这才意识到自己的失言，"但也得赶紧送下山，去暖泉涧医院！"

"对，对！"李骄阳忙说，"暖泉涧的军医有解毒的药，只要一输上液，就会没事的！"

这时，茅草屋外传来脚步声，是彭果她们三人回来了！

一进茅草屋，彭果就忙对大家说："同志们，刚刚接到上级通知，今晚我们部队要有大规模行动，我军要对沐阳山地区进行正面的炮火攻击，首长指示我们，今晚一定要死死守住有线阵地！"

"班长，艾玛中毒了！"我心痛地说道。

"啊？！怎么了？"彭果忙走到她跟前，此时此刻，艾玛的脸色更加苍白了，几乎没有一点点血色，她紧闭着双眼，两弯淡薆的眉毛如蝴蝶的触须般扭缠在一起，嘴巴大口大口地吸着气。

"是草乌！"陆琴低声说，"必须赶紧送到山下医院！"

"班……班……长！"艾玛睁开眼睛，呼吸急促地说，"我……我没事的，你们快去……去坚守住阵地……阵地……要紧！"

　　就在这时，一声轰隆隆的炮响传到我们的小茅草屋中。我看了彭果一眼，她也皱起眉头，回望了我一眼，这意味着我军已经开始攻击了！

　　紧接着，第二声、第三声……越来越密集的炮声不断传入我们的耳朵中，大家的心跳几乎都被这炮声给震得停止住了。

　　"不行！必须送医院！"彭果突然做出决定，"这样，我们一边护线，一边送艾玛下山。我带着银娣护前段，菲菲自己护中段，留守阵地，班副和陆琴护后段，骄阳和你们俩走，一起送艾玛到山下，然后骄阳自己把艾玛送到医院，明白吗？"

　　"明白！"我们齐声回答。

　　"好，马上行动！骄阳，一定要注意躲避敌军的炮弹，保护好你自己和艾玛！"彭果语气凝重地对李骄阳说，一向坚定的眼神中突然流露出一丝恐惧来。

　　"班长，我明白！"李骄阳坚定地回答，"只要我还有一口气，就一定把艾玛送到医院！"

　　我们将艾玛扶在李骄阳的背上，我和陆琴、李骄阳就向山下的方向走去。

　　炮弹越来越密集了，时不时会看到浓雾中闪耀起一团团耀眼的火光。我们四个人一会儿趴下，一会儿起来，还好 A 军并没有摸清我们的有线线路，一直都炸到别处。艾玛的情况越来越糟糕，身体不断颤抖着，呼吸也越来越急促，神志都开始模糊起来，满嘴胡话。最后，我们不得不两个人抬着她走。

　　直到后半夜，我们才在大雾中跟跟跄跄、跌跌撞撞地到达山脚。

这时，艾玛的意识几乎完全丧失了。我和陆琴只得把她绑在李骄阳的后背上。到底还是骄阳的力气大，一下子就背着她站了起来。我紧紧抓住艾玛的手，动情地说："艾玛，你一定要坚持住啊！"

"沐……阳……山……沐……阳……山……"艾玛突然发出一声声低微的话语来。

"她是在唱《沐阳山通信女兵之歌》！"陆琴很难过地说。

"我是……你的……通信兵……一山……一水……满是情……炮声隆……弹……飞鸣……脚穿铁鞋……走山……路……手牵银线……似……百灵……"艾玛的声音越来越低，最终被急促的呼吸声完全侵蚀殆尽。

"艾玛，艾玛！"我的眼泪顿时溢满双眼。我本来以为，自从排长牺牲后，我的泪已经流干流尽，今生今世都不会再流眼泪了，可是现在，当我看到生命垂危的乔艾玛时，我还是控制不住自己的眼泪。我紧紧地抓住她的手，不知道这会不会是最后一次看到她，虽然我们才认识几个月，但朝夕相处、耳鬓厮磨的战斗生活，已经将我们紧紧地联系在了一起，比亲姐妹还要亲！

"芷华姐，我们走了！你放心，我一定安全把她送到暖泉涧医院！"李骄阳一脸悲伤地望着我，无比坚定地说。

"嗯……好的，一定要小心啊！"我哽咽地说。

待她们俩的身影消失在浓雾中时，一旁的陆琴突然对我说:"你知道乌头这个名字的来历吗?"

我摇摇头,陆琴接着说:"乌头本是小亚细亚的一座山,在希腊神话中,传说宙斯之子海格力斯将冥王哈迪斯的三头犬刻耳柏洛斯捕到地面上,这条恶狗的唾液流淌到的地方,就长出了乌头!"

"又是希腊神话,陆琴,你知道的可真多!"我用袖子擦了擦眼泪。

"芷华姐,恐怕艾玛她……真的挺不过来了!"陆琴十分悲伤地对我说:"她中毒时间太久了,乌头的毒已经随着她的血液循环侵入了中枢神经系统,就算是到了医院,医生也可能回天无力了!刚才我不敢说,是怕骄阳觉得没有希望。"

"陆琴,你要明白,有的时候,不是因为有了希望才坚持,而是因为坚持了才有希望!"我望着夜色中的她,坚定地说。

"你这样说,我很赞同!"陆琴长长叹了口气,"其实艾玛虽然看着胆小,但她很不简单。她的故事,只对我一个人说过。就算她真的死了,也像泰戈尔的那句诗:'生如夏花般灿烂,死如秋叶般静美。'毕竟,她有过自己的梦想,并愿意为之而等待和奋斗着!"

十五、乔艾玛

乔艾玛其实并不美丽,但在日本人冢越宪次的眼中,却显得格外与众不同。

她的头发稀疏且略带金黄色，生来就有一张如木棉花般白嫩娇妍的面庞，如果不是略施粉黛，看着似乎有一种日本古代妇女们流行的白面妆。她那两条极细极弯的眉线如蝴蝶的触须般簇生在窄窄的额头上，由于有着四分之一的俄罗斯血统，致使她的眼窝深陷，但却没有完美地继承欧罗巴人种的大眼睛，而是长了一双毫无神采的小眼睛，并且经常会因为遇到强烈的日光而眯成一条细长的缝隙，将那双浅黄色的眼珠深深地埋藏起来。鼻子同样也遗传了东方人的特点，鼻梁塌陷，鼻翼极薄，若不是那一张如樱桃般鲜润的嘴唇将这张毫无生气的脸蛋点缀了一下，那么她就和美丽半点边也沾不着了。

但冢越宪次却极其看重艾玛的这张脸，在他第一次见到她的时候，就深深被其打动和吸引，甚至可以说是一见钟情。

冢越宪次是日本早稻田大学文学艺术学院的歌剧教授，二十世纪八十年代初的春天，冢越宪次作为第一批文化交流的使者，从东京飞到万物尚在冰雪下蛰伏的北京，来到中央歌剧院做客座教授。那一年，他三十四岁，离异未婚。

宪次和艾玛初次相遇，是在中央歌剧院的一堂表演观摩课上。

那是夏天的一个晚上，中央歌剧院排演了著名歌剧《图兰朵》，艾玛作为北京中学生文艺骨干代表受邀去观看。在那场歌剧里，宪次饰演男一号鞑靼王子卡拉夫，当他深情地唱出《今夜无人入睡》这一曲时，坐在台下的艾玛顿时就被这个男人那磁性而富有震慑力的嗓音所迷住了。虽然她坐在极其靠后的一个位置，但是她却能够深刻感受到台上的卡拉夫内心的赤诚热烈和对爱情的渴望期许，她觉得自己仿佛就是图兰朵，在听到卡拉夫深情的诉说之后，心灵的仇恨在一点点消亡，进而转变成炽热无比的爱情。

其实艾玛混杂的血统，同样也体现在她的性格上。从小，她就感觉到自己内心深处有一团火和一池水。是的，她和所有的小女孩一样，打记事起就怕黑，怕痛，怕一切明知是子虚乌有但却无比真实存在于脑海中的妖魔鬼怪。大多时间里，她都是腼腆害羞、不善言辞的，在家长和老师眼中，永远都是那么面色苍白、弱不禁风的样子，像一汪安静的池水。但有些时候，她分明可以感受到自己内心深处有那么一团熊熊燃烧的烈火，在那看似文静柔弱的外表下，隐藏着深不可测、波涛汹涌的滚滚岩浆，有时候明知道前面是危险而不可预知的事情，她依然想要去尝试去冒险，去寻求那未知的刺激。而触发这团火焰燃烧起来的，可能就是那么不经意的一瞬间感受而已。

歌剧结束后，十六岁的她感到自己内心深处的那团火苗突然就燃烧起来，于是她兴冲冲地跑到后台去，想要看一看这个鞑靼王子究竟是何许人也。

当艾玛跑到后台的化妆间时，宪次正在对着镜子卸妆。她用手指轻轻敲了敲门，宪次转过头来，黑油油的头发一丝不苟地向后梳着，一嘴黑白相间的大胡子，一双大大的眼睛充满了惊喜地望着门口这个中国小女孩："嘿，请问，您有什么事情吗？"

"哦，没有，没什么！只是，您刚刚唱得实在是太好了！"艾玛脸红了，顿时语无伦次起来，"那一段高音，嗯，非常……非常……具有……有穿透力……"

"哦，你也喜欢歌剧吗？"宪次用他那不太标准的中国话对艾玛说，"像你这么大的中国小姑娘，喜欢歌剧的可并不多见呀！"

"嗯……是的。我是一名学生，今年刚刚上高中。哦，对了，我学的是声乐，并不是很懂歌剧！我们中学校园里面是没有歌剧这门专业课的。不过我很喜欢听歌剧！说不出为什么。"艾玛快速说着话，心底却愈发不好意思起来，脸上开始发烫，觉得自己跑到后台来找一个不认识的男演员实在太过冒失。

"哦，原来是学声乐的中学生呀！"宪次微笑着看着她，"那你的音乐'中底'一定很不错呢！"

"是'功底'，不是'中底'！"艾玛笑了。宪次也笑了，有些自嘲地说："嘿，我从日本来到这里还不到一年，有些汉语说得还不是很标准呢！抱歉！"

"您是日本人？"艾玛惊了一下，她觉得一个人日本人能够把中文版的歌剧唱得如此之优美，实属意外。在那个年代，中日之间的关系刚刚有所改善，中国大部分人还是很不喜欢日本人的。

"是的。怎么，感到很意外吗？"显然，宪次已经见惯了这种场景。

"哦，不，不！您的歌唱得好，这才是最重要的！"艾玛说，"谢谢您能和我聊天，我该回家去了！"

艾玛说完，便扭身准备出门。宪次却站了起来，在走廊中叫住她："嘿！中国小姑娘，等一下，您叫什么名字？"

艾玛站住了，她回过头来，迅速地打量了宪次一眼。宪次的个子并不高，最多只有一米七，身材甚至还有些粗壮笨拙，但是他的眼睛很有特点，艾玛觉得用"满目秋波"来形容最恰如其分。是的，宪次那一双黑眼珠非常明亮，满含着晶莹的泪珠，似乎随时都会掉落下来，让人感到真诚无比。这样的一双眼睛，仿佛就像一潭清澈见底的湖水，根本就无法隐藏一丝一毫内心的想法，想不信任都很难。于是她小声回答："我叫乔艾玛！"

"艾玛？这个名字很好听啊！不像其他中国女孩的名字，都是什么霞啊红啊之类的。"

"那是因为我的奶奶是个苏联人！"艾玛说，"您呢？叫什么什么君呢？"

"哦？难道日本人就一定都要叫什么什么君吗？哈哈！我叫冢越宪次！"宪次向艾玛走过来，伸出手，微笑地说，"这是中国人交朋友的礼仪，对吗？"

艾玛也笑了，之前的羞涩感顿时减少了许多。她伸出手来握住他的手，宪次的手不大，却很温暖很厚实，"很高兴认识您！冢越先生！"

"我也很高兴认识您！艾玛小姐！"宪次一直在微笑，"欢迎您常来和我交流歌剧！"

"哦，是吗？"艾玛再一次兴奋起来，"我可以吗？"

"当然可以！我就在中央歌剧院这边当客座教授！您随时都可以来找我的。"

"那我今后可是要常常向您请教的！"艾玛顽皮一笑，小小的眼睛眯成一条缝隙，轻声说，"嘿，冢越先生，我有个请求，可以吗？"

"请讲吧！艾玛小姐！"

"冢越先生，您的胡子，是为了表演，才让化妆师粘上去的吗？"艾玛一脸认真地问道。

宪次大笑起来，一改之前温柔拘谨的样子，几乎笑得喘不上气来，边笑边说："艾玛，您真逗呀，当然是真的呀！"

"真的吗？"艾玛皱起眉头，"我不信！我可以摸一摸吗？"

宪次止住笑，将脖子伸到艾玛脸前，用手指了指下巴，并不说话，而是扬了扬眉毛点点头，这让艾玛觉得他很可爱。

于是艾玛抬起手来伸向他的脸。开始，她还是小心翼翼地用一根手指碰了碰宪次下巴上的胡子；之后，她就不由得用手掌摩挲着宪次脸上和脖子上的胡子，宪次觉得很痒，但他还是坚持着一动不动，这是艾玛平生第一次摸一个男人的胡子，她觉得就像是在摸一把鞋刷子一样的感觉，硬硬的、扎扎的，一种奇怪而舒服的感觉在她心里痒痒地滋生着；最后，她终究还是不甘心似的用食指和拇指揪住了一根白胡子，使劲儿拔了一下，痛得宪次"哎哟"一声叫了起来。

"竟然是真的？！"艾玛忙放开手，笑嘻嘻地说。

"当然是真的啦!"宪次翻了个白眼,艾玛捂住嘴巴——真是想不到,半个小时前还在台上庄严肃穆的鞑靼王子,现在竟然如此可爱逗人!

那天晚上回到家中,艾玛的心里一直在巨大的欣喜与莫名的恐惧之中挣扎,她的父母都是总政文工团的军人,爷爷是东北抗联出身的将领,新中国成立后在苏联学习时认识了一位莫斯科姑娘,这个姑娘的父母都是在苏联红军对日作战中被日本人杀害的,后来俩人结婚后,奶奶跟随爷爷回到中国;姥姥姥爷是地道的老北京人,亲身经历了卢沟桥事变及日本人占领北京的那段凄惨岁月。全家人对日本人都没什么好感,甚至可以说是恨之入骨,如果让家人知道她认识了一位日本歌剧演员,他们会怎么想呢?

——可是,一想到冢越宪次那双无比真诚的眼睛时,她内心的顾虑就一点点被打破了。这样的一个人,真的是无法和大人们嘴里所言的那些穷凶极恶、残忍无比的日本鬼子形象联系起来的!人,无论是哪里的人,都有善良的人和邪恶的人。凭直觉,她觉得这个日本朋友并不坏,不仅在演唱上非常有造诣,并且还具有很强的亲和力。虽然仅仅相处了不到半个小时,但她却觉得非常开心和满足。于是,一个大胆的想法在她心中酝酿而成,是的,只要不让父母知道,她和冢越宪次的交往,又有什么不可以呢?

于是,艾玛总是会时不时地跑到中央歌剧院去,听冢越宪次的歌剧,并虚心请教他歌剧的知识和演唱技巧。宪次会给她讲很多歌剧的历史，告诉她歌剧是诞生在十六世纪末到十七世纪初的意大利，世界上的第一部歌剧是 1597 年上演的《达芙妮》，是由意大利人利努契尼写的剧本、佩里作的曲；给她讲述二幕歌剧《费德里奥》、三幕歌剧《蝴蝶夫人》、四幕歌剧《茶花女》、五幕歌剧《浮士德》……这些歌剧所表演的精彩内容；告诉她如何区分咏叹调、宣叙调、重唱、合唱、序曲、间奏曲，等等；告诉她歌剧中的歌手们所扮演的角色是依照他们各自不同的音域、敏捷度、力量和音色来分类的，如男低音、男中低音、男中音、男高音、假声男高音、女低音、次女高音以及女高音，甚至女高音还可以细分为抒情女高音、戏剧女高音、庄严女高音、花腔女高音和轻俏女高音，等等。在朝外东中街的歌剧大院中，十六岁的乔艾玛第一次近距离地接触到了人类高雅艺术殿堂的瑰宝并深深地迷恋上了它。当她在宪次的鼓励和教习下，第一次用颤抖的女高音唱出了《蝴蝶夫人》中那段著名选段《晴朗的一天》时，她突然感觉到自己身体里那只沉睡的白天鹅被叫醒了，缓缓地展开翅膀，随着歌声一飞冲天。

宪次说艾玛的音色轻巧灵活，色彩丰富，比一般女高音的音域还要高，非常适合唱花腔女高音。这让艾玛颇为得意，因为在她的班里，确实没有哪一个女生的声线比她更高。宪次有时会带着艾玛一起唱一段合唱，每次和宪次合唱，艾玛都喜欢盯着他那双眼睛看，她总感觉在他那深黑色的瞳仁后面，是无尽的柔情和感动。

冬天到了。一个周四的傍晚，宪次和艾玛一起在排练厅中合唱了《茶花女》的《祝酒歌》之后，宪次突然说："艾玛，今天和我一起过节吧！"

"什么？今天是什么节？"艾玛有些摸不着头脑。

"今天是西方的平安夜，就是耶稣诞生的前夜。在日本，我们也是很流行过的。"宪次微笑地说。

"哦，那么……"艾玛有些犹豫，但当她看到宪次那双闪亮而诚恳的眼睛后，还是点了点头。

"好呀！那么，今天就到我家中来，我给你做顿饭，一起庆祝一下！"宪次开心极了。

于是，艾玛便第一次来到宪次的家。这是一间两居室，在中央歌剧院家属楼中林立的筒子楼里，已然算是大房子了。宪次边在厨房做饭，边让艾玛随便转转，不要拘谨。

宪次将他小小的家收拾得井井有条，他有一个大大的书架，上面摆满了各种各样的书和唱片，很多都是英文版的书籍，艾玛一点都看不懂。她随手将一张《费加罗的婚礼》放进唱片机中，悠扬而富有质感的七重唱从金色的喇叭里传出来，她闭上眼睛，尽情欣赏着这美妙的旋律。

不到半个小时，宪次已经将饭菜做好，都是几个很传统的中国菜，艾玛不禁暗自为宪次在不到一年的时间就能做出如此地道的中国菜而感到惊讶。他拿出一架银色的烛台，点燃一根红色的蜡烛，放在桌子正中央。艾玛看到桌子上还有一块奶油蛋糕，这在当时的北京可并不多见。宪次兴奋地说："这是我昨天在莫斯科餐厅买回来的！"

他开了一瓶红葡萄酒，倒在两个高脚杯中，艾玛惊讶地说："呀，我不能喝酒的！"

"少喝一点点，没有关系的！"宪次微笑地说，"过年的时候，你们不是也要喝点酒吗？"

这是艾玛第一次喝红酒，宪次教她举起杯轻轻碰过之后，一点点来品尝红酒的味道。开始，艾玛只觉得红酒很酸涩，有点眼泪的味道，她甚至还怀疑是不是宪次不小心把眼中的泪水掉进了杯中。再喝第二口时，她突然觉得入口的酒非常细腻，味蕾被红酒的醇香充分打开了，酸涩也变成了甘甜，她不禁说道："嗯，不错！味道真的很不错！"

"哈哈，当然不错啦！不过不能多喝，不然会醉的！"透过玫红色的酒汁，艾玛看到宪次的脸上露出无比的温柔和关心。

几杯过后，艾玛觉得脸上有点发烫，头也有点晕。她揉了揉太阳穴，仔细打量着眼前的这个日本人，愈发觉得他青白杂生的胡子在灯光的照耀下显得更加有光泽了。

"嘿，白胡子老头，你为什么要来中国呢？"艾玛笑着问他。

"哦，小姑娘，你这个问题问得很好！"宪次双手托着腮帮子，仔细想了想说，"我第一次来到中国，是跟我的哥哥一起来的，他是个画家，叫冢越博龙。我们俩都是作为中日艺术交流的大使来到中国的，当时大使馆给我们安排在王府井大街上的一家饭店。"

"嗯，紧挨着紫禁城，风水宝地呢！"艾玛有些痴迷地看着宪次，期待着他继续往下说。

"我们来到中国一个星期后，我哥哥便不停抱怨这里竟然连一家肯德基都没有！"

"什么是肯德基？"艾玛好奇地问。

"哦，就是一种快餐店，吃汉堡炸鸡的！"

"汉堡又是什么？"艾玛笑嘻嘻地问。

"汉堡就是两片面包中间夹着一块鸡肉！"宪次用手指头戳了艾玛的脑袋一下，"小丫头，不许打断我说话！"

艾玛用手捂着嘴巴，眯起眼睛。

宪次继续说："有一天清晨，大概是四月的一天，我们要赶到石景山那边去参加一场交流会。那天，我和哥哥五点钟就起床了，我们穿好衣服走在王府井大街上，当时天还没有完全亮，街上的路灯却已经熄灭了，整个大街上一个人都没有，显得特别冷清，只能听到我和他的皮鞋碰地的声音。博龙总是抱怨。我笑着拍了拍他的肩膀说，不要这么样讲，这个国家正在学着去接纳世界呢！"

艾玛点点头，心里再次想宪次确实是个非常善良的人，总喜欢往好的方面想。他接着说："就在这时，我突然隐约听到了一阵阵婴儿的哭声从空旷的街道中传来。我不清楚是在哪个街道，也不知道究竟是不是婴儿的哭声，但我确实感到自己听到了！于是我忙问博龙，你听到了吗？听到了吗？有婴儿的哭声？但是博龙却说他什么也没有听到。过了一阵子，太阳升起来了，哭声也消失了。这个时候，我们正好走到了天安门广场，初升的太阳将光芒毫不吝啬地洒向大地，金色的房顶、朱红色的砖墙和白色的华表突然就像有了生命复活了一样，显得那么雍容富贵！街道上的公交车开始多了起来，骑着自行车的人们在一阵阵车铃声中成片成片地出现了，每个人的脸上都洋溢着欢笑和活力！那一刻，我突然感觉北京这座城市，仿佛在沉睡中突然醒了过来一样，不知是沉睡了多少年，或者是几千年，或者只有短短几年，但终究它是醒来了！充满了活力和精神！而且一切都在快速发展着！就在那一刻，我突然就爱上了这个城市，爱上了这个国家，我觉得它就像一个婴儿一样，刚刚来到这个世界，充满了好奇和张望，也充满了可能和希望！我兴奋地对哥哥说出了我所感受到的这一切。"

说到这里，艾玛突然发现宪次那始终蓄满眼泪的双眼突然决堤了，两颗泪水掉了下来，顺着他略微浮肿的脸颊，滑落到白色的胡子上，形成一颗颗晶莹的水珠。

"是的，我爱这里，我愿意留下来，看着他去萌发、去成长、去强大！"宪次激动地说，"我愿意在它发展的长河里，去做一朵小小的浪花，跟随着它一起去前进，去碰壁，去超越，去辉煌！"

瞬间，艾玛就被他的情绪所完全感染了，她强忍着自己眼中的泪水，伸出手来，帮着他擦去眼角的泪水："冢越君，你真是个很好很好的人！"

　　宪次笑了，又恢复了他一贯从容亲切的样子，接着说："后来，我哥哥还是离开了中国，但我选择留了下来，来到中央歌剧院，在这里把我所学到的歌剧知识分享给大家！"

　　"而且还带了我这么一个不争气的小徒弟！"艾玛笑了，宪次也笑了，但他突然停止了笑容，站起身来，快步走向窗边，并惊奇地喊道，"艾玛，快来看呀，上天太照顾我们啦！外面竟然下雪了！"

　　艾玛忙走到窗台边。果然，漆黑的天幕下，路灯照耀着银白色的雪花，一大片一大片地从天而降，地上、房子上和树枝上，都已经覆盖上了白色的一层。

　　"快，穿好衣服，我们到雪地里散步去！"宪次的话音还未落下，她就跑去穿外套去了。艾玛几乎是和宪次比着看谁先跑到雪地中去一样，推门、下楼、出门……两人奔跑到家属楼前的一个小广场上，此时此刻，没有一个人影，仿佛是专门为他们二人所准备的舞台。

　　"真好！竟然在圣诞夜下了雪！真是完美至极呀！"宪次无比兴奋地说，"嘿，艾玛小姐，这样美好的圣诞雪夜，真适合跳一曲！"

　　"但是你没有燕尾服呀！"艾玛笑着说。

　　"你也没有穿舞鞋哪！"宪次也笑了。

　　"而且还没有音乐！"

　　"可是音乐在我脑子中，无时不在呢！"宪次突然弯下腰来，伸出手来，"小姐，可以共舞一曲吗？"

艾玛羞涩地伸出手来，俩人的手握在了一起。雪花大片大片地落下来，艾玛却感觉不到一丝寒冷。

"那么，我们就从贝多芬的《小步舞曲》开始吧！"宪次说。

银色的雪花围绕在他们身边，无声的世界中，二人翩翩起舞。宪次搂着艾玛纤细的腰身，艾玛看着宪次温柔的眼神，她分明听到音乐就在她的耳边不停萦绕着，一切都变得遥远起来，世界也突然安静了……

那夜过后，艾玛十分清楚，自己毫无疑问地爱上了这个日本男人。虽然她只有十六岁，但她那颗少女的心已然被冢越宪次所独有的成熟魅力给点燃了。她喜欢他的一切，无论是那双充满泪水的眼睛，还是那把黑白相间的胡须，还有那充满魔性的嗓音……这一切的一切，每时每刻都在她的眼前一幕幕晃动着，在她的心里一刀刀铭刻着！

春天来了！

艾玛带着宪次去爬西山，游颐和园，逛鼓楼大街……一切老北京好玩的地方，他们都去过了。那个时候，人们经常可以看到一个留胡子的矮个子中年男人和一个面色苍白身量纤纤的小姑娘亲密地在一起，第一眼看上去会觉得是父女俩，但仔细再看，从俩人互相凝视的眼神中就不难发现，这分明是一对热恋中的情人才会拥有的热烈火焰。

在昆明湖畔，他们俩坐在亭椅上，面前是覆盖着一层浮冰的湖水，湖水在太阳光的照射下愈发显得明媚起来，几株柳树经过一冬的蛰伏，似乎已经开始逐渐泛绿，在微风中慵懒地舒展着腰肢。宪次感慨地对艾玛说："艾玛，你看这湖水，就像这些年慢慢解冻的中日关系呢！自从二战，中日之间就有了很深的仇恨，中国老百姓们可能恨透了我们日本人。1978 年中日签订了《中日和平友好条约》，这层坚硬的冰才开始慢慢化解。那一年，你们国务院副总理邓小平第一次踏上日本的国土进行访问，当时我还在东京早稻田大学读博士，这个消息真是爆炸性的消息啊！在整个校园里都引起了轰动呢！你们的邓小平同志还真是一个伟大而有魄力的领导人呀！我相信，今后中日之间的误会会越来越少，感情会越来越深的！"

"是啊，之前大家常用'一衣带水'这个词来形容中日关系，一衣带水这个成语的意思，最早是说像衣带那样窄的河流，后来形容虽然有江河相隔，但关系仍然非常近，只要一踏脚就过去了！"艾玛看着宪次，说，"如果我们将这些仇恨无限放大，那么只能使一代代人都变得更加敌对了！"

"对！"宪次突然抓住了她的手，"艾玛，所以我来中国的另一个目的，就是希望能通过我的努力，让更多的中国人了解我们日本人民，知道我们大部分日本人还是善良的！"

艾玛的脸红了，但她并没有将宪次的手推开，早春四月的天气还有些冷，但艾玛此时却感到一股暖流从手上传到心底，无比地幸福和甜蜜。

"艾玛，你听说过英国当代最伟大的歌剧大师安德鲁·劳埃德·韦伯吗？"宪次突然问。

"嗯，知道一点点，他的作品将古典歌剧融入现代音乐剧中，之前我听过他的《奥德萨档案》和《艾微塔》里面的唱段，非常棒的！"

"听说他最近又写了一部《猫》，就要在伦敦上演了呢！真想去看看呀！"宪次一说到音乐，顿时就变得神采奕奕起来。

"那就去呀！"艾玛说。

"去伦敦的路费太贵了！"宪次扬了扬眉毛，叹口气说。

"那我来帮你！"

"你怎么帮啊？"

"听说他最近又写了一部《猫》，就要在伦敦上演了呢！我们学院正好有一个公派名额，真想去看看呀！"宪次一说到音乐，顿时就变得神采奕奕起来。

"那就去呀！"艾玛说。

"唉，学院竞争很激烈呀！我一个外国人……"宪次扬了扬眉毛，叹口气说。

艾玛陷入了沉思，而后微微一笑："我想起来了，我爸爸和你们院长是同学，可以让他帮着推荐一下！你这么优秀，肯定没问题的。"

"这算是中国式的人情吗？"宪次笑着问。

"也算也不算吧，你在我们中国普及歌剧文化，这也算是中国人回报给你的一个礼物呀！"艾玛笑了。

就在这时，昆明湖的冰面突然"咔嚓"一声，裂开了一个大口子，吓了俩人一跳。

说服父亲帮助宪次，确实花费了艾玛不少的功夫。一则是父亲不爱管闲事，二则还是推荐一个日本人。但禁不住艾玛天天在爸爸耳边念叨，说宪次是如何在演唱上帮助自己提高的，称赞他这个人的人品是多么多么可靠，最终使父亲那颗爱女之心向原则妥协了。冢越宪次最终得到了学院的公派名额，于5月上旬去往香港，又从香港换乘飞机去往伦敦，直到5月下旬才又回到中国。

待他回国后的第一件事情，就是找到艾玛，急于告诉她关于《猫》的一切！

"嘿，你知道吗？这是我看过的最棒的剧目！"宪次兴奋地对艾玛说，"所有的演员全部扮演成猫的样子，这群五花八门、各不相同并被拟人化了的猫们组成了猫的大千世界，它们各显身手，各自诉说着爱与宽容的主题！真是太棒了！里面的'领袖猫'是猫族中的首领，充满着智慧和经验，他必须出席一年一度的猫会，并最后决定哪一只猫能够升天获得重生；'迷人猫'是剧中成熟女性的代表，全剧舞会高潮时她是领舞者，她有着一身红色的皮毛；还有'魅力猫'，年轻时是猫族中最美丽的一个，厌倦了猫族的生活到外面闯荡，但尝尽了世态炎凉，再回到猫族时已丑陋无比——哦，对了，她的样子最像人类，长发披肩，身穿黑色晚礼服，脚蹬一双高跟鞋！还有'富贵猫''保姆猫''剧院猫''摇滚猫''犯罪猫''英雄猫'……简直就是一个人类社会的缩影呀！"

艾玛听得聚精会神，一脸向往，恨不得自己也能亲自去看看。宪次继续滔滔不绝地讲道："韦伯不愧是音乐剧大师，他把舞蹈和音乐融合得相当完美！他们用了大量的舞蹈场面来表现猫的不同特征和性格，踢踏舞、芭蕾舞、爵士舞和现代舞……哎呀呀，真是怎么好看就怎么编，没有条条框框和烦琐的规矩，尤其是有一段长达十几分钟的'杰里克舞会'的舞蹈，那场面，那气势，看得人真是热血澎湃，恨不得跟他们一起跳起来呢！还有他们的舞台，真棒！他们的设计理念是'从猫儿眼里看到的世界'，观众可以从自己坐的座位角度看到一个垃圾场，上面堆放着好多放大了的牙膏皮、可乐罐等等各式各样的垃圾，观众们就像是到了猫的世界里面！简直太棒了！"

"哦，当然，艾玛，最重要的是，里面的歌曲好棒！"宪次闪闪发亮的眼睛充满了赞叹与热情，"就是那只又老又丑的'魅力猫'，她唱的那段 *Memory* 真是太动听了！所有观众都听得热泪盈眶！"

"快给我唱唱！"艾玛急切地望着宪次，想要分享他内心深处的感动。

宪次看了看艾玛，清了清嗓子，深情地唱道："Midnight, not a sound from the pavement, has the moon lost her memory? She is smiling alone, in the lamplight……"

乔艾玛痴迷地望着正在专心歌唱的冢越宪次，虽然她不能完全听懂这首歌曲的意思，但她能够感觉到，旋律的背后孕育着怎样强大的内心力量，那种感觉就仿佛是一个饱经风霜后的老人慢慢打开了自己记忆的盒子，而盒子里面突然绽放出五彩缤纷的美丽风景来……那是青春的影像，那是情人的影子，那也是梦想的光芒！直到宪次唱完最后一句"Look a new day has begun……"，艾玛依然觉得意犹未尽，荡气回肠，无比心酸，却又无比美好。宪次的歌声彻彻底底感染了艾玛，也征服了艾玛，让她觉得音乐竟是这般充满了魔力，并让她觉得他就是她久久寻找的另一半，只要他俩合起来，就是一个很完美的人！

宪次望着艾玛，艾玛也看着宪次，俩人的脸越来越近，几乎是没有什么拒绝的理由，他们就很自然地拥吻在一起了……

是的，她和他都在寻找着另一半；现在，他俩果真合了起来，成为一个很完美的人！

十七岁的艾玛，就这样陷入了爱情。

可惜，好景不长。

世界上没有不透风的墙，日本教授冢越宪次与高中生乔艾玛的爱情，很快就传到了艾玛父母的耳朵中。父亲知道后大发雷霆，坚决不同意他们在一起交往，甚至要给乔艾玛转学到外省。

"爸爸，宪次是个好人！"艾玛哭着说，"你可以去问问你的同学，看看宪次的人品到底怎么样！"

"就算他是个好人，他也已经三十多岁了！你才多大？高中还没毕业，就想着嫁人？"妈妈语重心长地对她说，"你的学业要不要？咱们家的名誉要不要？这些事情，你怎么不想一想啊！"

"我不管，我就是爱他，除了他，我再也不会嫁给别人！"艾玛倔强地说道。

"他是个日本人！"父亲气狠狠地扇了艾玛一个巴掌，几乎把她打晕在沙发上。艾玛哭着喊道："爸爸，爷爷不是也娶了一位外国太太吗？我为什么不能嫁给一个外国人？"

"那怎么能一样！奶奶是苏联人，是中国人民的朋友！他是日本人！永远的敌人！"父亲激动地说，"不要以为现在中日建交了，我们就可以和日本人做朋友！国家建交那只是出于国家利益考虑的结果，但中国人和日本人永远不能像兄弟那样交往的！艾玛，你可要记住了，他们父辈的手中可是沾满了我们中国人的鲜血啊！你怎么能够嫁给一个屠杀了你祖辈的民族！"

艾玛彻底绝望了，她知道，父母是不会同意他们的关系了。她觉得自己的爱情梦想就像是一盏玲珑剔透的水晶杯，突然从桌子上掉落下来，摔得粉碎。

自那天之后，父母严格地看管着艾玛，每天上学放学，父母都亲自去接送，生怕一个不小心，艾玛就会偷偷跑去见冢越宪次。同时，爸爸还找到了他的歌剧院院长同学，非常严肃地跟他讲了艾玛和宪次的事情。院长与冢越宪次长谈了一次，警告他如果再和乔艾玛交往，就很有可能因为勾引未成年少女的罪名而被遣返回国。

日子一天天过去了，他们虽然生活在同一个城市，却不能够见面。艾玛整日间精神恍惚，没精打采，她觉得自己就像是一具行尸走肉，再无任何精力去投入到学习和生活中去。

看着一天天消瘦下去的女儿，父亲愈发担心起来。他打算送她到部队去当兵，希望严格有序的军旅生活能够让女儿忘记过去，重新开始。

那年 11 月的一天，艾玛在课间休息的时候，突然在教室的门口看到了冢越宪次。她先是惊了一下，而后匆忙带着他走到操场上。寒风吹在他们的脸上、身上，无一处不是冷冰冰的。

俩人相互看着彼此，似乎有很多话要说，却不知从何说起。

"嗨，艾玛，我的合同期到了，就要走了！"还是宪次先打破了沉默，长叹一口气，"我要回国去了！"

"是吗？"艾玛强忍着内心的悲痛，"还会回来吗？"

"不知道。"宪次抬头望了望北京的蓝天，"或者，有一天，等中国再次强大起来，能够真心包容全世界所有人的时候，我还会回来吧！"

"肯定会有那么一天的！"艾玛说，"我也要到部队当兵去了，就在下个月！"

"那么，以后要多保重自己！"宪次那双充满泪水的眼睛望着她，让艾玛不知他是天生就满含热泪，还是现在真的就要流泪了，"你的嗓音天赋真的很好，千万不要放弃你的梦想，只要多加练习，一定会唱得很好的！"

"嗯，好的！"艾玛小声答应着，她已不敢再看宪次的双眼，她怕自己控制不住情绪，失声痛哭。

"那么，艾玛，我们握握手，就像刚认识的时候那样！好吗？"宪次有些哽咽，伸出了他的手。

艾玛迟疑了一会儿，也伸出手来——他那双宽厚的手掌，依旧如第一次见面时那般温暖！可谁又能知道，这是不是他们今生最后一次握手呢？

这时，上课铃声响了。艾玛忙说："宪次，我要去上课了！"

宪次极不情愿地松开了艾玛的手，一脸深情地望着艾玛的脸，给她深深地鞠了一个躬，便转身离开了。可没走几步，他又回过身来，大声对她说："艾玛，如果有可能，我真的希望娶你做我的妻子！"

艾玛笑了，向他摆摆手。他也笑了，再次转过身去，头也不回地离开了。

望着他渐渐远去的背影，艾玛的泪水顿时跌落下来，她小声说："宪次，这也是我的梦想！"

十六、决战

艾玛死了！

李骄阳在第二天的早晨带回来这个噩耗。她边抽着一根烟边说，艾玛送到医院后不久就断了气。开始，她还能听到艾玛在她后背上时断时续地哼唱着《沐阳山通信女兵之歌》；后来，艾玛的声音就越来越小，呼吸也越来越弱，有好几次，李骄阳都以为她昏了过去，她不住地叫着艾玛的名字，怕她失去意识；再后来，艾玛的手完全松开了李骄阳的脖子，以至于她不得不抱着艾玛继续前行；到最后，李骄阳的力气用得差不多了，艾玛几次都从她的怀抱中滑下来，每次李骄阳也跟着摔倒在地上，骄阳急得眼泪都掉下来了。最后一次摔倒在地的时候，艾玛突然变得无比清醒起来，小小的眼睛闪闪发亮，她微笑地看着李骄阳，用微弱到几乎听不到的声音对李骄阳说："我现在……现在感觉……很好……很好，就像……在云彩里……飞一样……记住，记住……去找一个叫冢越……宪次的人……告诉他……告诉他，我还记得他……"之后，她就永远闭上了眼睛。

听完李骄阳的诉说，武银娣号啕大哭起来，边哭边说："都是我害死了她！要不是她把手套给了我，也就不会中毒了！"

冯菲菲一边擦眼泪，一边抓住武银娣的手，轻轻拍着她的肩膀说："怎么能怪你呢！你不要自己怪自己了！"

武银娣努力压制着自己悲伤的情绪，尽量不哭出声音来，可无声的泪珠还是顺着她的眼眶滚落下来。曾经，她是那么钦佩乔艾玛的一切，那宛如瓷娃娃般白皙的皮肤，那像百灵鸟一样的歌喉，还有那双能改变女性妆容的小手……可如今，能够带给她一切美好事物的人却突然走了，永远离开了她，而且还是因为把她的手套给了自己而死去的……一想到这一切，她怎么能不伤心呢！

陆琴开口说："战争必然会有死亡。当我们歌颂战争的时候，不要忘记那些冷冰冰的死亡，一旦死亡发生在我们身边，那么它给我们带来的，就是这痛彻心扉的伤心！"

看着大家都悲悲切切，彭果毅然决然抬起头说："姐妹们，咱们现在没有时间悲伤了！战斗马上就要打响了，咱们要随时做好准备应战呀！"

李骄阳狠狠地把烟头掐灭，斜着看了彭果一眼，小声说："没感情！"

彭果正要张口反驳，我忙插嘴道："班长说得对！咱们只有将这种悲伤咽到肚子里，化成战斗的力量，才能对得起死去的艾玛呀！"

大家你看看我，我看看你，每个人红肿的目光中都投射出无比的坚定来。天气变得阴沉起来，乌云就像不断翻滚着的潮水，泼墨似的越压越低，仿佛要孕育着一场惊天动地的暴雨。

下午，大家分组巡线。

整个一个下午，每一个人都是在极度悲伤的气氛中度过的。虽然我们都在努力忘记艾玛的死，但她的死亡就像是空气一样，无时无刻不在大家的身边存在着。

路上，我们的部队也在紧锣密鼓地调动之中，一队队全副武装的战友从我们身边急匆匆走过去，奔赴向沐阳山的不同角落，时不时有男兵看到我们，还跟我们友好地打个招呼。如若换在平时，我们一定也会跟他们逗上几句嘴，但是今天，我们实在没有那个心情了。

天色渐渐黑了下来，看来战斗是不会在今天打响了。晚饭时，彭果接到了上级的一个电话。饭后，她把大家召集在一起，一脸严肃地对大家说："姐妹们，刚刚接到通知，按照上级的作战部署，就在昨天，战斗就已经开始了！咱们听到的炮声就是我们那边战场上传来的！明日拂晓时分，收复沐阳山地区的战斗将正式打响！1号首长要求我们今晚时刻保持警惕，一定要防止A军的特工搞破坏。除了主线路畅通外，还要确保备用线路也时刻畅通！指挥所会每隔半个小时联络我们一次，确保两条线路的畅通！现在大家抓紧时间准备自己的战斗装具，马上进入战斗准备！"

"是！"我们五个人齐声回答。

我收拾好自己的装具后，走出我们住了近两个月之久的小茅屋。昏暗的夜色中，林平住过的猫耳洞就在不远处。我不由自主地踱步过去，坐在猫耳洞旁。

此时此刻，我仿佛还能嗅到他身上的气味。如果不是那次意外，现在的他可能正在炕头上陪着自己的老母亲和小山子，一家人其乐融融……我的眼睛又开始酸起来，我在心底暗暗发誓，如果在明天的战斗中，我能够幸存下来，我一定要亲自到铁北去，找到林平的母亲和儿子，把他们接到县城来，由我来抚养和照顾他们！我要去当林家的媳妇，当小山的妈妈，我还要把孩子的名字林小山改成林铭山，让他永远铭记着他的父亲是在沐阳山战斗中牺牲的！我要看着他慢慢长大，结婚，生子，再看着他的孩子长大，我要替林平完成他本该完成的事情……

正在我胡思乱想的时候，突然听到一阵阵抽泣声。顺着声音，我发现竟然是彭果坐在不远处的一片草丛边哭着。

"班长，你这是怎么了？"我一只手搭在她的肩膀上，轻声问道。

彭果忙止住抽泣，对我说："芷华，你说，我是不是对大家太严厉了？"

"怎么会，你是班长，不严厉一点怎么可以？"

"我就是觉得我对艾玛太严厉了点，我本来可以对她温柔一点的！其实她的死，我真的好难过！"彭果又哭了起来。我紧紧地拉着她的手说："你对她严，自有你的道理！只要你是真心对她好，她就会知道的！"

"今天，是我们战斗前的最后一个晚上了，我真的好害怕，害怕明天的战斗中，我们班再有姐妹们受伤或是阵亡！芷华，我长这么大，还从来没有这么怕过！"彭果把脑袋依偎在我的肩膀上，哽咽地说，"我不怕死，但我害怕看到你们死！那种生离死别的感觉，真的比割心掏肺还难受！"

夜风吹来，捎过来一阵阵浓郁的潮气，我低声说："看来，是要下一场大雨了！"

沐阳山上的女兵

凌晨四点，从沐阳山浓郁的雾气中传来了第一声枪响。随后，间或有枪声传来，时而密集，时而稀疏。太阳还没来得及升起来，雨就开始下了起来，打一开始就是滂沱一片。

我们从线路监听中不时得知着最新的战况：早晨六点，步兵团各分队到达集结域；十一时四十分，我们的一个排攻占了1号高地，师侦察连二排秘密占领了2号高地、3号高地；各攻击分队也在陆续赶往攻击地域的途中，但因为山高坡陡、丛林密布，羊肠小路崎岖难行，再加上雨雾弥漫、地湿路滑，分队向前开进得非常艰难，速度较为缓慢。

我们六个女兵在大雨中坚守着阵地，不时有一些小小的线路故障，都被我们及时排除。雨越下越大，噼里啪啦地打在树叶上、草地中，几乎分不清什么是枪声，什么是雨声。但我们每个人都知道，就在不远处，我们的战友和敌人正在短兵相接；而在山后，我们的炮兵阵地正在紧锣密鼓部署着，随时准备进行炮火支援。时不时有伤兵从前线送下来，血水混杂着雨水，顺着担架流淌在沐阳山的红土地上，烈士们用鲜血染红的这片土壤，今后一定会更加红艳了！

直到那天晚上，大雨也没有停止的迹象。我们几个穿着雨衣在泥泞的山路上穿行作业，雨水顺着脖子和袖子直往里灌，全身上下没有一处是干的。正当我们再次回到阵地准备休整时，一声轰隆隆的声音从不远处传来。开始，我们还以为是雷声，但仔细一分辨，就觉察出这绝对不是雷声，而是——炮声！

果然不出1号首长所料，A军突然向我们的有线阵地开炮了！瞬间，千百发炮弹在我们眼前的有线阵地上爆炸了，树木混合着泥水砂石，飞溅到我们的脸上和身上，被斩断的被复线线头也被炸得满天飞舞起来。一定是 A 军已经侦察到了我们的线路铺设情况！看来，他们是决定在战斗开始前就先切断我们的通信！

这条线肯定是没法再用了！幸亏我们重新架设了备用线路！

满脸是泥的彭果顾不得擦拭脸上的污渍，连忙拿起电话单机，用备用线路接通了上级指挥所，在炮声隆隆中大声报告："1 号首长，1 号首长，山茶百灵 1 号向您报告，新线路完好无损，A 军迫击炮的有效射程炸不到我们新开辟的野战有线阵地，炮弹距我们的备用线还有三千米！"

一号首长在电话中回复："好！你们立了一大功。但是，A 军很狡猾，可能会再次侦察到我们的新线路，你们要随时观测敌情，做到有备无患、随机应变，无论战场发生什么情况，你们都要让通信畅通无阻！"

"是，请 1 号首长放心！我们一定用生命保护好这条线路，让通信畅通无阻！"炮声中，彭果大声而坚定地回答。

放下电话，她兴高采烈地对大家说："姐妹们，1 号首长表扬了我们！让我们无论如何，一定要确保通信畅通！"

我们几个女兵会心一笑，这几天的辛苦，终究没有白费，还有艾玛，她也没有无谓牺牲！李骄阳替彭果擦了擦脸上的泥水，彭果也没有躲闪，而是任由她的手在她脸上摩挲拂拭。

沐阳山上的女兵

A军的炮火狂轰滥炸了一阵子，终于消停了。由于大雨的冲刷，几乎没有一丝硝烟的痕迹，但却留下了一片片支离破碎的树丛和一个个漏着红土砂石的弹坑。望着眼前的一片狼藉，陆琴感慨地说："如果我们能活着走出沐阳山，在若干年后再次踏上这片土地，真不知道那时候又会做何感想！"

"别说丧气话，我们肯定会活下来的！"彭果瞪了她一眼，"就算会牺牲，我们也不可能全部牺牲。只要留下一个人，哪怕就只有一个人，也要记住，今后一定要回来，再来这里看看！"

"对！不管是谁活着，都要再来沐阳山看看！十年二十年之后，也不知道这个地方会是什么样子！"冯菲菲含着眼泪说。

"那个时候，我们可能都结婚了，有孩子了！"武银娣一脸憧憬地说。

"或者还有孙子、孙女！"李骄阳笑着说，"到时候我们带着一大家子人来这里，跟他们讲讲咱们现在的故事！"

"你想得倒够远的！"我也笑了，"像你这么泼辣厉害的家伙，得找个什么样的男人才能压得住你呀！"

大家都笑了。人的情绪有时候也真是奇怪，明明死亡就摆在我们眼前，但大家却还能够说说笑笑，仿佛这死亡的危险已经不存在了！

夜已经很深了，彭果让大家轮流休息，三个人保持在位，三个人睡觉。由于茅草屋离阵地还有一段距离，我们索性就地倒下睡觉。我的脑袋一沾地，就昏昏沉沉睡过去了。

很快，我就做了一个梦。我梦到自己回到铁山家中，爸爸和哥哥在门口站着，微笑地迎接着我，旁边还有一个瞎了眼睛的老太太领着一个男孩子，仔细一看，那个小男孩和林平长得一模一样……这肯定是林平的儿子小山子呀！我一把抱起这个孩子，泪水瞬间流了下来，那个孩子也不认生，趴在我的耳朵边上大声叫了一声"妈妈"！哥哥笑着把我拉进屋子，客厅里的餐桌上，全都是我平时最爱吃的菜。我挨着爸爸坐下来，怀里还抱着小山子，爸爸不住地给我夹菜，让我快吃。望着一桌子亲人，我开心极了！终于不用天天睡在阴冷的地上，就着冷水吃压缩罐头啦！正当我拿起筷子准备大快朵颐时，突然间，房子摇晃了起来，头顶的吊灯"轰隆"一声掉在餐桌上，把盘子砸得粉碎，饭菜飞溅得哪里都是！我抬头一看，爸爸、哥哥、林平的妈妈和小山子统统不见了，四周开始着起火来，我惊恐地叫着他们，浓烟却开始弥漫起来，四周越来越暗、越来越冷……猛然间，我醒了过来！

雨还在下，但比之前小了很多，周围依旧漆黑一片，我大口大口喘着粗气，走向守在电话单机旁的彭果她们："嗨，几点了？"

"凌晨五点！"冯菲菲回答道。

"我都睡了四个小时啦？"我忙说，"你们怎么不叫我？"

"班长说你这几天太累了，让你多睡一会儿！"武银娣说。

"那你快去睡会儿吧，班长！"我拉起彭果，一把抢过电话单机。彭果什么也没说，一头栽在地上就睡了过去。

沐 阳 山 上 的 女 兵

天色渐渐亮了起来，雨势也小了很多。正午时分，雨突然又大了起来。下午，彭果带着武银娣、冯菲菲和李骄阳去巡线，我和陆琴继续留在阵地监听线路。我们陆续从线路监听中得知最新的战况消息：我们的一个团在军炮团的火力支持下，在三点前后一举攻下四个高地，而后转入防御；后续大部队依旧在赶往前线的路上，五点，各营、团陆续向师指挥所报告，有的分队已经到位，有的分队还没有消息。指挥所1号首长判断未到位的分队一定在路上遇到了各种困难，如按时发起炮火准备，攻击分队还没到位，必然影响战斗进程。于是他给前指下令，将炮火准备时间推迟二十分钟，理由是：有几个连队还没到位；雨太大，对炮兵射击有妨碍，炮筒容易进水引起爆炸。

陆琴听到这里对我说："首长很会用兵。两天前咱们攻打沐阳山的炮火准备发起时间就是五时五十六分，A军肯定会以为这次攻打沐阳山也会是这个时候。如这次将时间错开，更有可能迷惑A军！"

"陆琴啊陆琴，你要是不去军事院校学习，真是可惜了！"我感慨地对她说。

六点的时候，彭果她们几个巡线回来了，我告诉她们总攻时间马上就要到了，大家要立即进入战斗状态。但快到六时二十分了，我们依旧没有发起炮火准备。紧接着，我们就在电话中听到1号首长的最新指示：将炮火准备时间再推迟二十分钟！

"这雨不是已经小了吗？怎么还不打呀！"李骄阳有点着急地说。

陆琴沉思了一会儿，对大家说："今天的天气太恶劣了，各攻击分队肯定是紧跑慢跑才到达指定位置。这一夜的风吹雨淋，大家肯定都湿透了，也都很疲惫，要是在这种情况下勉强发起攻击，就有强弩之末的危险，很容易出现组织上的混乱。首长推迟二十分钟，部队就能喘口气，多休整一会儿，更好地投入战斗！"

"才女！绝对的才女！"李骄阳一脸钦佩地拍了拍陆琴的肩膀，"你这要是放在古代，就是孙膑、诸葛亮啊！"

陆琴不好意思地笑了，冯菲菲接着说："咱们的1号首长可是优秀的步兵出身，他非常了解一线步兵最需要什么！"

时间一分一秒地过去了，雨已经完全停了下来，积累的雨水顺着芭蕉叶一滴一滴滚落下来，我们几乎能够听到雨水砸在地上和草上的声响。大家都很紧张，空气仿佛结了冰，一种凝重的氛围越来越浓。

时间仿佛过了一个世纪，每过一秒都像过了一年那般漫长。

突然，从电话单机中传来1号首长的战斗指令："各分队注意，各分队注意，战斗现在开始！前突分队要快速围剿歼灭抢占我3号高地的A军重型步兵加强营，炮群在一分钟后立即开始进行火力打击！……各部队在战斗中要协同作战，各兵种要密切配合，各个指挥所要巧用兵力和火力，你们各部队要尽最大努力保存自己，消灭敌人！同时要遵循国际人道主义原则，尽量捉活的！炮兵，准备射击！"

嗖——嗖——

这是我军开炮的声音！一枚接一枚的炮弹从我们头顶上方掠过，不一会儿，山的那边就传来一阵阵轰隆隆的响声！

"开战了！"李骄阳激动地说。

茫茫山野中，我军发起了进攻，一声令下，万声惊雷！

千百门大炮昂首齐吼、惊天咆哮，赤丸火弹如同流星般坠落到 A 军的阵地上。电话中，只听见指挥部不断发出命令："某步兵团，你们从东穿插！""某步兵团，你们从西迂回！""某步兵团，你们从北佯攻，然后快速抢占 3 号高地，依托高地有利地形，歼灭 A 军的重型步兵加强营！""部队注意，部队注意，我部要用炮火支援你们，请你们注意躲避，密切配合！"……

战斗越打越激烈，正如 1 号首长所说，A 军狗急跳墙。因为他们之前发射的迫击炮不仅没有让我军的野战有线阵地瘫痪，反而使他们的迫击炮阵地彻底暴露，被我军炸得稀烂，失去战斗力。后来，他们侦察到我军的有线通信仍然畅通无阻。于是，A 军启动了第二波攻击。他们用 152 加榴炮、130 加农炮等大口径火炮发射了千百发炮弹，这些炮弹铺天盖地飞向沐阳山。尽管这些炮弹没有一个精确的目标，但沐阳山却被炸得天昏地暗。通过有线通信，我们得知我军有的军事设施被彻底炸毁，还出现了大面积的人员伤亡。

在这千百发炮弹中，也有几发炮弹落到了我们新架设的野战有线阵地上。幸好炮弹没有炸中目标，线路完好！

1号首长继续发布命令："沐阳山的所有大口径炮兵，基准射向对向无名高地上的 A 军炮兵，实施稳准狠摧毁性打击，支援三个步兵团反冲击，消灭抢占我 3 号高地的 A 军重型步兵加强营！前沿阵地各个指挥所要密切观察敌情，随时执行我下达的作战命令！"命令一发，我军又是百门大炮昂首齐吼，炮弹在 A 军阵地上遍地开花。只听电话单机中捷报频传：A 军的大口径火炮哑了，A 军前线指挥所瘫痪了，A 军的一个重型步兵加强营正在被我师官兵围歼，我们将国旗插到了 3 号高地……

正当我们几个女兵以为胜券在握的时候，突然，A 军的十几发炮弹向我们的阵地上空飞来！

这些炮弹似乎是长了眼睛似的，在我们新铺设的野战有线阵地上空盘旋，但就是不落地，眼看就要贴在地面上我们铺设的被复线旁边了！

"班长，这是无线电近炸引信炮弹，发现目标后会根据 A 军指令随时爆炸！"陆琴大声说。

彭果咬咬牙，对大家说："大家还记得林平排长曾经跟咱们说过的话吗？'线通，我在；线断，我接；我不死，线不亡！'现在，就是最后考验我们的时刻了！不管怎样，我们都要确保线路畅通！各位姐妹，用咱们的身体去护线！"

我立刻明白了她的意思，于是第一个从草丛中冲出来，对大家说："班长说得对！这个时候正是决战最关键的时刻，指挥不通，全盘皆输！快上！"

大家纷纷跑到阵地上，我们几个立即卧倒在泥泞的土地上，用身体拼接成六个十字架，有的仰着，有的卧着，有的趴着，将被复线紧紧地压在身体下。此时此刻，炮弹就在我们身体上空盘旋着，我们都能够听到它们发出毒蛇般咝咝的响声。我突然想到了来到沐阳山的第一天晚上做的那个噩梦，在梦里，姐妹们都牺牲了……

不会的，不会的！绝对不会的！我们还都这么年轻，还有那么长的路要走，还有那么多的事情要做，还有那么多的梦想没有实现，老天不会让我们全部死去的！——我在内心狂喊着！

"嘿，姐妹们，我们就要牺牲了！"彭果满含热泪，大声喊着。

"传说恺撒大帝在临终前告诉侍者，请把我的双手放在棺材外面，让世人看看，伟大如我恺撒者，死后也是两手空空！"陆琴仰望着天空，大声说。

"陆琴，谁是恺撒呀？"紧紧趴在地上的武银娣抬起头来，突然傻头傻脑地问了一句。

"管他是谁呢！反正我们就要去见他了！真的想来一根'红塔山'！"李骄阳大吼一声，"狗日的炮弹，来吧，来吧！二十年后，姐姐我又是一条好汉！"

"要死，我们也是死在一起了！永远不分开！"我也大声喊起来。

炮弹越来越低，我们几乎都能够闻到死亡的气味了！突然，这些无线电近炸引信炮弹在夜空中"轰隆隆"地开始爆炸了，无数闪亮着耀眼金光的炮弹皮碎片炸裂开来，如同钢水浇灌在铅桶边沿上划出的利刃般四处飞溅起来，并在我们周围快速穿梭着，将夜幕照得明亮无比。

一道金黄色的光片从趴在我对面的冯菲菲的后脑勺直插而入，在她脸前破出一个血窟窿，几乎没有任何痛苦的表情，她的头就重重栽倒在一摊泥水中。

"菲菲——菲菲——"我拉着她的手，大声哭喊着！可还没等我来得及难过，背后就像是被千万个刀片同时扎入，滚烫无比、疼痛难忍！我感到肚子很痛，用手一摸，就摸到了汩汩的鲜血从我的衣服上流出来。

完了！这回肯定要死了！我几乎要痛死过去，身边不断地有血水和泥水被炸飞过来，那些炮弹就像是夜幕中的烟花，谢了又开，开了又谢。在炮弹巨大的轰鸣声中，我们已经听不到彼此的声音了，无法确认谁还活着，谁已经阵亡。

焦烟发出一阵阵刺鼻的气味，直扎入鼻孔，呛得我几乎无法呼吸，耳鼓膜嗡嗡直响，头痛欲裂，背后又烫又痛，血顺着我的衣服和裤子直往下流，唯一能确定的是，线还在我身下！

除非炮弹把我们的肉体炸开，不然，他们就休想切断我们的线路……我觉得我就快要死了，看来我不能兑现自己对林平的诺言了。

原来死亡并不是像我想象中的那般痛苦，人一辈子都在怕死，可真正到要死的时候，却发现脑袋一下子就空了，根本来不及思索痛苦这件事情了。呵，真好！真好！真好！

渐渐地，我失去了知觉，什么都不知道了……

可我真的是什么也不知道了吗？

传说人在濒死的时候，他的一生就如同电影胶片一般，在眼前快速飞转着。人生中那些最美好的、最难过的、最怀念的、最感动的时刻，会统统出现在我们的眼前。我看到了母亲去世时，哥哥紧紧拉着我的手，父亲伏在床边恸哭的场景；又看到我拿着入伍通知书跑回家中推开门，拿给父亲看，父亲笑着点头的样子；然后就是新兵训练的第一天，我脱下鞋子将脚泡进热水中的那种舒爽和惬意；突然间，六个姐妹们穿着草绿色的军装，齐整整地站在茅草屋前，一脸严肃的彭果、黑红脸蛋的武银娣、白胖可爱的冯菲菲、英姿飒爽的李骄阳、文质彬彬的陆琴，竟然还有弱不禁风的乔艾玛！

"艾玛，你不是死了吗？怎么还会在这里？"我拉着她的手，惊喜地问。

艾玛只是微笑着一言不发，陆琴走过来一手拉着我，一手指向不远处。顺着她手指的方向，我看到有一座小山包，山包上站着一个人，但雾气太浓了，只能看到一个黑乎乎的背影。

"那是……"我仔细揉了揉眼睛，这下似乎看得清楚了些——没错！那是林平的背影！

"排长，排长！"——我甩开陆琴的手，一边大声呼喊着，一边直奔向山包。可那座山包突然变高变大起来，先前的小山包突然就长成了一座山峰，脚下的路也越来越难走。雾倒是散了许多，那个人影也越来越清晰，可不就是他！

"排长，林平！"我对着山顶大叫起来，可他站得好高，好远，似乎还在唱歌……他的歌声远远飘过来，如天籁之音般虚浮而不真实，他就站在山崖上，随时都可能摔下来……我忙开始爬这陡峭的山，边爬边呼喊着他，脚下的山石被我踩落下来，也不知爬了多久，我回头一看，才发现爬过的路如万丈深渊，姐妹们早已不知去向，一阵晕眩袭入脑中，我赶紧将视线又收回来，林平还在那里歌唱……坡越来越陡，我不得不匍匐着身子，手里抓着杂草、小树，我知道我不能回头了，必须向前看去，前面就是他，就是林平……终于，我爬上了山顶，我紧紧抓住一块石头，大口大口地喘着气，只见林平穿着崭新的军装，出现在我面前。他的头发一丝不苟，炯炯有神的大眼睛里充满着微笑，青青的胡茬在阳光下发出耀眼的光泽，红色的肩章在阳光下闪闪发亮。他看到我后便停止了歌唱，用一种惊异的眼光打量着我，随后又笑了，将两条手臂大大地张开——我欢快地跑了过去，直到他的鼻子离我的鼻子只有一厘米的地方停了下来……"林排长！"我投入了他的怀抱，他也紧紧地搂住了我……"芷华，我要告诉你一件事。"……"什么事？"我心里想，他肯定要说他会娶我的。我将头从他的肩膀上挪开，正对着他的脸，直直地看着他——忽然，我看到他的脸在阳光下变形了，眉毛开始蜷缩起来，头发上升起一股难闻的焦味，脸上的泡一个接着一个冒了出来，鼻子塌了下去，嘴唇紧紧收缩成黑色的两条线，雪白的牙齿狰狞地露了出来，火焰弥散在他全身各处——"啊！火……火……"我惊恐地叫了起来，可忽然又感觉好没有力气，叫出的声音如同一阵微风般缥缈而过！我的眼前又模糊了……

当我再次睁开眼睛，四周都是白茫茫一片。一股浓郁的消毒水味道弥漫在空气中，我感到脸上被一层厚厚的东西裹得密不透风，我想用手把脸上的东西拿开，孰料手刚抬起来，就感到背后一阵钻心的疼。后来想了半天，才意识到自己已经在医院中了。

结束了！

结束了！！

一切，都结束了！！！

从炮火准备开始，到全线攻克要点，一共用了五小时三十五分钟。

后来，听发现我们的战友们说，他们看到我们六个女兵时，战斗已经结束了。老远，他们就看到了一幅惨烈的景象：阵地上所有芭蕉树、榕树、槐树的枝叶都已经被火烤焦了，树林下烟雾弥漫，还有几处火星依旧在燃烧。只见我们山茶百灵六女兵，用自己的身体拼接成六个"十字架"，用单薄的肉体压在近十二米长的被复线上。我们的军装都被炮弹烧焦了，一片片黑色的碎片黏在红色的血肉之上，身体还冒着淡蓝色的烟……战友们看到这幅景象，都不由自主地落下泪来。他们边擦着眼泪，边忙为我们扑灭身上的火苗。

　　一名军医俯首帖耳仔细检查我们的生命体征。彭果的心脏被一块弹片穿透，冯菲菲和武银娣头部中弹，陆琴的肚子被炸开了，李骄阳的两条腿被炸断飞了……五个人都已经没有了呼吸。我的背部满是弹片穿过的小孔，一块弹片直接从我的腹腔穿过，脸上的一块肉也被弹片划掉……战友们七手八脚地把我们抬上担架，送到暖泉涧医院去。

　　听战友们还说，那天早晨，天空彻底放晴了。瓦蓝瓦蓝的天上没有一丝云朵，在抬着我们几个下山的路途中，飞来许多的百灵鸟，它们好像知道与它们在林子里朝夕相处了两个多月的女兵朋友牺牲了，所以就停在路边的树枝上，发出一声声婉转动听的鸣叫，像是在为她们唱着一曲哀怨的挽歌，哀悼着六个年轻生命的离去……

　　送到暖泉涧医院的时候，我已经严重失血，战友们争先恐后地为我献血。我在送来后的一段时间内，还有一些模糊意识，由于战地医院的麻药紧张，我坚持没用麻药。手术做了一半，我就昏迷过去。医生从我后背的肉里面取出来八块炮弹皮的碎片，之后就是三天三夜的深度昏迷！当然，这些事我都记不清楚了，唯一能够确定的是：我们用生命保护的线路始终保持畅通，直到战斗胜利的那一刻！

尾声：弹片

　　"七条生命啊！那是整整七条鲜活的生命啊！可惜，只有我一个人活了下来，只有我一个……"老人的眼睛里含着眼泪，宛如一颗皱巴巴的核桃上闪烁着两颗晶莹的露珠。

女孩紧紧盯着眼前正在回忆往事的老人，脑海中不停思索着她究竟有着怎样坚强的内心世界，才能支撑起一个有着如此柔弱肩膀的女人能够从容不迫地去面对那般残酷血腥的战火硝烟。

不过，女孩并不知道的是，在老人那坚强的外表下也有着她柔软脆弱和脉脉温情的一面。老人接着说道："战斗结束后，我的伤情刚刚好转，就缠着绷带瘸着腿，悲喜交集地办了两件事情。第一件事情是：我跑到南山烈士陵园，协助当地民政局的丧葬人员，为牺牲的六名战友立下了墓碑并写了墓志铭。彭果——山茶百灵1号女兵，94号墓碑，'你永远都是那么不苟言笑，却有一颗比任何人都火热的心！'；冯菲菲——山茶百灵3号女兵，95号墓碑，'你用实际行动证明了自己不是鸟笼中的金丝雀'；李骄阳——山茶百灵4号女兵，96号墓碑，'你是永远的骄大侠！'；陆琴，山茶百灵5号女兵，97号墓碑，'你如荷花般清丽脱俗，又有兰花的聪慧之心'；武银娣——山茶百灵6号女兵，98号墓碑，'自然山水孕育出来的侗族姑娘'；乔艾玛，山茶百灵7号女兵，99号墓碑，'生如夏花般灿烂，死如秋叶般静美'——这还是陆琴在艾玛死的时候说的呢！

"这六个墓碑都立好后，我在这些墓碑前分别献上了一簇叶茂花盛的山茶花。硕大的绿叶之间，摆放着一朵朵洁白如玉的花朵，亮晶晶的晨露在花瓣上面滚动着，宛如一颗颗珍珠在闪光。阳光如碎金子般地从斑驳的树影中投射下来，照在这些冰冷的墓碑上。我跪在六位姐妹的墓碑前，放声恸哭起来，仿佛将我们在沐阳山上整整八十三天来所经受的辛酸、喜悦、痛苦、欢欣、悲伤、甜蜜等等情绪全部一泻而出，喷薄不止。直哭得我感觉泪水都干枯了，心也酸透了，才慢慢站起来。我擦了擦红肿的眼睛，给她们点上红塔山香烟，送上山西大红枣，敬上一杯酒，并一个接着一个地烧纸焚香……等我做完这些事情，已经到了下午时分了。

"我还想去看看你爷爷。由于林平牺牲得早，所以埋到了另外一处。我顺着丧葬人员的引导，慢慢走到了他的墓前。他是 16 号墓碑，在清晨的阳光下，青灰色墓碑上刻着的金色五角星闪闪发光，由于埋葬得比较仓促，所以还没来得及写墓志铭。我在他的墓前站了很久，不停地用手去抚摸那块清冷的碑石，直到石头也有了我的体温。一枚青绿色的松针从天空中落下来，宛如林平那年轻的生命，还未曾镀上秋天的那一抹金黄，就戛然而止。我的眼睛湿润了，心中暗自发誓，一定要履行我在战前对林平许下的那个诺言！

"在暖泉涧医院中，当我手术恢复意识后，医生曾告诉我，那块从我腹腔中穿过的弹片，将我的子宫完全破坏了。也就是说，我今后将再也无法孕育生命了！这无疑是一个女人一生中最大的人生悲哀。但我既然已经答应了林平要好好照顾他的孩子，那么小山就是我自己的孩子了。这样一想，我多少又感到了一些宽慰。

　　"从南山烈士陵园下来，我就办了第二件事：风驰电掣地跑到南山县邮电局，给我的爸爸拍了一封很幽默的电报：亲爱的行署专员爸爸，长发女儿没有辜负您的期望，我被授予'通信兵战地护线英雄'荣誉称号，得了一枚大大的军功章，圆了您的梦，也圆了我的梦！女儿马上就要回家了！"

　　老人的目光从墓碑转向了女孩："云儿，这些事情，其实已经过去四十年了，但每一次回想起来，却总是在我的眼前。那些牺牲了的姐妹们的音容笑貌是那样地清晰，仿佛她们从来就没有离我远去，而是一直默默在我的身边陪伴着我。我们终究还是生活在一个好的时代，因为现在的中国没有战火硝烟，你们可以安心去做你们喜欢的事情，只要你们肯付出努力，任何梦想都可以实现。奶奶给你讲这些故事，就是想要告诉你，曾经有那么一群和你同样年龄的女孩子，她们的青春没有时尚的发型和漂亮的花裙子，没有花前月下的浪漫，也没有肯德基、必胜客，她们有的，是对战斗的恐惧和接纳，是在枪炮声中的前进和奋起，是战友间刻骨铭心的生死离别！但她们，也本该能拥有你们青春女孩所应拥有的一切啊！"

　　"奶奶，我知道了。"女孩看着老人，老人的眼睛闪闪发亮，泪水似乎就要夺眶而出。

　　"至于我和你爷爷，如果不是这场战斗，我们就不会相识；但同样也是这场战斗，将你爷爷永远带走了！奶奶这一辈子再也没有爱过任何男人，除了你爷爷。虽然我们没有结为名义上的夫妻，但我替他照顾了你和你爸爸，我就觉得我是他的妻子。能够做他妻子，我这辈子都不后悔！"

"奶奶，谢谢你！"女孩的眼睛湿润了，她知道，奶奶是用了她一辈子的幸福，给了父亲一个完整的家。

"谢我做什么呢？我是你奶奶呀！"老人叹口气继续说，"记得以前我最不喜欢陆琴的论调，可现在回想她说过的那些话，很多都还是很有道理的。她是那种从骨子里讨厌战争的人，那么年轻，就把战争的实质看得一清二楚。如今这么多年过去了，除了那些写在教科书里面的英雄事迹，我们只剩下眼前那些冰冷的墓碑罢了。但对于这些墓碑主人的家人来说，他们失去的，可不就是一个根脉嘛！

"奶奶最后能够幸存下来，真的得感谢上苍的眷顾。不然，我怎么能看到今天的祖国发生的这些翻天覆地的变化呢？但是你爷爷和那些姐妹们，却永远也看不到这一切了！奶奶今天给你讲他们每个人的故事，就是要告诉你，他们的人生，并不是墓碑上那冷冰冰的几行字就可以涵盖得了的，他们每个人都有自己的人生故事，或者不够精彩，或者不够完美，甚至还有那么多悲伤和痛苦，但他们确实真实地在这个世界上生活过、爱过、恨过，有过青春的迷茫，有过热烈的爱恋，也有过充满激情的梦想。只是，他们还没来得及走到尽头，就突然提前谢幕了！

"没有经历过战争的人，永远也不能知道战争意味着什么。人类就没有天生的英雄，每个参加战争的人心中都可能充满了恐惧和害怕。在面临生死抉择的时候，我们不可能会想到那么多的崇高理想或者是伟大事业，只是在那么一刹那间年轻人的血气方刚会涌上大脑，还有和同伴间的同生共死的情谊。当然，有时也会抱着那么一点点祈祷和侥幸的心理！奶奶在入伍前曾经想过到部队后要好好干，争取干出个样子来让父母兄弟的脸上有光彩。参加战斗后，也想过要当个大英雄，披红戴绿挂着军功章回到老家，让爸爸给他的同事们一提到我就能竖起大拇指，并给我的子孙后代讲我们在战场上故事。但这场战斗结束后，在那么小的年纪就经历了那么多痛苦的生离死别后，奶奶就再也不想去当什么大英雄了，只想着好好地活着，去兑现自己的诺言，照顾你爷爷的家人！战后，组织找到了我，让我去做事迹报告，我开始还是很犹豫的。说实话，我从心底不愿意去回忆那段痛苦的过程。但你爷爷和我那些姐妹的影子却浮现在我眼前，他们似乎都在对我说，要我告诉大家这里所发生的一切，好让他们没有白白地死去。于是我在战后伤病刚刚愈合不久，就踏上了一次次巡回报告会的行程。我走了一个又一个城市，到了一个又一个部队，给战友们讲述我们沐阳山七个女兵在林排长的带领下，是如何在战火中成长淬炼的，是如何舍生忘死护线的，我每每讲述一次，自己的眼泪就流下来一次，战友们也会被我们的故事感动着，每个人都热泪盈眶，每次都掌声雷动……其实，奶奶在战后就从来没有想过要再当什么英雄了，但是这一次次的事迹报告会，却将我推向了英雄的神坛再也下不来了！战争结束后的一年，我的身体也恢复得差不多了，组织征求我的意向，问我愿不愿意提干，继续在部队干。奶奶曾发过誓，如果在战斗中活下来，就去照顾你太奶奶和你爸爸，所以我放弃了提干，选择转业回到老家安排工作。再后来，我到柳林村找到了你爸爸和你太奶奶，把他们俩接到城里和我一同住。你太奶奶去世后，我就正式给你爸爸办理了领养手续，一直照顾着他上学、结婚、生子！"

老人闭上了眼睛，看上去似乎有点疲惫，但却依旧面带微笑。

她在给女孩讲述的时候，并没有提到她们下山游玩前的那个晚上。那天晚上，她跟林平在护线的路上，聊到了林平的家事，林平将自己的故事一五一十地告诉了她；也就是在那天晚上，他和她紧紧握着彼此的手，虽然天很黑，她根本就无法看到他的面容，可她却能无比清楚地听到他厚重而略显急促的呼吸，而她自己，近乎紧张地连呼吸都不敢了……但她唯一可以确信的是，在这阴冷的山林中，她找到了能够温暖她一生的爱情！那是她这一辈子唯一的一次与异性如此近距离的接触，从那之后，她的心再也没有接纳过别人！因为没有结果，才会拼命去爱；因为爱得疯狂，才会记忆犹新。只要她活着，他就活着，因为他永远住进了她的心里。四十年过去了，每当她在深夜里感到寒冷和孤独的时候，她总是能回忆起那个温暖而激动的夜晚，这样她的心就暖了，再寒冷的夜，再难过的坎，也就变得不再那么难了……

"奶奶，奶奶，你是累了吗！"女孩轻轻地拉了拉老人的袖子，老人睁开眼睛，慢慢哼唱着，"沐阳山……沐阳山……我是你的通信兵，一山一水满是情……炮声隆……弹飞鸣，脚穿铁鞋走山路……手牵银线似百灵……姐放线……一根根，不管风雨不管晴，不畏艰险山路行……生死场，战友情，无论何处线路断……有我姐妹立马通……首长夸咱有神功……"

一阵风吹过来，将老人的歌声顺着树林捎到整座沐阳山上，一切仿佛又回到了四十年前的那个下午，她们七姐妹唱着这首歌曲，心情愉悦地在茅草屋前憧憬着对未来生活的向往，而林平就坐在不远处的山坡上微笑地看着她们……而今，却只剩下她一个人，只有她一个人！

夕阳下，那放在墓碑前的七块赤红色的弹片似乎还浸染着昨日的鲜血，也正是由于沾染上了她的血液，才使得它们有了生命——就像是曾经一起战斗过的七个女兵将自己的灵魂赋予了它们！而她们的灵魂，将在历史的长河中永生！

又一阵风儿吹过来，仿佛是那些已经死去的战友们的灵魂悄然而来。老人额前的白发随着风飘起来，脸上那块长长的疤痕在夕阳下显得如此沧桑和壮美。女孩紧紧地握住老人的手，而老人却将另外的一只手伸进背包中，不断摩挲着包中那最后一块坚硬的金属——那是穿过她肚子的第八块弹片！

终于，老人在女孩的搀扶下站了起来。

她们一同望着远方渐渐落下的夕阳。落日将天空晕染得如神话世界中的仙宫般绚烂无比，桃红、藕荷、金粉、鹅黄、靛蓝、黛紫、月白，一朵朵，一片片，一丝丝，一缕缕，如画家笔下的颜料尽情地铺染在宣纸上，几颗金色的星星在淡蓝色的天幕中渐渐露出了光芒，静谧而安详。

老人再一次攥紧了手中那枚光滑无比的弹片，直到她确信能够真实地感受到它的温度。

（此作曾于 2017 年 12 月获得第七届"强军杯"全军网络军事文学大赛一等奖）

初稿写于 2017 年 3 月 17 日，河北石家庄

二稿改于 2019 年 8 月 9 日，河北宣化

三稿改于 2019 年 10 月 8 日，上海松江

四稿改于 2021 年 8 月 9 日，河南新乡

小村之恋

一

那个时候，她梳一条大麻花辫，用一根紫红色的毛绒线绳系起来，穿一件水绿色的方格子的确良衬衣，下摆用金线绣了几朵淡淡的桂花，洗得干干净净的灰蓝色粗麻布裤子下，穿着一双爹刚从县城开会带回来的细绒黑布鞋。直到多年以后，她仍然能清晰记得，那是 1977 年 5 月 21 日，一个阳光灿烂的星期六。

"翎子，去见了人家，别愁眉苦脸的样子，该欢喜就欢喜些！"刘玉莲不知是第几次重复这句话了。她有些不耐烦地说："知道了，娘！又不是真嫁给他！"

"瞎说！都老大不小了，再等来等去的，就成了西村的老吴妹子，都三十多岁还嫁不出去！"

李小翎把皱起一角的衬衣下摆平了平，噘起嘴说："我才二十岁不到，至于吗！"

"娘像你这么大时，你都两岁了！"娘剜了她一眼。

李小翎笑笑："你们那时候是什么时候？包办婚姻！"

"别贫嘴，快去西厢里把车子推出来！"娘边整头巾边说。

"我去给姐推！"大弟建民的话音还在房中，人就已经跑出正房。

院子里，老黄狗欢快的叫声响了起来，是爹下班回来了！

柳林子村的大队书记李伟为了女儿相亲的事，特意提前一个小时赶回来。爹连门都没进，就冲着里屋大喊了一声："准备好了吗？好了咱们就走吧！"

翎子极为不情愿地跟着娘走出来，大弟已经把车推到院子中央，爹说："好了吗？好了就走！"

从柳林子村到黄土疙瘩，骑自行车再快也要一个小时。翎子坐在车子后面，心口随着崎岖不平的山村小路一齐颠簸乱跳。虽说这已不是她第一次相亲了，可难免还是有些紧张。

记得第一次相亲，是二叔给介绍的对象。二叔在乡供销社工作，他把他们社的一个年轻小伙子介绍给了翎子，结果翎子一看，竟是她的初中同学李洪亮。上初中时，翎子就顶瞧不起这个李洪亮，他父亲虽说是乡里的一个干部，他本人长得也不差，可翎子就是看不顺眼，觉得他骨子里有股痞子气。每次到供销社买东西，李洪亮都会给翎子添斤加两，买十斤米，他会多给半斤；如果是买别的什么不能添的，他就顺手抓过一把水果糖塞给翎子。翎子不是个爱贪小便宜的人，对此，她只是淡淡一笑，将李洪亮多给的东西还给他，说声"谢谢"，就大辫子一甩，拿着该买的东西走出供销社的大门。这次这个黄土疙瘩村的对象，是柳林子村的六老汉给介绍的。六老汉本姓柳，是黄土疙瘩人，因在家中排行老六，所以大家都叫他六老汉。他娶的老婆正是李支书的表姐，所以翎子叫他表姨父。那天六老汉带着表姨去李支书家串门，聊着聊着就聊到了翎子的婚事上来，六老汉一拍他那光秃秃的脑门，对李支书说起他三舅家的一个大表弟来，今年刚好二十一，在部队当兵。小伙子长得一表人才，精干聪明，正和翎子相配，就是家底差点。翎子娘听了，说家底差点没关系，人好就行。于是，这六老汉就揽了这个媒，黄土疙瘩和柳林子村来回跑了两遭，把日子定好，约定在男方家里见面。

李支书的一声自行车铃声打断了翎子的思绪，黄土疙瘩到了。这是粉碎"四人帮"后的第一个春天，田野刚刚返青，到处都是一片绿油油的景象，充满了生机与活力。黄土疙瘩的田地是全乡最好的一片，五月还不到，麦苗就已经长到小腿那么高了。翎子跳下自行车，沿着坑坑洼洼的一条土路，尾随着爹走到一处黄土房院子门口。大门口早已站着一排人，翎子低下头，感觉脸上热辣辣的。

"他舅舅，老黄家的都在门口等你们好大一会儿了。"六老汉满脸堆着笑，把李支书的自行车接了过来。

"开春这阵子，村里事儿多，刚忙活完！"李支书仔细打量着这户人家：只见男主人黄老头背着个腰，个子还不到李支书的下巴，一身带补丁的粗布蓝衣裳透着些许寒酸；女主人黄家嫂子扎着一块石青色头巾，小眼睛，薄嘴唇，虽说是个聋哑人，但看起来却非常要强和精明；四周是一群孩子，都穿着带补丁但很整齐的衣服。再向院子里一望，青石头围起的院子倒还干净，黄土房窗子上糊的麻纸也算白净，柴火堆码得整整齐齐，几只芦花鸡"咯咯咯"地围着院子里的一棵老柳树转悠着找虫子吃。

"屋里请，屋里请！黄兵去供销社割肉去了，一会儿就回来！"黄老头声音小得如蚊子一般，还带着浓重的鼻音，这个在田里耕种了半辈子的老农民很重视他的大儿子黄兵的这次相亲，因为在他的六个子女里，大儿子黄兵是唯一一个走出黄土疙瘩村并吃上了公粮的人。黄老汉今年五十五，养了三男三女，大女儿黄大女已嫁到邻村，二女儿、三女儿尚在上初中，二儿子黄华去年就辍学在家放羊，三儿子黄忠小学尚未毕业。

一帮人进了屋，李支书的心就紧起来，虽说打扫得倒也干净，但始终摆脱不了一股子寒酸劲儿。环顾四周，只有那两口已经掉了漆、斑驳不堪的榆木柜子是唯一值点钱的东西了。

李支书和六老汉上了炕，翎子跨在炕沿边，听着大人们聊些闲话，却始终不敢抬起头来。这倒有点不像翎子平时的脾气，其实翎子是个能说能干的姑娘，打草喂牲口煮饭做针线照顾弟妹都不在话下，学习成绩也一直是学校里拔尖的。只因赶上高考取消，不然她肯定能考上大学。粉碎"四人帮"后，大家都期待着恢复高考，翎子的大学梦又燃了起来，这些日子她一直在复习，时刻准备参加高考。今天这是怎么了？可能是姑娘家天生的羞涩心吧！

只听堂屋的门开了，一串稳重而富有节奏的脚步声渐渐近了，"爹，我回来了！"

这声音，怎么这么熟？——翎子抬头一看，怎么，竟然是他！

二

翎子万万没想到，这第二个相亲的对象，竟然是她的高中同学黄兵！

上高中时，她是班里年龄最小的一个学生，和她同班的同学大多都比她大两三岁，黄兵就坐在她身后。在翎子的记忆中，黄兵总是穿着一身虽然很破旧但却干净整洁的蓝布棉袄，戴着一顶露出棉花的帽子，脸瘦黑瘦黑的，整个人单薄得仿佛一阵风就能吹倒。高中两年，翎子和黄兵说过的话，统共也不会超过十句。那时，翎子的眼里只有学习，似乎根本没有在乎周围其他人的存在，唯一的好朋友就是梅花——那个比她大四岁、留了两级、上课时始终一脸瞌睡相的表姑。刚来黄家，翎子听到黄老汉说起黄兵，她还以为不过是重名的一个青年罢了，可谁想到，还真是坐在她身后的那个黄兵！

眼前的黄兵，和五年前那个营养不良的学生可大不一样了。只见他的个头足有一米八，穿着一身崭新崭新的翠绿色军装，戴着一顶别着红五星的军帽，一双浓浓的眉毛紧贴着帽檐，炯炯有神的大眼睛透射出无限的刚毅和青春的活力，直挺挺的鼻子下是一张丰润厚实的嘴巴，周边的胡茬泛着青光，脸蛋被春风吹得红光满面，看起来却更加健康青春了——的确，和黄老头一家相比，他是那样地与众不同，以至于他刚刚走进屋子，翎子发现这个贫寒的家突然就焕发出光辉来，难道这就是蓬荜生辉？

当然，这种光辉只是翎子一时出现的幻觉罢了。六老汉的声音将翎子从这种幻觉中拉回到现实中来："黄兵，这是你李伯伯，这是李伯伯的大闺女李小翎！"

"你好！"黄兵看了翎子一眼，笑着伸出手来，翎子有点不好意思地伸出手，两只手轻轻握了握，她就赶紧将手抽回来。

一群大人看着他们笑了，翎子的脸更红了。

"翎子最近在复习，准备高考。"还是六老汉替她解了围，"准备考大学呢！"

李支书摇了摇头，笑笑说："考什么大学啊，能考个中专就不错了！"

翎子的头更低了，使劲盯着自己衬衣上那几朵淡淡的桂花，她万万没想到自己的这次相亲会让她这么难堪，难道仅仅是因为他是她的老同学？

六老汉指着黄兵说："黄兵今年在部队是第四年，已经当上副班长了。最近打算提干呢！是不是，黄兵？"

"没那么容易的！"黄兵笑笑，"部队里提干都得表现得非常优秀才行，我嘛，还差那么一点点。"

"你要真提了干，可给你们老黄家长脸啦！"六老汉意味深长地说，"别回来再刨黄土了，苦啊！"

隔壁传来黄家嫂子切菜的声音，翎子拉了拉李支书的衣角，递了个眼色，小声说："爹，四舅老爷不是今儿来吗？还等着我们回家吃饭呢！"

李支书知道女儿的心思，便站了起来对众人说："今天家里有客人，咱们改天再聊？"

六老汉和黄老头都站起来，异口同声道："在这儿吃吧！"

李支书笑笑，说："改天吧！今天真的不行呀！"

俩人见留不住了，便只得相送。

李支书带着翎子走出院门，黄家一家人送他们直出了院门口，看着他们远去，才又回到院子里。

六老汉笑眯眯地问黄老头："三舅，你看咋样啊？"

黄老头摇摇头，说："闺女是好闺女，人家也是正经人家，就怕咱们兵子攀不上呀！"

三

"那后生的个子真有一米八？"翎子娘已经是第四次问李支书这个问题了，李支书不耐烦地说："对！对！真的是一米八！人品没得说，就是家穷了点。"

"穷点没关系！"翎子娘手里拿着一摞子碗，边一个个摆在桌子上边说，"赵匡胤的马，朱元璋的炕，没当皇帝都一个样！"

翎子边摆筷子边说："娘，你倒不是那嫌贫爱富的人呀！"

娘瞥了翎子一眼："你以为娘是那种人啊！俗话说，富不过三代！有钱也不见得就能靠一辈子。傻闺女，人好才能靠一辈子！"

翎子摆筷子的手若有所思地慢了下来，这让她一下子想起黄兵，那个英武挺拔的高中同学。

开门声打断了翎子的思绪，四舅老爷王有福，也就是表姑梅花的爹迈着蹒跚的步子走进来。翎子娘忙下炕说："四姨父，快上炕来吃饭！"

梅花爹摇摇头："吃过了！来坐坐就走！"

翎子下炕，去给梅花爹倒水，顺便问了一句："梅花姑姑没一起来啊？"

梅花爹呵呵一笑，摇摇头："来就是为了她的事！李家沟来人了，说要赶着这个月就把梅花的婚事办了呢！"

"这么快？"李支书问："四姨父，梅花不考了？"

"考啥考啊！一个女娃娃，念个高中就够了！都二十好几的人了，成西村老吴妹子那样嫁不出去，咱父母脸上也没光呀！"

翎子娘笑笑说："按理也该嫁人了，这订婚都订了两年多了吧？"

梅花爹抽了一口旱烟，慢悠悠地说："可不是嘛！婆家早就叫她过去了，一来她婆婆死得早，家里没个女人照应；二来梅花她弟弟也大了，赶着把她嫁了，也得赶紧着给她弟弟攒钱娶媳妇儿啊！"

翎子瞅了一眼正坐在炕上吃饭的两个弟弟建民和建平，心下琢磨：父母的想法，是不是和四舅老爷是一样的呢？不过她立刻就为自己竟会有这种想法而感到内疚了，父母不会的，父亲是二十世纪五十年代的知识分子，母亲虽说是农村妇女，但思想上也没那么封建，他们只是想让她有个好着落罢了！

梅花爹又猛抽了一口旱烟，青紫色的烟雾缭绕在他那姜黄色的胡须边："那就这么定了吧！月底办事儿，你们一家可都得去帮忙啊！"

送走梅花爹，一家子吃完饭，翎子就帮着娘收拾碗筷。待做完家务，她便跑到屋子里看书去了。面对着一大堆的公式、数字，翎子的心怎么也静不下来，脑子里老是浮现着刚才相亲的那段过程……难道她对他真的有好感了？不会吧，李小翎啊李小翎，你现在的首要任务可是认真复习准备高考啊！可千万不要分心呀!

就在她的心情刚刚平静了不一会儿,六老汉的声音却从堂屋传来——他肯定是为着她和黄兵的事而来。

翎子不由得侧起耳朵,听着屋里六老汉和爹的对话。

"怎么样,黄兵还合适吗?"六老汉问。

"还行,就是穷了点。"翎子爹指了指里屋,压低声音回答道。

"穷点没关系,人好就行。"这是翎子娘——娘在这件事上倒是表现出高度的开放和包容。

"他娘还是个哑巴哩!"翎子爹叹口气说。

"你是说我舅母?"六老汉笑了,"你别看她是个哑巴,那心眼子少说也比我舅舅多一万个呢!聪明着呢!"

"你这个老头子,嫁闺女又不是嫁给他娘!"翎子娘抱怨道,"女婿好就行!"

"那就叫孩子们多见见面?黄兵下个月3号就走了。"六老汉笑着说,"要是真给你找个好女婿,能顶半个儿子呢!"

翎子脸一红,公式也抄错了。

四

"你是说,你是为了不被饿死才去当兵的啊?"翎子好奇地问。

黄兵轻轻叹口气:"是啊,你又不是不知道四年前是什么光景。那年黄土疙瘩最遭殃，饿死过人！我天天穿着破棉袄在街上晒太阳，肚子开始还觉得饿，可越往后，就连饿也感觉不到了，整天迷迷糊糊的，就像要去见阎王。后来还是我二大爷家的四哥找到我，说乡里正征兵呢，硬把我拉起来报了名。"

翎子抱着膝盖，若有所思地说："黄土疙瘩的地不是最好的吗？"

"可分给我家的是最不好的！我爹忒老实，不懂得送点东西给人家生产队队长。"黄兵接着说，"而且那一年正是饥荒闹最厉害的一年。"

"那你跑到东北那么远的地方去当兵，不想家吗？"翎子侧过脸来问。

"你还别说，刚开始还真不想。刚到部队那会儿，天天都能吃到大白馒头，穿着不打补丁的新衣服，盖着暖和的棉被，家里哪有这好事儿啊！"

"你这是典型的乐不思蜀！"翎子笑着说，"部队里除了大白馒头，就没有'大拳头'了？我可是听说部队里的有的班长是打新兵的！"

"是吗？我倒是没感觉到，可能是我很听话吧！"黄兵转过头去，看着远方缓缓升起的炊烟，好一会儿才说，"这样的小山村，多美丽啊！"

翎子放眼望去，春天的田野里，到处都是郁郁葱葱的麦苗，阵阵微风吹过，如同一汪无垠的湖水舒缓地流淌着。她不禁也感慨道："是啊，是很美。可我不想在这里待一辈子。"

　　黄兵转过脸来，望着李小翎，问："那你想去哪儿呢？"

　　翎子一脸坚毅地说："走出农村，到城市去！"

　　"怎么会有这种想法？"

　　"你是差点被饿死，我呢，锄地的时候差点累死。"翎子叹了口气，说，"高中毕业那会儿，本来我是一心想考大学，可赶上了知识青年上山下乡锻炼。说实话，洗衣服做饭、喂猪打扫家，包括绣花织毛衣，这些活儿我都会，可就是锄不了地。锄一个小时，我得歇上半个小时，锄得我头晕眼花、腰酸背痛的，每天早晨都起不来床。所以那个时候，我就在心里暗暗发誓，就是去城里当个工人，我也要走出农村去！"

　　黄兵看着翎子坚毅的表情，不禁叹口气说："没想到你还有这个志气！其实我的想法很简单，我只是想出去当几年兵，回来再找个本分的农村姑娘，生个娃娃过日子就可以了。"

　　翎子的脸微微一红："我可是一定要走出这个小山村的。看来，我不是你要找的人了。"

　　黄兵忙说："但找一个大学生，那不是更好吗？"

　　翎子看着黄兵，哼了一声说："老同学，你不会把这种相亲真当真了吧？"

　　黄兵认真地说："难道你觉得这是一场玩笑？"

　　翎子摸索着衬衣领子，慢慢说："六老汉是我姨父，是你大表哥，他做媒，我是顺着父母的人情才去的。你以为我是真的着急想嫁人才去相亲的啊？"

　　"你……是不是觉得我配不上你？"黄兵迟疑了一下，继续说，"如果你嫌我家穷，你就明说，我不会介意的！"

这句话一下子激怒了翎子，她瞪着他说："在你眼里，我就是这样的人啊？但凡想找个有钱的，我早就找了！"

黄兵知道自己造次了，低声说："不管怎么说，好几家人现在都看着我们呢！"

"可我现在要准备高考呢！知道吗？"翎子不耐烦地站了起来。

"可高考已经取消多年了！现在都是推荐上大学呀！"

"咱们高中的班主任郭老师说，国家一定会恢复高考的！"翎子表情坚定地说："他说恢复高考是国家选拔人才的趋势，只要国家认识到人才的重要性，就一定会重新重视起考试制度的，恢复高考只是个时间问题。"

"郭老师本是城里人，是不得已来到农村的，他心里肯定也憋着一股子劲儿，不过他到底是念过书的人，就是不一样，想问题也想得这么深。翎子，你要高考，我就努力提干。"黄兵也站了起来，抓住翎子的手，无比坚定地说，"我们相互鼓励，一起走出这个小山村！"

翎子忙抽开手，脸一热，就往家的方向跑去。直到进了家门，她还觉得手上留着余热……

五

1977 年的中国没有冬天！

就在这个冬天，与接下来的夏天，77级与78级报考大学的1160万考生像一股势不可当的潮水一样涌进高考考场。

而翎子就是这千万大军中的一员。

是的，当翎子走进那久违的学校时，她就感觉像是在做梦一样，在此前的几年，对于像翎子这样的普通中学生，大学的门对他们是紧闭着的，因为那些年里高考被彻底取消了。广大青年中学毕业的第一选择是上山下乡，接受贫下中农再教育。即使是从二十世纪七十年代初开始实行的大学招生，其对象也是那些有着两年以上实践经验的工农兵，招生的方法是"自愿报名，群众推荐，领导批准，学校复审"，由于过于强调"以阶级斗争为纲"，还有所谓的"出身问题"，这种不公平的推荐方式难以避免地滋生了一些头脑空空、能力低下的"关系户"，有的甚至连四则运算都不会，只是个小学水平，却要让大学教授去教，等把四则运算学会，几年的大学都快上完了。

中国的教育状况，让一位饱受苦难的伟大革命者看在眼里，急在心头。他就是日后被世人称为中国改革开放总设计师的邓小平。1977年8月4日，邓小平组织召开了一个科学与教育工作座谈会，座谈会上，众多著名教授、学者严厉抨击了当时的大学招生制度，他们一致建议国务院下大决心，对现行招生制度进行改革。邓小平问大家，今年改还来得及吗？大家回答，今年改还来得及，最多晚一点。邓小平当即向大家表态，今年就要下决心恢复从高中毕业生中直接招考学生。8月13日，教育部在北京召开了全国高等学校招生工作会议，邓小平直接对招生的指导思想作了具体指示，提出主要抓两条：第一是本人表现好，第二是择优录取。到了 10 月 12 日，国务院正式批转了教育部《关于一九七七年高等学校招生工作的意见》，文件规定：凡工人、农民、上山下乡和回乡知识青年、复员军人、干部（年龄可放宽到 30 周岁）和应届毕业生，只要符合招生条件均可报考！

这个消息就如同黑暗中的一丝火苗，点亮了无数学子的梦想，而翎子便是其中之一。当她得知恢复高考的消息后，一直积压在她心底的那个梦想，顿时就复苏了，她的心中升腾起一股喜悦的潮水，势不可当。她真的从心底感谢邓小平！

当翎子走进那间破败不堪的教室时，看到教室中那同样斑驳破旧的桌椅时，她突然感觉自己的眼眶一阵发热。她想起了在煤油灯下苦读的那些个夜晚，想起了在田地里锄地时的腰酸背痛，竟然还想起了黄兵在小山坡上对自己那个鼓励的眼神……她感觉自己就像是一个加足了油准备发动的小马达，全身是劲儿，满眼的光明，当考试卷子发到她手中的时候，她轻轻松松地舒了口气，像是鱼儿游进大海一样畅快，笔下流淌出来的不仅仅是文字，更是她这么多年来的等待。

考试的科目只有三门，翎子觉得题目很简单，她答完所有题目后还有时间再检查一遍。可坐在她旁边的那位大哥就不那么轻松了，翎子发现他一直皱着眉头，咬着笔杆，半天写不出一个字来。翎子忽然觉得这位大哥好面熟，仔细一想，才想起来这位大哥竟是邻乡中学里赫赫有名的"造反派"带头大哥杨伟大，以前还来过他们乡的中学里做过报告呢！想当初在演讲台上，他情绪高亢，一脸兴奋，无数唾沫星子飞溅到台下来，大批特批知识和知识分子，可惜满嘴的错字连篇、成语乱用，但却把梅花表姑迷住了……怎么今天，他也来参加高考了？翎子心下暗笑，他若能考上大学，估计全乡所有的考生都能上大学了。

当翎子把最后一门考试卷交上台后，她迈着轻快的脚步走出了校园。回到家中，李支书问她考得咋样，翎子笑着说："还行，考个大学应该没什么问题吧！"

正在读高二的大弟建民一脸惊奇地望着姐姐说："这么自信呀，姐？"

翎子笑笑："那当然了，你姐姐我是冲着清华北大去考的！"

爹也笑了："好好向你姐学学！别天天就顾着玩！"

刘玉莲端着一锅热气腾腾的面放到炕上的方桌上："考上大学有啥用？找不到好婆家不还是白搭嘛！"

翎子嘴一噘："娘，婚姻问题上你倒是不封建，但上学这个问题上你还是一个老封建！"

"女孩子家，上那么多学干吗？一上学就耽误结婚生娃了！"娘绷着脸，转身去拿上碗筷，又转过身来对翎子说，"我问你，人家黄兵去部队那天，你怎么连送都不去送啊？"

"娘——"翎子脸一热，拉长了声调，"我们是——同——学——关——系！"

"我看，这次就该给你们定亲！"娘把碗筷重重地摔到小方桌上，又瞪着眼睛瞅着爹，"都是你惯的，一点女孩子的样都没有！"

李支书笑笑："得，都是我惯的，等咱闺女考上清华北大，想挑什么样的女婿没有！"

才六岁的小弟建平也跟着吵吵起来："姐姐挑女婿喽，姐姐挑女婿喽！"翎子上前拍了建平的脑袋一下，自己也忍不住笑起来。

菜上齐了，一家五口围着小方桌团团坐下，李支书盘腿坐在炕正中，建民、建平盘坐在李支书右手，翎子坐在左手，但她却没有盘腿，只是将两条腿斜跪着，翎子娘坐在炕沿上，腿耷拉在地下，看着翎子这个样子就皱起眉头来："吃饭的时候，连个坐相都没有，赶紧把腿盘上！"翎子却拿起碗，一扬脖子："盘腿太难受，我不盘！"

"等日后去黄家当了媳妇，也是这个样子，不让人家笑死你？"娘说。

"娘，你怎么又来了！"翎子嘴一撇，放下碗筷，打算赌气不吃了。还是李支书出面解了围："算了，算了，等她考上大学进了城，就不用在炕头上吃饭了！城里人都在地上吃饭，坐凳子！"

翎子一笑，还是爹了解她。

娘不满地看了李支书一眼："好，看你闺女将来能嫁个什么样的人家！"

吃罢饭，翎子去梅花表姑家串门。

即将出嫁的梅花正忙着准备自己的嫁妆呢！见翎子来了，她一脸兴奋地拉住翎子的手，给她看自己的那些箱子和被子。她指着堂屋中那两顶新漆好的大红柜子，颇为神气地说："看，这是他们家给俺家送来的木柜子，里面全是去年新收下的粮食！"而后又把翎子拉到里屋，指着炕上高高堆起的一摞被子："这是他们家给俺家送的彩礼。"说完她跳到炕上，把被子一一拿下来铺开，边铺边告诉翎子，这个是"百鸟朝凤"，那个是"鸳鸯戏水"……

崭新的锦缎面子虽然光滑无比，秀色夺目，但却散发出一阵阵清冷的味道。翎子用手摩挲着被子，突然问："表姑，你真的想马上就嫁人呀！"

一脸兴高采烈的梅花突然怔住了，而后慢慢说："我都二十四了，不嫁人怎么办呢？"

"那你喜欢他吗？"翎子追问着。

"我也不知道。"梅花一脸迷茫，"他除了个头矮点儿，长得还可以！"

"你就看人家长相啊！那你了解他是什么性格吗？万一你们结婚后，他对你不好，咋办？"翎子继续追问着，梅花脸一红，半天说不出一句话来。

翎子打量着眼前的梅花：她有一双丹凤眼，细腻小巧的鼻子，薄薄的两片嘴唇——人们都说翎子和梅花长得像亲姐妹，唯有细心的娘指出了一个很大的不同点，那就是梅花一笑起来，鼻翼处就发皱；而翎子笑的时候，是没有这些皱纹的。娘说这是"苦命皱"，此时此刻，虽然梅花没有笑，但翎子却仍能看到那一条条细细的皱纹，让她不由想起了鲁迅笔下的祥林嫂。

"不好就不好吧！"过了很久，梅花才张口说，"爹跟我说过，女人这一辈子，'嫁鸡随鸡，嫁狗随狗'。如果能嫁个好人家，那是一辈子的福气；如果嫁得不好，那也是命里注定的，改不了啦。"

"四舅老爷就是一个老封建！"翎子小声嘀咕了一句，梅花拉起翎子的手说，"翎子，其实我挺羡慕你的！你父母的思想开明，你读书又好，将来肯定能找个好婆家的！"

"可女人生下来不只是为了找婆家呀！"翎子紧紧握住梅花的手，由于常年给家里人洗衣服做饭喂猪锄地，这双本该如玉般细腻光滑的少女的手过早粗糙起来，甚至还起了许些茧子。这是一双历经沧桑的手呀！

她突然感觉到自己的手背湿润了——那是梅花表姑的眼泪："祝我幸福吧，翎子！"

六

从梅花表姑家回来，娘带着建平出门还没回来，建民也不在家，家里只有李支书。李支书将一封信递给女儿，翎子一看署名，竟然是黄兵的！她脸一热，头都不敢抬起来，李支书却悄声说："放心，我没跟你娘说，她不知道！"

翎子抬起头，感激地望了爹一眼，而后就不紧不慢、故作镇定地走进里屋。进了屋，坐在炕沿边上，翎子的心还一直突突跳个不停，这时她才发现，攥着信的手不知道什么时候都已经出汗了。翎子自己先扑哧一声笑了，她有些嘲笑自己的胆怯，那个半夜敢走十里夜路、连高考都不放在眼里的李小翎去哪儿了？竟然让黄兵的一封信给吓住了！可她又觉得拿在手里的这封信有着某种神秘的力量让自己莫名地感到激动。她拿起一把剪刀，小心翼翼地沿着信封左边最边沿的地方剪着，每动一刀都很仔细，生怕一不小心就剪到里面的信笺。剪过信封上那枚淡蓝色的8分钱长城邮票后，一条宛如发丝般细的牛皮纸条轻轻地飘落在她的蓝棉布裤子上。她小心翼翼地把纸条捡起来放在炕上，用右手的拇指和食指捏住信封，又用左手的中指和拇指慢慢将里面的信夹出来。

黄兵很细心，没有将信叠成长方形，而是别出心裁地折叠出两个心形来，这样新潮的叠信方法，即使是心灵手巧的翎子，也从未见过。直到很久以后的某一天，翎子偶尔问起来，黄兵才说这种叠信方法是他跟一个上海来的城市兵学的，上海人天生懂得浪漫，连叠个信都如此洋气。信是用部队发的专用信纸写的，这是翎子第一次看到黄兵的字迹。他的字写得很工整，每个字都宛如刚刚成熟的苞米，颗颗饱满，粒粒圆润，该弯的地方很圆滑，该直的地方也有一丝弯弯的曲线，尤其是有笔画"钩"的地方，更是钩得张扬而潇洒，甚至还有一丝俏皮。翎子一看开头就笑了，黄兵是用"李小翎同学"作称谓的，如此正式的开头，让翎子有些忍俊不禁。只见信上写道：

李小翎同学：

你好！

自铁北县城一别，至今已过去五个月之久。先代我问候你的父母，和你的两个弟弟！请原谅我在这些时候没有给你写信，因为我怕耽误你的复习。当你收到这封信时，已经高考结束了吧？我真诚地祝愿你在高考中能取得好成绩，也相信你一定能取得好成绩，去圆你的大学梦。

在我们分别前最后一次见面的时候，你曾说过，无论如何，你要走出这个小山村。我也想对你说，你努力考大学，我努力提干。我不知道这算不算是对你的一个承诺，但至今我仍能感觉到当时我说这些话时的真诚。再过几天，我就当兵整整四年了，第五年的部队生活就要开始啦！我现在已经是老班长了，刚被列上营里的预提干部名单。连里被列上名单的有三个人。营长说，要经过一年的考察期。明年的这个时候，能不能提干，就会有结果了。

翎子——哦，请原谅我这么称呼你的冒昧，可我还是不由自主地想用这个称呼，因为这让我觉得你就近在我面前。在给你写信的时候，外面正刮着凛冽的寒风，大兴安岭的冬天非常冷，雪也很大，出去一圈眼睛就会被雪花挂上，都说咱们铁北是高寒地区，可比起东北，咱们那里的冬天就算暖和的。这里最低气温能达到零下四十多度，刚泼到地上的水，立即会结成冰。我们的部队是炮兵部队，我们用的不是电影上的那种小钢炮，而是大炮，真正的大口径炮，一发炮弹能打几十千米远，而且是隔着山头打，威力很大。冬天，我们在营地训练，到了夏天，我们就会到野外驻训，把炮也拉出去。十几门的炮群合在一起发射炮弹，场面很是壮观。真诚地期待你能来东北，来大兴安岭！

　　好了，不多说了。期待着你的回信，也期待着你考中大学的好消息！

　　致以革命的敬礼！

你的同学：黄兵
1977 年 12 月 26 日

　　翎子将信放在炕上，暗想道，这黄兵的信虽然不到七百字，却恰到好处、滴水不漏。一开始，他就很好地解释了为什么不给翎子来信的理由——当然，这半年翎子不是没有想过黄兵为什么不给自己写信，思考的结果往往是她认为黄兵最终死了心——可这封信的到来，却让翎子开始意识到，黄兵根本就没有把那次相亲当成儿戏。他在信的第一段就问候了翎子的家人，显示出自己的懂事孝顺，而后才开始说翎子和他的事。他很有心，还记得分别时说过的话——一想到分别的那个下午，翎子的心就不由自主地跳得快了起来——很明显，他想告诉翎子，他会努力提干，好配得上翎子这个女大学生。紧接着，他就把翎子带到了他的世界中——他用"翎子"而不用"李小翎"，在关系上是更进了一步，但却显得那样自然，仿佛天经地义一般，让翎子由衷地接受了这个称呼——跟着他的视线，翎子走进了东北那座神秘的军营中，并很好地勾起了翎子的好奇心，却又一笔刹住，发出邀请函！最后，他又暗示希望和翎子继续交往，并将称呼回归到"同学"上来，显得一切都是那么自然。

这个狡猾的黄兵！这个聪明的黄兵……

翎子从没收到过男孩子的信，更谈不上收到情书，但她也曾经看过情书。那是四年前，她高中的最后一年，在班主任郭书老师家补课时，无意中在门口拣到他那正在上初中、比自己小四岁的独生女儿郭菲菲的一封信。她至今还记得，信纸是粉红色的，在那个年代，这种如此细腻的粉红色信纸很是罕见，这让翎子无比好奇，兀自偷看了那封信——那是一封炽热而又充满青涩的情书，满纸的情爱之词，羞红了翎子的脸，还没看到一半，她就慌忙团起来，扔到小河里——如此不堪之词，怎能让外表恬美、青春靓丽的小菲菲看到呢！如果拿黄兵的信和那封情书相比，是看不出一丝一毫的暧昧的，但却又总能让人感觉到一股热切的爱恋。

翎子的心慌了，过去，她从未正视过自己和黄兵的关系，她以为这不过是一次普通的相亲罢了，可她万万没想到，黄兵是认真的。也正是收到了黄兵的信，才让她第一次意识到在某种程度上，自己也是在乎黄兵的，否则不会脸红心跳，不会意乱心慌，更不会莫名其妙地激动——可她还不想这么早就谈恋爱，她还要上大学呀！

我这是怎么了？——翎子皱着眉头，不住地问自己。

窗外，天阴了起来，看样子，是要下雪了……

七

黄兵同学：

你好！

你的来信已收到。感谢你的祝福，同时也代表我的家人向你表示感谢。

当你收到这封信时，可能已经到了 1978 年了。给你写信时，窗外正在下雪，大片大片的雪花从天上飘落下来，好像棉花一样，整整下了三天，地上已经堆了厚厚的一层。铁北今年的冬天特别冷，就是穿两件棉衣出去，还觉得身上一直在发抖，真不知道东北的冬天会冷成什么样子！爹说东北那边的人都戴着狗皮帽子、穿着羊皮大衣，一身厚厚的长毛很是好看，不知道你们部队是怎样防寒的。

高考结束了，我的心也放下一半。等成绩的这段时间是最难熬的，但我相信自己应该考得不差。黄兵，在我走进考场的那一刻，你知道我心里想的是什么吗？不是对恢复高考有多么激动，也不是怕自己考不好而紧张不安，而是突然有一张熟悉的脸浮现在我眼前，这个人你可能不认识，但肯定听说过她的名字——林云。对，就是那个从天津来我们村里插队的女知青。

1973年秋天，她和九个知青一起分到我们柳林子村大队。刚到村子里时，我们都好奇地看着这群从城里来的人，男的大都穿着卡其布绿色旧军装，戴着一顶军帽，女的穿着各色各样的的确良衬衫，清一色的短头发——这群女孩中，唯有一个与众不同，她不仅留着一头长发，还用一枚粉红色的发卡将长发束起，任由那如瀑般的黑发流泻在肩膀上；她的皮肤像雪一样白，长得也很漂亮，穿着一件如丝绸般耀眼的翠绿色衬衫，裤子是我们从未见过的一种蓝色布料，看着很硬很挺，后来才知道，那叫牛仔裤。这种新潮的打扮，着实让我们这群乡下人大开眼界，我也记住了这个女孩的名字：林云。后来听爹说，林云的家庭成分不好，是重点人，上级领导还特意嘱咐我爹，要让她好好地接受一下贫下中农再教育。后来派工派饭，林云就被摊派到我家。爹让我和她做朋友，让我在潜移默化中教育她改造她。我和她一起参加劳动，一起吃饭，每天吃完晚饭，她就回到知青居住点睡觉。所以，除了睡觉，其他时间我们都是在一起的。

接触久了，我开始慢慢了解她。其实林云真是一个好姑娘！我很喜欢她的一些特质，比如她很爱美，对自己的外表很是在意，无论干活有多累，她都要在晚上洗头，所以她的头发永远干净靓丽、柔韧如丝。刚开始下地干活儿，林云还穿着她的那件丝绸衬衫，我娘给了她一套粗布衣裳，她执意不肯换。一天下来，衬衫被汗水和着泥土彻底弄脏了，牛仔裤也变得皱皱巴巴，那天吃过晚饭，她偷偷跑到外面哭了好一会儿，直到下午上工时脸上还挂着泪痕。第二天，她就默默换上了娘给她的粗布衣裳，但即使是穿上粗布衣裳，她也能把这些灰色的衣服弄得整整齐齐，虽然一天下来衣服依旧会变脏，但第二天早晨我们还是能看到焕然一新的林云。农闲的时候，林云会给我讲她生活的城市天津，她为我打开了一扇了解外面世界的窗，让我看到除了铁北外，还有那么大的一座城市。她还教我编头发，她说我的发质特别好，很适合留长发，她送给我好几种颜色的毛绒头绳，教我打一种复杂的双蝴蝶结。后来，在聊天中她告诉我，其实她特别特别想上大学，但因为自己成分不好，政审老通不过。我对她说，要相信组织，相信自己，在农村参加劳动改造，就是给了她一个再生的机会，只要努力，一定能洗去自己的污点。她干活很卖命，每天早晨总是第一个起，晚上又是最后一个回，一个女孩子，连来例假都不肯休息，还要坚持挣工分。我知道，她想争得一个推荐上大学的机会。柳林子村的所有知青中，林云是干活最卖力的一个，可又是成分最不好的一个，爹曾连续两次提名推荐她，可一到乡里的知青投票，她就过不了关，因为大家都知道她的家庭出身不好。一次次的挫败，让林云很失望，也很悲观，渐渐地，她干活也懒了，人也变得少言寡语，越来越瘦。爹实在是看不下去了，第三年推荐上学的时候，他亲自把村里的那些知青都叫到家里，他先是把林云平时的表现给众人摆了摆，而后又语重心长地让大家在投票时能公平地看到她的优点和长处，不要老揪着她的短处看。爹在知青心中的威望很高，知青们听了他的话，都表示这次愿意推荐。

知青们确实讲信誉，乡里组织投票时，几乎是所有人都将选票投给了林云。乡里的书记看到结果都觉得不可思议，可他也不能随便改变民意，林云的大学梦似乎越来越近了！就当我们全家满以为她终于可以圆梦时，乡里公布推荐上大学的两个名额里却没有林云的名字！我爹带着林云去乡里找书记，书记告诉他们，是县里招生办没通过，因为他们看到林云的出身不好，不符合推荐上大学的政审条件。林云的大学梦就这样又一次地破灭了！

第二天上工，林云竟然第一次没有穿干净的衣服，头发也乱蓬蓬的没梳，眼睛肿肿的，整个人憔悴了很多。我们在田埂上休息，我很想安慰她几句，可不知道该怎么说，这种事情，换了谁也不会高兴。林云望着远方，自言自语地说："1973年我刚来到这里，是十八岁，转眼间，1974年过去了，1975年过去了，1976年的一半也过去了，今年，我已经二十一岁了！我爸爸像我这个年龄，已经大学毕业了。可我呢？还在锄地、拔草、收庄稼……我不是农民呀！翎子，你看我的手，你看看，以前那么娇嫩，现在呢？全是茧子！开始我还不死心，相信自己终有一天能走出农村，回到城市。所以我努力干活，努力表现，甚至为了争取大家的投票，拼死去拉那辆五百斤重的马车！可我再努力有什么用？就凭组织的一句话，我就上不成大学！我看我就是死了，也走不出这里了！翎子，我真的认命了！"听她这样说，我也很难过，于是紧紧握住她的手，不能再说出一句话。过了好一会儿，她又对我说："如果不取消高考，我肯定能考上大学。我是真不明白，为什么要看人的出身来定他的前途——一个人怎么能够选择自己的出身呢？翎子，我真羡慕你，你成分好，学习也好，完全符合上大学的条件，而且年龄又小，又聪明，以后还有很多机会！记住我的话，你一定要努力上大学，一定要走出这个农村去！"她说得很认真，也很动情，可我万万没想到，这竟然成为她与我的最后一段对话。就在那天晚上，她跳水库自杀了。

黄兵，你知道吗？当我在广播里听到要恢复高考的消息时，我真替林云感到惋惜。如果她能挺过那一夜，能活着听到这个消息，我想她一定会去参加高考的，而且一定能考中大学！所以我下定决心要走出农村，一半是为我自己，一半也是想替林云完成她的大学梦！你知道吗，今年语文高考试卷的作文题，是一封写给党中央的信，内容就是要紧扣恢复高考后，参加高考的学生们的真实感受。我把林云的事写了进去，写着写着，我自己就忍不住掉下了眼泪。

高考，曾经是多少人的梦想，又饱含了多少人的血泪呀！

你在信中说你要努力提干，我很理解你，我想你的心情和我想参加高考的心情是一样的，都是自己的理想。革命导师马克思教导我们，年轻人应该树立远大的理想。我们的理想虽然谈不上多么远大，但也是实现共产主义事业大潮中一朵小小的浪花。只有站在更高的地方，才能更好地为祖国、为人民做贡献，才能将自己的聪明才智充分转化为社会发展的动力。希望我们能相互共勉，一同进步！

我的表姑梅花下个星期就要结婚了，她可能是咱们班最早结婚的同学了。前不久我去看她，觉得她并不开心，可我还是希望她能幸福。咱们那帮同学也有参加高考的，也有放弃高考回乡务农的，还有个别人找关系去了县城工厂上班。我爹虽然对我很好，但从来不管我个人的事，过去推荐上大学，他从没有利用职务之便推荐过我，现在恢复高考了，他也没有托人找关系，只是丢给我一句话："郭老师说你学习好，那就去高考！用实力证明自己！"所以，我一直是在靠着自己，走自己的路。写了半天，才发现已经写了这么多张，呵呵，该停笔了，雪好像已经停了，天也快黑了！好了，不和你多说了，我娘他们快回来了！

致以革命的敬礼！

同学：李小翎

1977 年 12 月 30 日

八

李小翎万万没想到，自己竟然落榜了！

更令她想不到的是，在高考结果出来的第六天，黄兵竟然出现在她面前。

1978 年的第一个月份，铁北县格外地冷。黄兵虽然穿着厚厚的军大衣，戴着毛绒棉帽，却并没有显得臃肿不堪。他左手哈着热气，右手提着一个鼓鼓的大黄书包，站在翎子家的大门外，这让前来开门的翎子感觉像做梦一样，一时间竟不知道该说什么好。

"怎么，还不让我进去暖和暖和，老同学？"黄兵冻得通红的脸上泛出笑容，翎子忙让他进来，把门轻轻关住。

爹到村里去了，建民去了外婆家，家里只有娘和二弟建平在。翎子刚将黄兵领进外屋，就听到娘在里屋喊："是谁来了啊，翎子？"

翎子回头看了他一眼，不知该如何是好。黄兵却朗然一笑，径直走进屋子，翎子忙跟在他身后，脑子里一片空白。

黄兵进屋后，大声说："婶婶你好，我是黄兵，翎子的同学！"

娘先是愣了一下，而后忙从炕上下来，满脸笑容说："哎呀，是黄兵呀！怎么这个时候来了呢！快上炕，快上炕，地下冷！"

黄兵答应了一声，把大黄书包扔到地上，脱掉大衣，露出草绿色的军装："这不年底了，部队事少，休个探亲假回老家看看。我刚从乡里下车，先到你们这儿来看看！"

娘已经穿好鞋下了地，看到翎子傻傻地杵在门口，忙埋怨道："翎子，怎么像根木头似的，还不快去倒水？"

　　翎子极为不情愿地挪出屋去，建平已经像个黏豆包一样黏在黄兵身边问这问那了。

　　待翎子倒水回来，娘就把建平拉下地来，忙着给他穿戴整齐，边穿边讪讪地笑着说："哎，你们先坐坐，我上供销社买点菜回来！"

　　黄兵忙下地拉住翎子娘："婶婶，你快歇着吧，别忙了，我坐坐就走！"

　　娘和黄兵拉扯着："第一次来家里，不吃饭怎么行？快坐到炕上去，我马上就回来！"

　　建平也跟着娘推黄兵，黄兵无法，只得坐回炕上。娘笑吟吟地拉着建平走出门去，翎子的脸和一块红布一样，低头摩挲着辫子上的毛线绳。

　　俩人沉默着，静得都能听到彼此的呼吸，还是黄兵打破了僵局："呃，信我收到了，你的文采真好！"

　　翎子心一紧，头更低了："谢谢你的夸奖。"

　　"我从东北回来的列车上，和身边的人聊天，听说了这么一个故事。"黄兵漫不经心地说。

　　"什么？"翎子将头抬起来，她本以为，黄兵要问她高考怎么会落榜。

　　"从前，在靠近长城一带有个小村子，村子里有位擅长推测吉凶、掌握术数的老人。一次，他的马无缘无故跑到了胡人的住地，人们都为此来宽慰他，老人却说，这未必就不是一件好事。过了几个月，那匹马带着胡人的良马回来了，人们都去祝贺他，而那老人却说，这未必就不是一件坏事。老人的儿子爱好骑马，没过几天，他骑着胡人的良马外出，却不小心从马上掉下来摔断了大腿。村子里的人都过来安慰他，老人又冒出一句怪话，这怎么就不能是一件好事呢？过了一年，胡人大举入侵边塞，村里的青年男子都被抓去充军，很多年轻人最后都战死了，唯独这个人因为腿瘸而免于征战，父子性命得以保全。我听完后就觉得，这个故事讲得很好，有时候坏事不一定是坏事，如果我们都看开了，坏事也会变成好事，你说呢？"

"这个故事是个典故，叫'塞翁失马，焉知非福'。"翎子笑笑，心里暗自寻思：这个黄兵，还蛮聪明的，竟然学会讲典故来安慰人了！

"哦，原来这是个典故呀！还是你读书多！"黄兵傻呵呵地笑了笑，这让翎子觉得他很可爱，之前的拘谨和羞愧也渐渐在笑声中淡了。但她还是不由自主地说了句："读书多又有什么用呀，还不是落榜了？"

黄兵停止了笑声，很认真地对她说："翎子，我就是想不通，你学习那么好，在乡里成绩都是数一数二的，怎么会落榜呢？这里面肯定有蹊跷！"

翎子叹了口气："你还记得房山乡的杨伟大吗？"

"他？就是那个'造反派'大哥？"黄兵疑惑着皱起眉："我当然记得他，可是他和你落榜又有什么关系？"

"挺有关系的。"翎子苦笑一声，"其实我的分数是过了大专线的，但我左等右等，就是等不见录取通知书。直到所有的通知书全发完了，还不见我的，我就跑到县里去问，县招生办的人说没看到我的通知书。开始，我还以为是自己考试出现什么失误，没考上，可是越到后来，我越觉得不对劲，因为我怎么对照答案去估分，都觉得我考得应该没问题呀！我想查查我究竟考了多少分，可你知道，恢复高考这才第一年，是不公布考生分数的，要想查分，就得去市教育局查。"

"嗯，是的。那你去市教育局了吗？"看着翎子说话时嘴角微微上翘的样子，黄兵突然觉得她很好看，这是他以前没有发现的一个新细节，这让翎子看起来不像过去那么严肃，倒多了一丝俏皮。翎子却全然没有注意到黄兵的神情，继续说："当然去了！我爹带着我去了市教育局。刚开始，人家不给看，后来好说歹说，人家才答应帮忙看一下，结果是我的考分过了大专线二十多分！"

"也就是说，你考上了！"黄兵一下子从炕上蹦到地下，翎子一拍大腿，激动地说："是啊！我的分数明明是够了的！"

黄兵一愣，翎子才意识到自己的动作有些不端庄，她脸一红，忙低下头，不知该如何说下去，黄兵却装作没在意，赶紧说："我知道了，是不是你的录取名额让杨伟大给顶了？"

"嗯！"翎子的眼中突然涌满了泪水，她努力克制着自己不要让眼泪在这个时候掉下来，所以把头低得更低了。

"这个杨伟大，真不是个东西，仗着自己有点关系，竟干出这种事来！"黄兵义愤填膺地说，"咱告他去！"

"已经太晚了，人家都已经拿到通知书去县里注册了！"

翎子听到自己的声音有些哽咽，这让她更加难过，悲伤又一次从心头冲到眼中，泪水似乎马上就要决堤了。

黄兵望着面前的李小翎，突然觉得她是如此柔弱。过去那个在班上敢说敢做、绝顶聪明的倔女孩突然不见了，仿如一只剥去外壳的生鸡蛋，是这般需要捧在手心里去呵护。他不由自主地伸出左手，搭在了翎子的右肩膀上，轻轻地拍了一下——数十年后，每当翎子回忆起年轻时的这个情景，她总会感到无限温暖，无论在过去的岁月中她经历过多少事情，愉快的，不愉快的，高兴的，不高兴的，但每每在她最开心的时候，总是会想起这轻轻的一拍；最难过的时候，也会想起这轻轻的一拍。人和人之间的感觉就是这么奇妙，之前可能也会渐渐熟悉，但熟悉到一定程度，感觉就会停滞下来，或者就会永远停留在朋友的水准线上，可有的时候——往往这种时候极少，但总归会有——或者是一句话，或者是一个不经意间的动作，就可能让那种朋友的感觉瞬间发生变化。爱情，就这样产生了！

正是这轻轻的一拍，让黄兵真正走进了李小翎的心，触发到她心中某一块最柔软的地方。顿时，她积蓄已久的泪水喷薄而出，视线也模糊了。她的眼前只有黄兵那绿色的军装如草地一样柔软，她好想趴在这片草地上，什么也不去想，什么也不去做，哪怕只是暂时地歇一歇也好！她真的这样做了！她果真趴到了黄兵的肩上！她突然感觉到这片草地又变成了大山，宽厚，踏实，温暖，任由她的眼泪肆意流下，如果能一辈子这样，她也不会感到后悔的！

　　黄兵轻轻拍着李小翎的后背，将整个胸膛高高地挺起来，他能够感觉到翎子的委屈，翎子的辛酸，翎子的激动，翎子的惶恐，翎子的纠结，还有翎子的迷惑……他突然觉得眼前的这个女孩子是如此需要他来呵护。

　　很早以前，他就爱上了她，但他从不敢表白，因为那时候他为自己的出身和家庭而感到自卑，他的生活还有很多不确定性，这让他感到自己配不上翎子。自从他当兵后，他就发誓一定要混出个样子来，他是同年兵中最勤奋的一个，早晨第一个起床，打扫卫生，整理内务，训练加班加点……别人不会的，他要提前学；别人会了的，他就学精做细。晚上大家都睡下了，他还在厕所里借着灯光看会儿《炮兵指挥学》……就是凭着这股子韧劲，他在同年兵里第一个当上副班长，又第一个当上班长，在营里预提干部的名单里，他是最年轻的。过去，他只是想努力改变自己，当个班长就很知足了；可自从他和翎子相亲后，他就感到一种莫名的动力，觉得自己一定要提干才能配得上她。他知道，眼前的这个女孩，已经成为他生命中不可或缺的一部分，为了她，他要更加努力！

　　也不知过了多久，门"吱扭——"一声开了，翎子赶忙推开黄兵，拿着袖子使劲擦着自己的眼睛。

九

　　第二次走进高考的考场，翎子已然淡定了很多。

有什么呢？她已经用行动证明了自己可以考上大学——"既然第一次能行，第二次也肯定没问题！"黄兵鼓励她的话依然在耳畔回想。虽然此时此刻，黄兵已经回到了东北部队，但他仿佛就站在她的身边一样，那片草绿色无时无刻不在翎子眼前晃动着，让她感到全身温暖无比。一旦温暖了，她就想把眼睛闭上，而闭上了眼睛，她就又闻到了他身上那股洗衣粉的味道……翎子知道，自己这是真的恋爱了，可这又有什么呢？过了年，她就已经二十岁了，按照《婚姻法》的规定，她完全可以结婚了，如果换做一年前，她万万想不到会和黄兵结婚，可现在，她觉得自己和黄兵结婚，是顺理成章的——事实上，就在黄兵探亲走后的那个春节，大年初一天还没亮，翎子家的门就被敲响了。门外，黄老头领着他的哑巴媳妇儿颤巍巍地杵在雪地里。一脸冰霜挂在黄老头的脸上，白头发白眉毛白胡子，看上去似乎已年过耄耋，身上穿着黄兵给家里邮回来的绿军大衣，脚上穿着部队发的大头鞋，冻得如胡萝卜般通红的手牵着一只和他一样白的老山羊；黄家嫂子紧跟在黄老头后面，一块绿色的绒布头巾几乎包住了她的整个脸，可还是止不住身上剧烈地颤抖，她的手臂上，挎着满满一篮子红皮鸡蛋。翎子爹一看这架势，就明白两位老人此行的目的了。于是，那一只老山羊和一篮子鸡蛋，就成了翎子定亲的彩礼。

时隔半年，当翎子再一次坐在高考的教室里，她已经完全不紧张了，就是在这样完全不紧张的心态下，翎子轻轻松松地完成了她人生的又一次飞跃。

8月底，放榜了。

翎子考得比第一次还好，竟然过了本科线，被铁山市医学院录取了，真真正正地成了一名大学生！

选择医学专业是爹的主意，爹说，家里人多，将来难免有个三灾八难的，如果有个学医的，将来也好照应。这是爹在翎子上学这件事上唯一发表的一次意见，翎子默默遵从了。

其实学什么专业不是最重要的，最重要的是，翎子是大学生了！得知这一消息后，翎子飞奔到了田间的小山坡上，这是她和黄兵第一次约会的地方，她开心地笑着，对着小山坡上的一棵大树喊道："黄兵，你听到了吗，我考上大学啦，我考上大学啦！"

是啊，考上大学啦，就要成为一名大学生了！那个时候，村里能出一名大学生，是多么不容易啊，就像是鲤鱼跳龙门，跳过去了，就能成为一条真正的龙！望着田野里大片大片即将成熟的麦田，翎子突然想起一年前曾经在这里和黄兵说过的话：自己一定要走出农村，就是为了不要在这里锄一辈子地——可如今，自己真的要和这块熟悉的土地告别了，心里却依依不舍起来。这熟悉的山，熟悉的河，熟悉的路，熟悉的田……都曾经留下过翎子的足迹，伴随着她的成长，镌刻在她心灵的深处！这个小山村，毕竟是她的家乡啊——可是，她是铁了心要走出这里，她不愿意在这里生活一辈子，因为她坚信，外面的世界更精彩！她前行的道路，必然是更加美好而灿烂的！

那天晚上，郭书带着女儿郭菲菲来到家里，他们是来祝贺翎子考上大学的。娘做了满满一桌子的菜，李支书让建民去叫六老汉和王有福，还从柜子里拿出一瓶二锅头。

四个男人围坐在炕中间的红漆松木桌子边，郭菲菲和建民、建平坐在炕边的另一张木桌子旁，翎子要帮娘炒菜，却被娘给轰到了炕上。娘瞥了她一眼："跟菲菲聊天去！"翎子只得斜着身子坐在炕沿边上，这样才能保证她的两条腿不必盘起来。

郭菲菲热情地拉着翎子的手说："翎子姐，你可真行，这马上就成大学生啦！"

郭老师接过菲菲的话："翎子天生聪明好学，菲菲，你可要好好向你翎子姐学学！"

李支书笑着说："都是郭老师培养得好，不然哪会有她的今天哪！"

王有福端起酒杯："喝酒，喝酒！"

李支书给郭老师倒酒，眼睛却瞅着王有福，轻声问："听说梅花回娘家了？"

王有福"嗯"了一声，脸色一下变阴了，李支书便不再说话。

翎子一听梅花回娘家了，就盘算着一会儿过去看看她，因为她听说梅花的丈夫得了重病，也不知道咋样了……正寻思着，却又听见六老汉笑着问李支书："嗨，我说妹夫，这翎子考的是什么学校啊，将来能干什么？"

"哦，是市医学院，学医的，将来分到医院里，给人看病的！"李支书放下酒瓶，举起自己的酒杯，向大家敬酒，"来，干了，我先走一个！"

六老汉美滋滋地喝尽头一杯，"哦，穿白大褂的啊？那敢情好啊！这黄兵是穿绿军装的，这一绿一白，都是吃公粮的！我说妹夫，你可有福气喽！"

郭菲菲一笑，趴到翎子耳朵边悄声问："翎子姐，黄兵有没有亲过你？"

顿时，翎子的脸就羞得绯红，她刮了郭菲菲的鼻子一下，小声说："坏丫头，也不害臊！"

酒过三巡，大家都有些微微醉了，郭老师夹了口菜，刚要送到嘴边，却又放了下来，对着李支书说："我说老哥啊，你真要让翎子和黄兵成家啊？"

李支书知道他话中有话，便笑而不答。郭老师皱皱眉说："黄兵这小子，听说家里穷得啥也没有，他娘还是个哑巴，念书的时候也不好好念，最后当了个大头兵。我看他将来也没多大个出息，咱翎子现在可是大学生啦，你就不怕跟了他，闺女受委屈？"

六老汉放下酒杯，顿时不高兴了："怎么，郭老师，当兵就没出息了？我那表弟在部队里干得好着呢，听说今年年底就提干啦，将来当个将军什么的，也说不准呢！"

郭老师哼了一声，"我说老哥哥啊，你以为这将军就这么好当啊？凭他老黄家有啥啊？他黄老头是高级干部，还是家财万贯？是认得大领导，还是有过硬的人脉？将军啊！那可是将

.254.

军啊！可不是咱平头老百姓说当就能当上的！"

六老汉被郭老师的一席话戗得不知该如何反驳，王有福只是一个劲儿地闷着喝酒，坐在一旁的李小翎听到这些话，突然对郭老师有一种说不出的反感，这种感觉是她之前从来没有过的。在她心目中，郭老师是数学逻辑世界里的猛士，是虚怀若谷无所不知的才子，是不食人间烟火的清高学者，可她却万万没有想到，郭老师竟然有如此根深蒂固的等级观念！倒是郭菲菲突然站了起来，对着自己的父亲怒气冲冲地说："爸爸，你也太世俗了！谁说没有背景没有钱就肯定当不成将军了？谁说当兵的就没出息了？那老一辈的将军他们就都有钱吗，有背景吗？还有那么多优秀的地方青年不都是转业复员军人吗？"

翎子突然敬佩起郭菲菲的勇气来，如若换了她，是根本没有勇气和自己的父亲这样说话的——当然，她也坚信自己的父亲不会说出郭老师那样的话来——她本以为郭老师会生气，却没想到郭老师却笑了："菲菲说得对，菲菲说得对！是爸爸错啦，是爸爸错啦！"

李支书忙端起酒杯说："哎呀呀，大家都喝酒吧，这儿女的事情，让他们自己考虑去，咱们管这么多干什么啊！儿孙自有儿孙福嘛！"

一直在喝闷酒的王有福突然抬起头来，张口说话了："对，翎子他爹这句话说得太对啦！这儿女们的福气，都是他们前生定下来的，想改都改不了！你就说我这一辈子，生了四个闺女，桃花、梨花、杏花和梅花，最后才得了个小子，结果老婆大出血，还给整没了！你说我带着这帮丫头片子苦不苦？好不容易带大吧，都嫁出去了，结果呢，老大嫁到内蒙古了，老三嫁到山西了，这辈子想见都难喽！二女婿倒是守在跟前，你们也知道那个不成器的家伙，整日里好吃懒做的，啥也不干，把个梨花当驴使，我这当爹的想说句心疼的话都不敢！这梅花吧，好不容易嫁了个殷实人家，婆家和女婿对她也不赖，谁知道这好日子没过几天，女婿倒得了肺结核，这大半年的全忙活着看病啦，把家里的钱都花光了，梅花这又怀上啦，这俩人以后的日子可怎么过才好……"说着说着，王有福不自觉地将手托在额头上，开始叹起气来。

李支书忙拍了拍王有福的肩膀："哎，四舅舅咋就伤心起来了哪！不是还有寿子吗？等寿子将来长大成人，让他孝顺你就够啦！"

"对，对，还有寿子呢！"六老汉端起酒杯说，"我说他四舅舅，你享福的日子还在后头哪！"

梅花爹苦笑了一声，脸上立即泛起一层层深重的皱纹，使他那枯黄色的皮肤更像是一张历经沧桑的树皮。他端起酒杯，一饮而尽，又陷入黄土地般的沉默中。

这时，娘端来一大锅热气腾腾的莜面放在桌上，对梅花爹说："四舅，听说梅花昨天不是回来了吗？"

王有福点点头："是啊，在家里给寿子做饭呢！"

"哦，那啥时候回李家沟啊？"娘先给郭书盛了一碗热气腾腾的蘑菇猪肉汤，而后又拿起梅花爹的碗。

"明天就走啦！家里还拖着个病人哪！"梅花爹接过碗，娘转头对翎子说，"翎子，快吃，吃完去你四舅老爷家，把灶台上那碗红烧肉送过去！"

翎子早有此意，忙点头应承下来。

匆匆吃了几口，翎子便下地了，郭菲菲见翎子要走，也跟着下来，嘴里嚷嚷着要跟翎子一起去。

俩人走出门外，天已经完全黑了下来，闪烁的星斗洒满了天空，万籁俱静，没有一丝风。郭菲菲挽着翎子的胳膊，边走边说："翎子姐，别把我爸的话往心里去，他那人就是个自命清高的老知识分子，根本不懂什么叫爱情！"

"不会的，郭老师也是怕耽误我的学业，是为了我好嘛！"翎子一笑，"菲菲，我看你倒是懂得蛮多的嘛！"

郭菲菲忙说："哎呀翎子姐，咋又说到我身上来了？你现在是热恋中的冬妮娅，一心只该关心你那位亲爱的保尔！"

"别，我可不想做冬妮娅，最终还是被保尔给抛弃了！"翎子说，"我倒宁愿做那个最后嫁给保尔的达雅。"

"哎，所以说，这就是你和我最大的不同，我是宁愿经历一次轰轰烈烈而没有结果的爱情，也不愿意围着厨房灶台边平平庸庸过一生。"菲菲叹口气说，"所以，我不喜欢婚姻。"

"十六岁的小丫头，想得还蛮多！"翎子笑着说，"成日里把爱啊情的挂嘴边，也不嫌羞！"

梅花家很快便到了，门没有关，她二人进了门，只见梅花正一个人坐在炕上拆一件棉衣裳，看样子她的小弟弟寿子不知跑到哪里去玩了。梅花抬起头，昏暗的煤油灯下映衬着一张憔悴的脸，她看到翎子和郭菲菲，忙放下手里的活计，惊喜地说："你们俩怎么来了？"

"来看看你啊！"翎子上炕握住梅花的手，"表姑，四舅老爷说你有喜了？"

梅花脸一红，点点头。

郭菲菲上前摸了摸梅花的肚子："没啥变化啊！"

梅花被郭菲菲的举动逗乐了："傻丫头，才三个月，能有啥变化？你们等一下，我给你们倒水去啊！"

梅花下炕穿鞋，翎子将手里的柳枝篮子递给梅花，说："我娘让我给你们带来的红烧肉！快放到锅里闷着，等寿子回来你姐两个一起吃了吧！"

梅花接过篮子，走进外屋厢房，不一会儿拿了两只崭新的白搪瓷杯进来，翎子认得，那是梅花出嫁的时候男方送来的彩礼。

三个姑娘在炕上坐好了，翎子便仔细打量了一下梅花：半年未见，梅花竟然变老了，头发远没有出嫁前那般光滑顺溜，两个黑青的眼窝深陷着，鼻子边上的皱纹也更深了，她关切地说："梅花表姑，你有了孩子要多注意休息啊，你看你这气色也太差了！"

梅花长叹口气，"估计我爹也和你们说啦，我那口子得了肺结核，这半年光忙着给他看病了，家里地里的活儿都是我干的，想歇歇都不行啊！"

"那他爹妈呢？不是也才四十来岁吗？就忍心让你一个人干啊？"翎子知道，郭菲菲又开始鸣不平了。

"人家娶你回来做媳妇，就是干活儿的，哪有让公婆干的？"梅花摇摇头，"等秋收后就好啦，入了冬，就没那么多活儿了……"

三个姑娘叽叽喳喳地聊着，一直聊到梅花爹回来，梅花送她们俩出门，眼巴巴地看着她们消失在夜色中。

回来的路上，郭菲菲一直在猛烈抨击着农村的封建主义残留思想，翎子却在想，倘若自己真的嫁给黄兵，是否也会像梅花表姑现在的这个样子呢？

一颗流星划过天幕，天却更黑了。

✝

八月的最后一天，天色刚刚蒙蒙亮，李支书就推着自行车出门了。自行车的后座上扎扎实实地捆着翎子的行李，翎子跟在车后，扶着行李，建民和翎子并行着，手里拎着一个大大的黄帆布包。包里面是一些换洗的衣服，还有爹送给她的那双细绒黑布鞋和一顶狐狸皮帽子，帽子是上次探亲黄兵送给她的，据说是黄兵用部队奖励给他的一整袋白面从鄂伦春族人那里换来的。

去市里要从县城倒车，而去县城要到乡里坐班车，去县城的班车一天一趟，每天都是七点整从乡公社门口发车。柳林子村到乡里要走近两个小时的路程，所以凌晨四点钟，李支书一家就早早起身开始张罗早饭了。翎子走的时候，小弟建平还在睡着，娘送她到门口时，泪眼婆娑地拉着她的手，让她好好照顾自己。这让翎子多少有些受不了，因为她很少见到娘流眼泪。

李支书的后背犹如一座坚硬而挺直的山，这让翎子在这个略微有些凉意的清晨倍感温暖。路上，爹很少说话，建民大概也没有睡醒，这倒给翎子留下很多时间观望四周的景色了。北方的这个时候，虽然节气已近白露，但却正值盛夏，田野里的庄稼几乎完全成熟，再过个十来天，就可以收割了。一阵晨风吹过，墨青色的莜麦深情婉转，金黄色的小麦喜悦欢笑，蚕豆角趾高气扬地挺着他那硕大的将军肚，豌豆秧则慵懒散漫地躺在地上舒展着身躯，马铃薯似怀春的少女般晃动着绿色的触角四处张望着，沉甸甸的谷子却低着头想着自己的心事……田野里的这些精灵似乎都知道翎子——这个地地道道的乡村姑娘——要去城里上大学了，曾经，她是多么痛恨伺候这些田野上的精灵，而今，当她终于要远离这些精灵的时候，她的心里却是留恋和不舍。她开始笑着对这些精灵一一告别着，但还不等她说完再见，日头就越升越高了。他们行走的方向正是朝霞升起的地方，金灿灿的太阳晃得翎子的眼睛都快睁不开了，乡公社里的那一排大红瓦房，就这么红光满面地出现在翎子的视线里。

离班车的到来还有半个小时，但公社的门口已经挤满了即将出发和前来送行的人。人群中，翎子竟然看到了杨伟大，他虽然穿着一件蓝色学生装，却依旧掩饰不住脸上露出的痞气，后面跟着一个年轻女子，穿着一件大红格子呢子大衣，显得很媚俗。建民小声对翎子说："姐，那个女的是我们班上的，一年前就不念书了。"

"李支书，李支书……"不远处，突然传来一阵阵吆喝声，翎子忙回头向人群中瞅了瞅，却发现是黄老头带着黄二女、黄三女和黄华来了。李支书忙迎上去，黄老头握住李支书的手，气喘吁吁地说："幸……幸亏……赶得快，不……不然……班车来了……就晚啦！"

李支书忙招呼翎子过来，翎子不好意思地走到跟前，黄老头缓了缓气，笑眯眯地看着翎子，用他那浓厚的鼻音味儿说："好闺女，马上就要上大学去啦，这黄兵也不在家，不能来送你，我和你大娘给你准备了点吃的，路上带着吃！"

黄二女将一个布包打开，"嫂嫂，这里面有五张猪肉馅饼、十颗熟鸡蛋，还有一饭盒煮熟的蚕豆，昨天刚从地里摘的，嫩得很！"

翎子红着脸接过包，包很沉，大概是黄老汉家半个月的口粮，二女那声"嫂嫂"更让她的心如小鹿般怦怦乱跳，她小声说了句："二女，谢谢啊！"

"说啥谢嘛，都是一家人！"黄老汉憨憨一笑，"这一走，再回来就该过年了吧？"

"嗯，是的。"翎子轻轻点了点头，黄老汉笑着说，"行，过年我让黄兵回来，到时候去我家吃饺子！"

翎子的脸更红了，正想走开，一只手却拍在她肩膀上。

她一惊，回头一看，竟然是供销社的李洪亮！李洪亮客气地叫了李支书一声"叔叔"，而后就把脸转向翎子："老同学，听说你考上大学了？这是怎么的，准备出发啦？"

翎子笑着点点头，李洪亮竖起一根大拇指："厉害，有出息！建民，向你姐学啊！"而后，他用略带轻蔑的目光看了看黄老头一家子，"那这位是……"

李支书忙说："哦，这是我们家的亲戚，一起来送送翎子的！"

翎子觉得很尴尬，幸亏李洪亮没有多问，就又将脑袋转向了翎子，"翎子，你等一会儿啊！"而后便快步跑出人群，李支书看了看李洪亮的背影，嘀咕了一句："这小子，葫芦里卖的什么药？"

班车来了，建民背着行李，随着人群和翎子一同挤上车，他几步蹿进去找了个中间靠窗户的位置，一把将黄帆布包扔到座位上，对还在车门口的翎子大声喊着："姐，过来吧，来这儿坐！"

还是有个弟弟好！翎子会心一笑地想。

待一切都安顿好了，翎子对建民说："建民，你快下车吧，不然一会儿车就开啦！"

建民点点头："好，姐，那你路上照顾好自个儿啊！"

"放心好啦，你姐姐我又不是三岁的小孩！"翎子拍了拍建民的肩膀，将脸凑到他耳边，"回去以后，要好好照顾咱爹娘啊！"

"嗯！"建民又点点头，说，"姐，你放心好啦！"

翎子刚刚坐定，就看见李洪亮的大脸贴在窗户边上，他敲打着车窗，让翎子打开窗户，手里还提着一个白色的塑料袋，里面装满了五颜六色的糕点和糖果——这肯定又是他偷偷摸摸从供销社里拿的，翎子很反感地摇摇头、摆摆手，而后就将头转向一边去。幸亏这个时候，车子开了，不然她真怀疑李洪亮会跑上车来将一袋子东西硬塞到翎子手中。

待她再抬起头，透过窗户回望时，李支书、黄老头和建民他们已经消失在扬起的黄尘中。汽车在泥泞的路上颠簸着，翎子曾经以为自己在离开家乡的这一刻会很开心，却未料到心中会莫名地翻腾出几许惆怅来。她想，自己在未来的一段时间里，注定是要思念这里了。她会思念爹娘和两个弟弟，思念家里的大黄狗，思念那无垠的庄稼地——当然，还有黄兵。

十一

在祖国的北方边陲，矗立着一条长长的分水岭，这条分水岭北起黑龙江畔，南至西拉木伦河上游谷地，西侧是有着辽阔草原的内蒙古高原，东面则是一马平川的松辽平原。这里气候极为寒冷，年平均气温在零下 2.8 度，冬季最冷时甚至能到零下 52 度。这里有大面积的多年冻土区，满族人认为这里是"极寒的地方"，以满语称之为"兴安"，于是这座绵长的山脉便有了一个美丽的名字——大兴安岭。在大兴安岭众多的支脉中，有一座叫作伊勒呼里的山峰，这条山脉呈东西走向，连接着大兴安岭与小兴安岭，山顶常年积累的雪水汇流成河，南流接纳了大兴安岭东坡与小兴安岭西坡的许多支流，一路奔腾着越过松嫩平原，汇入松花江。这条河古名难水，明代称脑温江，清初更名为诺尼江，而今，人们都叫它嫩江。

一月的嫩江，早已进入冰封期，白色的河冰在阳光下熠熠发光，在江的两岸矗立着无数的落叶松、樟子松、红皮云杉、白桦……这些茂盛的树木在皑皑白雪的衬托下显得格外挺拔，静谧的树林里不时传来几声云雀的叫声。在一棵茂盛的雪松下，炊事班班长黄兵手里正拿着一封信，边看边露出微笑，哈出来的热气腾云驾雾般映衬着他那红彤彤的脸庞。

与李小翎分别至今，已过去整整两年之久。这两年，翎子考上了大学，而黄兵则从战斗班排的副班长调到了炊事班当班长。刚开始，黄兵不太愿意去炊事班，因为他觉得当兵就应该在战斗前线，成天给大家做饭，算什么当兵的？而且在部队里广为流传着"戴绿帽子背黑锅"这样的话来形容炊事班的战士，这让黄兵更为不爽。当他正想着找连长去谈谈自己的想法时，连长反倒先把他找过去了。连长对他说，司务长马上要走，连里不能没有司务长，考虑到目前连队合适提干的战士不多，黄兵是个非常不错的人选，所以先让他去炊事班当班长，熟悉熟悉司务长的工作，好为日后提干做准备……一提到"提干"，就是有再多的怨言和不满，黄兵也说不出一个字了。对一个普普通通的农村士兵来说，还有什么比"提干"更具有诱惑力呢？更何况，这话还是连长钟长江对他说的。

钟长江是他的接兵干部。当初，还是排长的钟长江到铁北县接兵，选兵的任务已经完成得差不多了，就在他准备离开前的那个黄昏，在人武部门口见到了又黑又瘦的年轻小伙子黄兵。黄土疙瘩离县城最远，接兵的消息到得最晚。黄兵得知征兵的消息后，已经是征兵工作的最后一天早晨了。他听到消息后就立即出发，几乎是跑了三十里山路才到县城人武部。钟长江看到眼前这个喘得上气不接下气的少年很可怜，于是就多留了一天，亲自到黄土疙瘩黄兵家里去考察。当他走进黄兵家那穷得连一件像样的家具都没有的土房子中，着实被眼前的景象震惊了。钟长江的老家在河南农村，但他们那里的农村庄户人条件与黄兵家相比，简直就是天堂了，如果不接走黄兵，想必他就要活活饿死在家里了！于是，黄兵成了钟长江在铁北县接的最后一个兵。黄兵曾暗暗发誓，今后无论走到哪里，一定不能忘记钟长江的这份恩情。所以来到部队后，他对钟长江言听计从，只要是他说的话，他都会无条件执行。于是，六月份的时候，他这个炊事班长就这样走马上任了。

炊事班的工作很辛苦，早晨四点多就得起床，晚上别人都睡下了，还得准备明天的菜。当然，这些辛苦对黄兵来说也不算什么，毕竟他是从农村出来的娃娃，吃苦就是他打记事起生活的全部。不过思虑再三，他只在信里告诉李小翎他当了班长，并没有告诉她他当了炊事班班长——毕竟，"伙头兵"听起来不是很好听，怎么能配得上医学院的大学生呢？还是等他提了干再告诉她吧！

眼下正是干部转业的时候，司务长已经确定转业，前些天刚刚回老家，副连长又探亲休假，所以连队的后勤工作就全部交给黄兵负责了。提干的风头越来越紧，连里只有一个名额，与黄兵一同被考察的，还有另一个湖南兵刘保。这个湖南兵比黄兵早一年入伍，是指挥班的班长，也是高中毕业生，文化程度和军事技能与黄兵不相上下，而且最关键的，他是营长的老乡，据说还是一个村的。黄兵很清楚，在部队，他自己是没有一点点关系的，只能埋头苦干。

干吧，干吧，干吧！干到没日没夜，干到不知疲惫，干到鞠躬尽瘁！

黄兵将信折起来，从雪地里的草垛上站起来，拍了拍屁股后面的雪，向着炊事班的方向走回去，边走边想：翎子的字里行间都透露出无限的快乐，看来，翎子的大学生活是充满乐趣的，而自己却依旧是个"伙头兵"，不知道未来的方向在哪里……大学校园里有那么多优秀的男生，个个都比自己优秀，翎子会不会移情别恋呢？嗨，先别想这么多了，赶紧准备元旦的会餐要紧！

1980 年的元旦悄然来临，为了给连队准备一顿丰盛的会餐，黄兵带着炊事班的几个弟兄爬冰卧雪，在森林里设下几十个套子，终于捕到了六只狍子、二十二只野兔子和三十只野山鸡，有这样丰盛的野味入菜，让连长和指导员大为高兴，在连务会上将黄兵大大表扬了一番，会餐的时候还特意将黄兵叫到了连部的桌子上一同吃饭。望着战友们大快朵颐，黄兵心中也升起一股成就感，几杯酒下肚，他就感觉有些轻飘飘然了。连长可劲儿表扬黄兵能干，这让黄兵觉得自己离两个兜的干部军装又近了一步。他端起酒杯，大声喊道："来，连长，指导员，敬你们一杯！"说罢就一口就干了！望着金灿灿的狍子肉，黄兵却突然想起远在千里之外的爹娘和弟妹们，他们这一辈子都没有见过这样好吃的肉啊，这肉下酒再好不过，如果爹能一边喝着老酒，一边就着狍子肉，那该多好啊！过年的时候，一定要想办法给家里弄点寄回去，一定……

东北的夜，万籁俱静，不时传来几声野狼的叫声，寒星闪烁在天幕中，清冷无比。睡梦中的黄兵突然被一阵剧烈的腹痛所疼醒，他连外套都来不及穿，就快步跑了出去。一阵排山倒海般的腹泻，伴随着强烈的绞痛，顿时让黄兵的脸上布满汗珠。是狍子肉吃多了？是杀狍子的时候喝了一口狍子血？还是捕狍子的时候着凉了？总之都是该死的狍子弄的！黄兵边捂着肚子边往床上爬，还未等他爬上床，肚子就又开始闹腾起来。

直到东方破晓，黄兵跑了七趟厕所，跑到他的腿肚子都软了，额头也开始发起烫来。

上午，他本以为自己挺挺就过去了，可谁知道，又去了三趟厕所，最后一次，他不经意地在手纸上发现了血迹。

便血？他必须得去看看了。

到了卫生队，一量体温，竟然三十九度半。卫生员仔细询问了一下状况，建议他去驻地在嫩江的师医院化验一下。

带着转诊信，他去连部找连长请假，连长看了看他说："刚接到营里电话，下周就要对所有的提干士兵进行全面考察，这个时候可不能出任何问题，你要赶紧把病治好啊！"

黄兵点了点头？说："要么，我就不去医院看病了！"

"那怎么行？你看你的脸色这么差，还是得去看看！"连长拍了拍他的肩膀，"营修理所正巧去维修厂，你跟着他们的车一起去吧！"

于是黄兵便跟上修理所的卡车，直奔向嫩江县城。路上，他又下车拉了三趟，等车到嫩江的时候，他的脸色已经开始发青了。

师医院的医生初步检查后，立即安排他住院治疗。他忙问医生："医生，需要住多长时间啊？"

那个中年军医头也不抬地说："看化验结果吧，这要是痢疾的话，没个十来天是出不了院！"

黄兵一听，脑袋"嗡"的一声就大了，下周就要考察提干士兵了，如果因为这个破病耽误了考察，那他不是要郁闷死了？他略带恳求地说："医生，医生，您可要想想办法，让我尽快出院啊！"

"再想办法，也得先保住你的命啊！"中年军医白了他一眼，而后高声吆喝道，"下一个！"

十二

透明的输液管里，液体一点一滴地滴着，黄兵不耐烦地数着："556，557，558……"而后一把拿起输液管下方的滑轮，使劲推到最上方，液体果然快了很多，黄兵脸上露出一丝狡黠的笑容。可还没等他笑够，护士罗慧娟就戴着大白口罩来查房了。一进门，她就发现了黄兵这边快速滴落的液体，她上前拿起输液管，边将滑轮推回去边厉声问道："26床，你是不是自己调液体了？"

"护士，这液体慢得跟蜗牛一样，都快一个小时了，一瓶才快输完，还有两瓶呢吧，我……我这都快憋死了！"黄兵不满地说。

"这已经够快了，一个小时你就嫌时间长啊？还有四瓶没输呢！"罗慧娟熟练地将液体从输液架上拿下来，又换了一瓶新液体挂上去，"你如果想大小便，就让旁边的人帮你提吊瓶去方便。"

"啊？还有四瓶？昨天不是才三瓶吗？"黄兵郁闷地说，"怎么今天又加了这么多啊！"

"你现在得的是痢疾，脱水很严重，必须得给你补充大量体液！"罗慧娟从药盒中拿出药，一一指着对黄兵说，"这是诺氟沙星，一次两片，一天三次；这是小檗碱，一次三片，一天三次；这是复方新诺明，一次两片，一天两次；这支庆大霉素现在就喝了，可以立即缓解你的腹痛。"

"昨天你就和我交代过了，我知道怎么吃。"黄兵很不情愿地接过药片，满脑子都是提干考察的事情，他突然问，"护士，有没有一种药能立刻治好我的病呢？"

"有！"罗慧娟响亮地回答，"安眠药！你一睡着就没这么多事儿了！"而后就头也不回地走出病房。

沉闷的病房里，住着几个同样沉闷的病友，一个是阑尾炎手术，一个是结肠炎，还有一个胃溃疡。黄兵四处看看，还是决定自己提着输液瓶去厕所更好一点。正当他准备穿鞋的时候，营部通信员张峰突然出现在他的面前。

小张是黄兵手把手带出来的兵，经常给黄兵提供一些营部的"小道消息"，黄兵一把将小张拉过来，笑着说："小毛豆子，赶紧过来，扶我上趟厕所！"

小张嘿嘿一笑，将手里的水果放在桌子上，接过黄兵的输液瓶，"班长，寂寞了吧？孤独了吧？失望了吧？彷徨了吧？"

黄兵拧了小张的耳朵一下，边起身边穿鞋："到医院干什么来了？"

张峰取下黄兵的输液瓶，用眼睛扫了一眼病房，而后凑近黄兵的耳朵，悄悄说："到医院来领今年报提干人员的体检表！"

一听到"提干"二字，黄兵打了个激灵，他忙问："都报谁了？"

张峰不紧不慢地说："咱们营报了八个，你们连是你和刘保。"

他那提到嗓子眼里的心顿时落了下去，可张峰接下来的一句话却又让他再次不安起来："班长，你啥时候能出院呢？再过两天师里就要到营里考核了！"

"我倒是也希望能早点出院，可你看我这架势……"黄兵苦笑一声，"裤子还没提起来，就又想上厕所，腿都快拉软了！"

"你贿赂一下医生，让他们给你点灵药呗！"张峰狡黠一笑，"我看刚才那个护士就不错，你主动套套近乎呗！"

"小坏蛋，滚！"黄兵想踹他一脚，却发现右手还挂着输液瓶子，使不上多大劲儿——可不知怎的，罗慧娟的身影突然在黄兵的脑袋里一闪而过。

下午阳光明媚，望着头顶上的最后一瓶液体，黄兵叹口气，拿出笔和纸，想继续给翎子写信。

该写什么呢？告诉她我躺在病床上，眼看着提干考核就要来临而自己却束手无策吗？——提干，对于黄兵来说太重要了，想想父母伛偻辛劳的身影，想想姊妹们衣衫褴褛的样子，黄兵的眼睛就有点发酸，再想想翎子毕业后就是吃公粮的人了，将来一定会进大医院成为一名医生，而自己还是个大头兵……

"26床，26床！"罗慧娟的话打断了黄兵的思绪，他忙用手擦了擦眼，幸亏眼泪没掉下来，不然就丢人了。

"发啥呆呢，液体都已经输完回血了，你也不懂得叫人！"罗慧娟有些生气，可她环顾一下四周才发现，病房里确实一个人也没有。黄兵一言不发，这倒让她有点不好意思起来，"行了，今天的液就输完了，晚上记得按时吃药！"

黄兵点点头，轻声哼了一下。罗慧娟发现他的眼睛有点红，忙问："26床，你怎么了，是哪里不舒服吗？"

黄兵犹豫了一下，而后鼓起勇气问："护士，我还是想问问，有没有一种能立刻治好我这病的药呢？"

罗慧娟不解地问："你这么着急干什么呢？有的战士到医院来住院，还想多休息几天，有时候大夫赶都赶不走。你倒好，着急出院。"

黄兵叹了口气说："护士，你不明白，我们单位马上要进行士兵提干考核，我是考核对象之一。这次提干对我来说很重要，我不想错过这个机会！"

罗慧娟略有所思地点点头，态度一下变了，她柔声细语地说："如果是这样，我倒是有个办法可以帮你，但是……"

黄兵忙坐起身来问："是吗？什么办法，快告诉我！"

罗慧娟皱了皱眉，说："我听医生说超量服用小檗碱，倒是可以暂时停止你现在的症状，但对你的肠道损害比较大，会杀死很多有益菌的。"

"好好，那就这么办！"黄兵不假思索地说，"护士，能帮我多弄点小檗碱吗？"

"这……"罗慧娟有些为难，但看到黄兵那渴求的眼神，她的心还是软了，一种直觉告诉她，这个浓眉大眼的小伙子应该是个非常不错的人，这与她平时接触的机关大院里的某些油嘴滑舌的战士不大一样，她决定帮他一把。

晚上交班的时候，罗慧娟趁人不注意，从治疗室偷偷拿了一瓶小檗碱。换了衣服后，她径直走进病房，来到正在吃饭的黄兵身边，悄悄从白衣口袋里掏出药瓶塞到他手中，并轻轻点了点头，递了个眼色。黄兵会意一笑，而后轻声说了句："谢谢！"

从病房里走出来，罗慧娟感到自己的手上还留有黄兵手掌的余温，她感到脸上热辣辣的，心跳得厉害。黄兵的笑容一直在她眼前晃动，她这是怎么了？二十二岁的罗慧娟出生于军人家庭，父亲是这个师的副政委，母亲是这个医院的护理部主任，她是独生女，自小在部队大院长大，使她一直都保持着男孩子的性格，儿女情长似乎离她还很遥远。当兵后，繁忙的工作更让她无暇顾及自己的感情，虽然有几个首长给她介绍过一些各方面都不错的优秀青年，但却始终没有一个人能够真正让她瞧得上眼的。黄兵的出现，就像冬日里的一缕阳光，照亮了罗慧娟的眼睛，也照进了她的心。究竟看上他什么，罗慧娟也说不好，但就是对他有好感，他浓眉大眼笑起来的样子颇像《小花》中扮演赵永生的唐国强，在那个崇拜英雄的时代，这样的形象是很讨女孩子欢心的。更难能可贵的是，罗慧娟从黄兵的身上看到一种很纯粹的质朴和真诚，这种感觉在其他人身上很难找到，仿佛是前生似曾相识的感觉，让罗慧娟怦然心动。

一阵风吹来，松树上的积雪如银屑般洒落下来，在路灯的照耀下如曼妙轻纱般拂过罗慧娟年轻的脸庞。她抬起头，闭上眼睛，深黑的睫毛上落满了雪花，笑容如花朵般绽放开来……

十三

"炮团一营三连二班班长刘保!"

"到!"

"炮团一营三连炊事班班长黄兵!"

"到!"

……

师干部科张科长收好点名本后,用凌厉的目光审视了一遍对面站立的每一名战士,掷地有声地说:"你们每一个人,都是战士的优秀代表,都是你们团的精英,这次提干考核,就是对你们最好的检验。我给你们每个人一个公平竞争的机会,是骡子是马,拉出来遛遛,至于能不能把握得住,那就看你们自己的努力了!李参谋,开始考核吧!"

黄兵跟随着考核的队伍走进师教导队的学习室,第一项考政治理论,坐在冰冷的板凳上,他深吸了一口气,感觉肚子又有一点痉挛,他在心中默默地祈祷着:肚子啊肚子,可千万要争气啊!

在连续服用了两瓶小檗碱的强力药效下,他终于得到了医生的允许,可以出院了。回来后,罗慧娟又给他带了三瓶小檗碱,叮嘱他可以巩固几天,但一定不要一次吃太多。住院的这些天,罗慧娟经常在输液与送药的时候和黄兵闲聊,这让黄兵对罗慧娟有了更为深入的了解,他们谈人生,谈理想,谈工作，谈生活，但罗慧娟始终没有谈及她的家庭——关于她的家庭，黄兵是从通信员张峰口中得知的，这个小精豆子最会打听这些八卦的事情，那天晚上回到营区，他就从医院的同年老乡那里问到了。当张峰用羡慕的口气告诉黄兵，罗慧娟的父亲就是他们师的罗副政委时，黄兵确实感到很惊讶，因为在黄兵周围所接触的人当中，还没有哪个人的家世如此显赫，在黄兵看来，能和村支书李伟的女儿李小翎谈恋爱，就是他这个穷小子这辈子最大的幸福了——当他们探讨到提干的问题时，罗慧娟详细地听了黄兵面临的情况，而后沉思了很久，只是淡淡地说了一句："如果你需要我的帮助，我可以帮你找找人。"面对罗慧娟对自己的关心和照顾，让黄兵很是感动，大概是独身在外太久了，当有一个陌生人尤其是一个陌生女子给予他无微不至的关心时，他确实觉得生活中的阳光一下子多了起来。但要接受一个女人给予他非正常渠道的帮助时，他还是婉言拒绝了——一个男人，一个顶天立地的男人，是绝对不能靠女人的帮助来成就自己的事业的！

在他出院的那一天，罗慧娟特意和医院请了半天假，在病房里众目睽睽之下，帮着黄兵收拾东西。黄兵有点不好意思，罗慧娟却很自然。在从病房到医院大门的路上，罗慧娟紧紧跟在黄兵身后，一言不发。黄兵似乎感觉到了什么，在即将走出大门口的时候，他猛然回过身来，看到罗慧娟抬起了她那张美丽而精致的脸庞——那是一张没有经历过丝毫风霜雪雨的脸，宛如一颗纯洁的桃心一般天真，她的眼睛里透射出的渴望与李小翎那种若隐若现的深情截然不同，这是一种强烈的占有欲所驱使出来的目光，强大到可以燃烧一切事物。黄兵忙躲开她那灼热的目光，低着头，吞吞吐吐地说："嗯……就送到这里吧！你赶紧……赶紧回家吧！"

罗慧娟莞尔一笑："不妨事，我家离医院很近的，就在师部大院家属院。"而后，她从口袋里拿出一张纸条递给黄兵，轻声说："这是我家的电话……今后，今后咱们可以常联系！"

从医院回来后，黄兵有好几次都忍不住地想打开那个纸条。他知道，罗慧娟那双热情如火的眼睛中渴望着什么；他也知道，只要罗慧娟的一句话，他就能轻易打败所有的提干竞争对手，穿上他梦寐以求的"两个兜"的军装；他更知道，如果和罗慧娟正式交往，就会给自己的人生带来重大转机，也一定可以改变他一家人贫穷的命运……是的，有太多太多个理由促使着他一次次地在心中闪念出打开这张纸条的欲望，但却只有一个理由，让他不能打开——每当他想打开的时候，翎子的身影就会出现在他眼前，他怎么能背叛翎子，背叛爱情呢？最终，他将那个纸条揉成一团，扔进了炊事班的下水道……

考完政治理论，就考军事技能。五千米越野跑，黄兵和刘保分到了同一个组。湖南小伙刘保长着一张虎生生的脸，额头宽阔下巴偏窄，右脑勺有一块巴掌大的胎记，被头发覆盖得严严实实，不仔细看是看不出来的，眉毛极浓，有几根眉毛很有力地在眉尾处直挺挺地竖起来，向着头顶的方向倔强地生长着——在黄兵的老家，老人们常说长有这样眉毛的男人是认死理的人，是那种骨子里很倔强的人，不达目的不罢休——如果老人的相面是准确的话，那么黄兵想，要想在军事技能的考试中战胜刘保，就不是一件很轻松的事情。

背好了装具，黄兵望了刘保一眼，刘保向他投来友善的目光，眼中找不到丝毫杀气，这倒让黄兵颇感意外，心情也放松了不少，毕竟还是一个连的战友啊，他对刘保微微一笑，而后就绷紧了全身的肌肉，蓄势待发。

一声哨响，众人离弦而出。

五千米越野跑是一项意志与体力的双重考验。前面三千米，都可以放松身心地跟着节奏去跑，但越往后，对耐力的要求也就越大，尤其是到最后一千米的时候，几乎有一种濒临崩溃的感觉，想彻底放慢脚步，一屁股坐在地上好好歇歇。也就是在这期间，如果能咬牙坚持下来，后面的路程就会变得相对轻松起来。如果换了平时，五千米对黄兵来说根本就不在话下，但现在是特殊情况，他的身体还没有完全恢复，要想战胜这五千米，就显得有些艰难了……

跑到第十圈的时候，黄兵和刘保依旧相差不过十米，望着前面的刘保均匀变换着的步子，黄兵就知道这小子的体力还好得很。可是对于黄兵来说，现在就已经有些吃不消了，肚子开始隐隐作痛，肠子仿佛被什么东西拽住似的，有一种下坠的感觉。此时此刻，他非常想停下一小会儿，哪怕只是停在路边歇一歇，也可以暂时缓解他的痛苦。他感到自己的肺泡似乎在一个接一个地炸裂开来，头也开始发晕了，可是，还有最后的一千米在等着他冲刺！他当然不能放弃，他怎么能放弃？他努力提了提神，使劲在腹部按了按，咬着牙开始冲刺。前方的景象越来越模糊了，刘保似乎离自己越来越远，也就是在这个时候，李小翎的身影不知怎么地就出现在他的脑海中，她那条大大的麻花辫，紫红色的毛绒线头绳，水绿色的方格子的确良衬衣，水嫩白皙的脸，楚楚动人的眼，还有他第一次握住她的手，她脸颊边泛起的红晕……为了翎子，为了他们将来更好的生活，他也不能停下来！

宛如注入一股新的动力，他的脚步突然快了起来，四百米，三百米，一百米，五十米……冲刺，冲刺！快！快！快！

几乎是同时，他和刘保一齐冲过了终点线，如同一具断了绳子的木偶人，他的眼一黑，就瘫倒在地上。

十四

铁山医学院坐落在铁山市西郊的落凤山脚下，这里原是一所部队医院，新中国成立后医院搬迁新址，政府在原有病房的基础上扩建成医学院。学院北面紧靠着落凤山的南坡，葱葱郁郁的树木围绕着红砖青瓦的苏式建筑，在当时还不算发达和开放的铁山市，显得有几分学术范儿。一个周末的下午，三月的铁山似乎一下子嗅到了春天的气息，一反常态的艳阳高照起来。翎子手里拿着刚刚从传达室收到的信，走到宿舍门前的长廊边上，坐下来仔细端详着手中的这封信，那圆圆的"齐齐哈

尔"的邮戳似乎还散发着油墨味，一枚蓝色的八达岭长城邮票
倒贴在信封上（倒贴邮票的含义表示着寄信人期待着信件快点
送到），她笑了一下，小心翼翼地撕开信封，那熟悉的笔迹便跃
然眼前了：

翎子：

你好。

很久没有给你写信了，是因为我一直在忙于自己
提干准备的事情。三月的铁山想必已经有了春天的气
息，但是大兴安岭却依旧天寒地冻，冰雪封山。就像
此时此刻我的心情，渺茫无助。

上周刚刚进行完提干考核，昨天就公布了考核结
果。我们营一共报了八个人，只有三个提干的名额，
我和我们连一个叫刘保的湖南小伙子并列第四。熄灯
后，钟连长找我谈话了，他让我做好思想准备，不要
因为一时的失利而放弃希望。他的言外之意，我已经
很明白了，刘保是战斗班排的，并且和营长是老乡，
关系非同一般，当我们站在同一个平台的时候，人脉
就会起到很重要的作用。所以这次提干，我很可能会
落选。

翎子，对不起，我可能没办法恪守对你许下的诺
言了。如今，你已经是大学生了，再过个一年半，就
要毕业成为一名白衣天使，走上新的工作岗位。而我

呢，却依旧只是个大头兵。我们之间的差距已经越来越大，我不知道能不能追上你的步伐。一个是天之骄子，毕业后就能穿起白大褂，守着铁饭碗一生衣食无忧；一个却是平庸小兵，再当几年兵后回老家刨田种地……一想到这些，我就觉得好难过……做我的女朋友，真的是委屈了你！

　　夜深了，天气也越来越冷了，注意保暖加衣，珍重！

黄兵

1980 年 3 月 19 日

　　两页纸，只有两页纸？翎子愣了一下，这是黄兵给他的所有信件中写得最少的一封信了，而且比之他以往那种积极向上、热情洋溢的文字而言，这封信的内容充满了消极和负面的情绪。一开始，翎子非常生气，气黄兵对人生的自暴自弃，气他对自己的冷嘲热讽，更气黄兵对他俩爱情的不坚守。委屈？什么叫委屈？难道当初在柳林子村头的小山坡上，他的那些豪言壮语、那些柔情似水，全都是一阵风吗？难道她高考失意、他千里迢迢赶回来送给她的那个拥抱仅仅是同学之间的同情和友谊吗？难道这一年多来的所有通信，全都是虚无缥缈、没有价值的文字游戏吗？翎子将这封信团起来，狠狠地扔到地上。长廊边上，刚才还感觉到和煦无比温暖如春，如今却觉得砖凉瓦冷甚至风寒刺骨起来。翎子茫然了，甚至连同屋舍友何胜芳

.280.

走近她跟前，她都全然未觉。

"翎子！翎子？"翎子一抬头，就看到何胜芳那张胖胖的娃娃脸，"你怎么啦？"何胜芳惊讶地问了一句，本来不大的眼睛努力地睁大了一下。

"哦，没……没什么！"翎子小声嘀咕了一句，想尽力掩饰自己内心的沮丧，"有事吗？"

何胜芳抬头环顾了下四周，而后就趴在翎子的耳朵边悄悄地说："翎子，有个瘦瘦的、黑黑的小子，说是你的同学，拎着一大堆东西，来宿舍找你呢！"

翎子一听，顿时反应过来，这再没别人，肯定是李洪亮！这一年多来，他可没少献殷勤，隔三岔五地给翎子邮寄礼物，逢年过节还去翎子家里送这送那，翎子再三叮嘱爹娘不要收他的东西，并都按市价给他折了钱送还回去。这个学期，他倒是平息了好一阵子，没想到又来这一出！

她有些生气，蹭地站了起来，噔噔地往宿舍走回去。

"哎，哎——翎子！"何胜芳赶紧追赶着翎子，一阵风彻底把地上的纸团给吹跑了……

十五

望着一脸堆满笑容的李洪亮，翎子愈发气不打一处来。紧跟其后的胖姑娘何胜芳一看这情景，知趣地拎着暖水瓶走出了宿舍，并顺便把门关上了。

"你来做什么？"翎子没好气地问。

"哦，翎子，今天我进城里来进货，顺便过来看看你！"李洪亮赶紧将身后的一个大网兜提起来，放在桌子上，从网兜中一件件开始往外掏东西，"你看，这是我们进货的时候我顺便拿的。这是一盒老上海雪花膏，正适合现在擦脸；这是一包大白兔奶糖，可甜啦！还有这个，两盒麦乳精，现在市面上可难买了，冲水喝最好——"

"够了！"翎子突然打断了兴高采烈的李洪亮。

"怎么……你……不喜欢吗？"

"李洪亮同学，谢谢你的好意。我觉得我俩只是同学之间最普通的那种友谊，你给我送这么贵重的东西，我实在受不起。"

"那么，我们完全可以把这种最普通的友谊再向更深的一层发展一下啊！"李洪亮的脸上顿时升腾起一片激动来，"翎子，难道我配不上你吗？"

"李洪亮你说什么呢？"翎子的脸通红起来，而后她努力让自己镇定下来，"这不是什么配不配的问题！这是根本不可能的问题！因为我已经订婚了！"

"哼，你是说那个当兵的吧？"李洪亮不屑地哼了一声，"真不知道你看上他什么了？家里那么穷，离得又那么远，你跟了他有啥幸福的？"

"是，他家是穷，前途还不好说，他离得还远，今后还不知道在哪里生活。但他至少不会偷偷地拿着公家的东西去送人。在我眼里，他就是比你好一千倍一万倍，我就是要跟他好下去！"翎子拉开宿舍的门，说，"要是没什么事情，就带上你的东西走吧！"

"你……"李洪亮气得耳红脖子粗，翎子将桌子上已经拿出来的东西塞进网兜，直接递到他面前。

"好！李小翎，我倒要看看你们能好到哪儿去！"李洪亮狠狠地拽过网兜，气哄哄地走出门去。

翎子长舒了一口气，一下子就坐在床上。她自己也不知道刚刚为什么会那样说话，似乎在半小时前她还怨恨着的黄兵，一下子就在她的眼前清晰高大起来。是啊，如果单纯地站在黄兵的角度上来看目前的状况，确实，对于黄兵来说承受着不小的压力。翎子当然知道，提干对于一名普通的战士来说，意味着将彻底改变他的人生轨迹和生活，而黄兵目前所面临的状况，就跟翎子在第一次高考后得知自己的名额被杨伟大占了一样，这个时候的黄兵，应该是人生最低谷的时刻，应该最需要她的帮助和关怀才是啊！

何胜芳拎着暖水瓶走进屋子，望着坐在床上发呆的翎子，上前推了推她："嘿，翎子，没事吧？"

翎子摇摇头："哦，没事，没事！"

"没事就好！"何胜芳长舒一口气，将暖水瓶放在桌子上，"诶，刚才那个，是你们一个村的吗？"

"是一个初中同学。"翎子反复搓着被单，突然问，"胜芳，咱们最近的假期是什么时候？"

"应该是五一劳动节吧!"何胜芳说,"估计有三天假。"

"才三天?"翎子皱皱眉头,自言自语道,"不行,我得跟老师请个假。"

"啥?请假?"何胜芳转过头,"我说翎子,咱们那班主任老张你又不是不知道,别说是请假了,就算上课迟到一分钟都要教训你一个小时!咋了?家里出事了吗?"

"也不是,唉!反正我就是要请假!"翎子有点难为情,从床上站了起来,在巴掌大的宿舍中来回踱了几回,更让一头雾水的何胜芳百思不得其解。最终,她站定下来,认真地对何胜芳说:"我要去东北看黄兵!"

十六

从铁山市到嫩江市,要先坐半天的火车到北京,再从北京转火车到齐齐哈尔,其间要一天一夜,之后再从齐齐哈尔坐一天的火车到嫩江,到了嫩江后,还得坐半天汽车,才能到达黄兵所在的部队。这样光耗费在路上的时间就要整整三天半的时间!过去,翎子从未想过黄兵和自己之间的距离竟会是如此之远,当她真正用自己的脚步开始丈量两人之间的距离时,她才开始认真思考起这个问题来。所幸是四月,坐火车的人不是很多,几乎一半的车厢都是空着的。

和班主任张老师请假,着实费了翎子不少工夫。她撒谎说家里母亲病了,需要回家照顾。张老师不紧不慢地说,请假一周以上都需要报教务处，如果是家里有事，需要公社给开一个证明。翎子一听，急了，这还是她长这么大第一次撒谎，再加上没想到事情会这么复杂，更让她憋得两眼泪汪汪的。这一来反倒让张老师信服了，看着泪眼婆娑的翎子，再想到她平时表现一直不错，张老师心一软，就同意让她走了。

车窗外，列车正在不断地经过着一座又一座陌生的城市，一时是影影绰绰似抹新绿的树木，一时是开阔无比等待春耕的田野，一时是高楼林立街道笔直的城市……之前，她写了一封信给黄兵，告诉他她要来的事情。黄兵给她回信，说要在齐齐哈尔火车站接她。自从上次高考结束，就再没有见到过黄兵。已经整整两年了，也不知道他变成什么样子了。记得他走之前的那个下午，雪下得奇大无比，黄兵从黄土疙瘩骑自行车过来时，整个人已经被吹得通身雪白，要不是棉帽子下哈着热气，乍一看，还以为是雪地里面堆起的一个雪人。翎子见到黄兵，急忙招呼他进屋子里坐，可黄兵却摇摇头，只是拉着翎子往村口走。他把她带到了他们初次约会的那个小山头，指着山下的柳林子村说："翎子，你看，这个地方现在是多么地荒凉啊！除了茫茫大雪，几乎看不到半点生机！但是你知道吗？在这雪地下面，是成千上万的种子，它们正在土壤里静静地长眠，积蓄着力量，等到春天天气温暖的时候，就会破土而出、苗壮成长，到了那个时候，就是石头压着、大雨浇着、狂风吹着，也不能阻挡这些生命的热情！这就是生命的力量，也是青春的力量！"翎子被黄兵那种热情所感染了，一时间竟全然忘记鹅毛大雪落满身上，眼前仿佛一下子就穿越过这白茫茫的雪地，看到了一片春意盎然的绿色！可是，就是这样一个充满了阳光和活力的黄兵，现在却变得如此颓废消极。他在回信中告诉她，如果觉得没有必要，就不要再北上找他来了，但他一定会如约而至去火车站等她。翎子没有给他写回信，也没有打电话，她只想用行动来证明自己对黄兵的坚持。

——但是，倘若他真的没有提干，回农村老家务农呢？那么她还要跟他一起回农村生活吗？就像梅花表姑那样？一想到梅花，翎子就觉得心酸。寒假回家过年的时候，梅花又怀上了第二胎，她的第一胎生了女娃，听说婆家嫌弃得很，还没出月子，就让她下地干活儿去了。而她丈夫的肺结核也更严重了，几乎丧失了劳动力。里里外外的活儿，多半都指着她一个人……难道这就是农村女孩的命运吗？不，翎子绝不做这样的农村妇女，要一辈子围着锅碗瓢盆公婆孩子转悠，成为一个生育工具，种地、喂猪、带孩子，再听一个厉害婆婆白天加黑夜地数落！当然，黄兵的母亲也不可能数落翎子，因为她是聋哑人。一想到黄兵的家人，翎子又感觉到另外一丝不安，虽然她并非嫌贫爱富之人，但黄兵一家八口人，除了黄兵念过高中，其他几个姊妹几乎都是半文盲或是文盲，家里整体都在贫困线的边边上打转转，黄兵今后的担子还很重，如果做黄兵的媳妇，这副担子就很自然地落到翎子的身上……

是啊，婚姻哪是这么简单的事情啊！如果光靠爱情就能撑起婚姻来，那么这个世界上就没有那么多悲剧了。可是在翎子生活的这个年代，又有多少真正有爱情的婚姻呢？其他的人，翎子不知道，但翎子可以肯定的是，自己和黄兵是有那么一点点爱情的，不然翎子怎么会害羞、思念、喜悦甚至是生气呢？不管怎样，翎子一定要找到黄兵，当面说清楚，即使得到的是一个否定的答案，她也认了！

——可是，如果黄兵真的认为他们之间不可能了呢？那之前的那次定亲，邻里乡亲都知道的那次定亲，岂不是白定了吗？除了提干失败而造成的社会地位之间的差距，翎子实在想不出来黄兵有什么理由来拒绝自己。这个念头越是坚定，就越让她浑身上下充满了动力。她又一次感觉自己像是一个加足了油准备发动的小马达，全身是劲儿，满眼的光明，就和恢复高考那天走进教室前的那种感觉一个样！

抱着这样的信念，火车出了山海关，穿过沈阳，路过长春，一路直奔齐齐哈尔……

一天之后，齐齐哈尔火车站，就这样渐渐清晰地出现在翎子的视线中。

十七

黄兵穿着一身崭新的涤卡绿军装，军帽上的红五星在太阳底下熠熠生辉，挺拔的个头在出站口熙熙攘攘的人群中非常显眼，让翎子一眼就看到了他。她正要愉快地和他打个招呼，却被他冷木的神情浇灭了热情，他生冷地说了一句"你来了"，更让她一路上好不容易积攒起来的信心开始土崩瓦解起来。

他接过她手中的行李，而后就头也不回地往车站广场走去。齐齐哈尔火车站修建得非常大气，高高的塔楼建有一个大大的钟表，四四方方的建筑秉承了典型的苏式建筑特色，偌大的广场因为人少而显得十分空旷，乍一看去比北京站的广场还要大一些。两人花了近十分钟的时间，才走出广场，来到公交车站牌下。

"等多久啦？"翎子必须打破这闷人的沉默。

"哦，早晨八点来的。"黄兵说。

"辛苦了啊！"翎子算了算时间，他等了近四个小时，"你请了多长时间的假？"

"明天中午就得回去！"黄兵依旧不冷不热，语气里没有半点感情色彩。

"哦，那时间蛮紧的呀！"翎子漫无目的地说。

"下午我带你在市区转转，明天早晨咱们坐车去嫩江边上看丹顶鹤去。"

"都听你安排！没事，我有一周的假！"

车来了，俩人排队上车，黄兵给翎子找了个座位，他自己则站在翎子旁边，依旧提着行李。

"把行李放在地上吧！"翎子一手拿过黄兵的行李，黄兵却拽着没有放手，"那多脏啊！还是我提着吧！"

公交车摇摇晃晃地走着，黄兵的手一直也没有放下行李，翎子将头扭向窗外，漫无目的地看着外面的风景。

"嘿，翎子，翎子……"大概黄兵也觉得自己有点太过于冷淡，便主动拉了拉翎子的衣袖。

翎子慢慢转过身，抬头望着黄兵，黄兵扬了扬脖子说："喏，外面这条路，是火车站正西的路，叫作龙华路，也是齐齐哈尔市区的一条主干道。"

"哦。"翎子淡淡地应了一句，心下却暗自欢喜起来，看来，你不理他，他自己倒是会觉得过意不去来理你的！

"刚刚咱们路过的，是邮电大楼……"

黄兵开始滔滔不绝地介绍起来，翎子则在一旁装着一副淡淡的样子，不时点点头以示回应。

公交车沿着龙华路，一直到北方饭店停下来。黄兵带着翎子下了车，指着右手边一条人群攒动、热闹非常的大街说："这就是齐齐哈尔市最著名的卜奎大街啦！走，咱们到这条街上吃饭去！"

俩人来到一家东北菜馆，黄兵点了一桌子热气腾腾的饭菜。长途跋涉的旅途辛劳，确实让翎子有些饥肠辘辘。

望着翎子吃得很香，黄兵终于笑了。翎子瞅了他一眼，说了句："傻样！还不快吃！"

俩人边吃边谈着家乡的事情，无非就是梅花表姑又要生老二了，六老汉家开春买了一头小牛，黄兵的大弟黄华初中没毕业就辍学回家了……黄兵已经两年没有回老家了，故乡的一草一木，通过翎子的描述又熟悉起来，他突然觉得一股浓浓的思乡之情在内心腾起。可转念一想，倘若自己提干不成，那便肯定是要复员回老家务农的，下半辈子有的是时间待在那里……一想到这里，沮丧就又一次爬到黄兵心头，饭菜顿时索然无味起来。

翎子注意到了黄兵的变化，她默不作声，暗自寻思着该如何将这件事提出来。

吃完饭，俩人又继续向前走，在一家商场里，录音机正在放着罗大佑的那首《恋曲1980》："你不属于我，我也不拥有你，姑娘世上没有人有占有的权利，或许我们分手，就这么不回头，至少不用编织一些美丽的借口……"翎子正听着入神，黄兵却拉着她走到了卖表的柜台前，他的目光落在了一枚上海牌手表上，驻足细细地看了好一会儿，才对翎子说："翎子，你喜欢这款手表吗？"

银白色的表盘在玻璃柜台下闪闪发光，两个大大的"上海"草书雕刻在表盘的正上方，十一根银色的刻度整齐地分散罗列着，日历小格子在三点钟的位置，黑色的皮带柔润而富有质感，翎子点点头，由衷地赞了一句："不赖！"

"给你买一块吧！"黄兵突然说。其实这块手表，黄兵在这个商场里已经看了好几回了。

翎子一看标价：一百二十元！而后摇摇头："太贵了！"

是啊，一块一百二十元钱的手表，黄兵要不吃不喝地攒八个月，而如果提了干的话，每月的工资就能涨到五十二元，只要两个月多一点，就可以买得起啦……一想到这里，黄兵就又一次陷入纠结的情绪中。

　　黄兵的情绪变化，再次让翎子看到了眼里。从商场出来不远，就望到了龙沙公园的正门了。黄兵去给翎子买了张门票，黄兵是军人，免票，两人从正门进来，就看到一座小山头，黄兵指着山的上方说："看，前面那个山上的红色亭子，就是著名的望江楼了！"

　　望江楼并不高，也不是很大，只因修建在龙沙公园最高的山丘上，能够一览整个公园，因此成为整个公园的游览中心。黄兵虽然背着行李，却比翎子爬得还快。

　　两人到了楼上，黄兵依旧面不改色，翎子却喘着粗气，累得不行。楼上几乎没有人，黄兵把行李放在围栏上，让翎子坐在围栏边上，自己也靠着她坐下来，指着楼下对翎子说："看，这就是劳动湖！再往西面，就是嫩江，齐齐哈尔的母亲河。齐齐哈尔源自达斡尔语，意思是'天然的牧场'，这里最早叫卜奎村，别名'龙沙'，这也是龙沙公园的来历。十七世纪中叶，为了躲避战乱，游牧的达斡尔族离开了世代居住的黑龙江流域，辗转来到嫩江沿岸，定居在这个地方。康熙年间，皇帝为了巩固他在北方的国防力量，批准在这里建城，后来又将黑龙江将军移驻到这里，从此齐齐哈尔便长期作为黑龙江地区的政治文化军事中心——"

　　"够了！"翎子突然大声打断了黄兵，"黄兵，我这么大老远地跑来，不是听你介绍这些历史典故的。你不觉得，我们应该谈谈咱俩的事情吗？"

　　两人都陷入沉默之中。

"翎子，很多事情，不是我们想象的那么简单！"良久，黄兵才说出这样一句话来。

"就是因为你提不了干吗？"翎子直视着黄兵，说，"黄兵，你觉得我看重的是你的身份和地位吗？"

"翎子，我知道你不是那种人，这不是你的问题。而是我……"黄兵的表情有点痛苦，他紧握着双拳，"刚才，你也看了，我连块小小的手表都不能给你买——"

"难道我们所有的感情就只值那一块手表吗？"翎子站了起来，背对着黄兵，面朝向嫩江的方向，她仿佛能够看到江岸两边即将绿起来的柳树。她突然觉得自己想哭出来，但依旧极力抑制着这种冲动，这让她很难受，肩膀不由自主地开始颤抖起来。

黄兵也站了起来，右手从后面搭住了翎子颤抖的肩膀，慢慢地说："翎子，你现在是大学生了，毕业以后就会留在城市工作。而我，假如提干的事情不成功，回到农村还是个农民而已……就算你不在乎这些，家里人会怎么说，别人会怎么说？"

"是，这些我也想过。但现在不是还没有定论吗？你怎么就这么肯定你提不了干呢？"

"要是放在十天前，我也肯定不会放弃的。可是……可是……现在不一样了。"黄兵突然走到翎子的侧面，抓住她的手，"和我一同竞争的刘保，他出事了！"

十八

湖南兵刘保，在十天前组织的炮团实弹演习中，担任前方观察所侦察员，因掩护当地一个正在放牛的老乡家孩子，不幸被飞落下来的炮弹炸伤了双眼，造成永久性失明。黄兵将这件事告诉了翎子。

从齐齐哈尔到嫩江的汽车上，翎子都在反复琢磨着这件事，以至于上午在嫩江边上看丹顶鹤时都心不在焉。部队里面因功提干的不少，刘保这样的壮举，绝对是可以称得上英模的，很显然，他竞争提干的砝码会大大增加。翎子对刘保这样的英雄行为很是钦佩，但倘若要黄兵靠失去双眼来换得两个兜的干部服，翎子也觉得这样的代价太大了。黄兵的母亲本身就是聋哑人，倘若家中再多一个盲人，那么家庭的压力可想而知……

路上，黄兵对翎子说："翎子，其实还有一件事情，我一直都没有告诉你。我现在在炊事班当班长，不是战斗班排的……"

"这又有啥关系呢？"翎子轻声地说，她甚至有些庆幸，幸亏黄兵是在炊事班，没有在阵地上，倘若他真的在战斗班排，真的在阵地上，真因为救孩子而失明……翎子都不敢再往下想了！

到营区的时候，已经是黄昏时分。夕阳照射在嫩江的岸边，给落叶松镀上了一层金红色的外衣，云杉和白桦才刚刚有了一丝新绿，在微风中轻轻地摇曳着，一汪江水洒满了不停闪耀着的碎金子，岸边的黑土地上，似乎已经能看到影影绰绰的绿色了。

一下车，翎子就喜欢上了这个地方。钟连长亲自带着十来个官兵在营区门口欢迎远道而来的翎子，战士们争相为翎子拿行李，搞得她都有些不好意思起来。司务长已经很久不在了，空了一间房，黄兵就将自己的铺盖搬到司务长房间里，给翎子铺开床铺，烧好开水。

趁着黄兵忙碌的时候，翎子把箱子里面的东西一件一件拿出来分好，给钟连长和指导员的两份礼物单拿出来，其他的就是每个排一大包吃的。

刚分好不久，就有人敲门。原来是炊事班的一名小战士来送饭的。一大碗红烧肉，一盘翠绿色的芹菜，还有白生生的馒头……一看到馒头，翎子就想起以前在柳林子村调侃黄兵时的情景，她不禁自己笑了起来。

黄兵问她笑什么，她却摇摇头，什么也没说。

吃罢饭，俩人又聊了很久，话题始终都绕不开黄兵提干的事情。聊到最后，连翎子自己都觉得烦了。四天的舟车劳顿，让她困意浓浓，开始打起瞌睡。黄兵见翎子困了，便起身推门而出。孰料一推门，就看到三五个战士猫在门边上，一见黄兵，都"嘿嘿"笑起来，这个说："唉唉，黄班长，今晚不在这里住啊！"那个说："黄班长脸热不热，给你扇扇风！"大家叽叽喳喳地簇拥着黄兵走了。

部队的夜，很是安静。睡到半夜，翎子突然醒来了。她披上衣服，走到门口推开门。

门外，月光如洗，照射在地上，明如白昼，对面就是训练场，再往后是一堵高墙，墙外就是郁郁森森的大森林。

这里，是黄兵奋斗的地方，一定留下了他很多的汗水。翎子仿佛看到黄兵在这操场上跑步、单杠上练习引体向上、四百米障碍中匍匐前进的情景，也看到了黄兵独自一个人坐在篮球架下莫名地惆怅和忧伤，对着远处的大山寄托着浓浓的乡思，些许还会有对翎子的思念……

当兵的真不容易！熬过这么多年，眼看着有机会提干，却要转瞬而逝，最后还得回农村去做一个农民，想想也替黄兵感到惋惜。

翎子走下台阶，围着房子走了起来，经过一间房门时，突然一声尖锐的"口令！"把翎子吓了一跳。她定睛一看，原来是一个小战士在门口站岗。

"我是来队的家属！"翎子将手放在胸口，长舒了一口气。

"我知道你是谁！"小兵张峰跳出来，说，"你是黄班长的女朋友！"

"小精豆子，你怎么知道？你是谁呀？"

"我是营部的通信员张峰，黄班长是我新兵班长！"张峰无不得意地说。

翎子笑了："我知道你，你们黄班长跟我提过你！四川泸州的，对不对？"

"哇，嫂子记性真好！"张峰笑嘻嘻地说，"不愧是大学生啊！怨不得我们班长就算不提干，也要找你……"

翎子怔住了，这明显是话里有话，张峰忙捂住嘴，"呵呵呵"地笑了几声。

"怎么，你的意思是，他是为了我才放弃提干的吗？"

"没有，没有，这个我真不知道！呵呵！"张峰挠挠头，又干笑了几声，说，"哎，嫂子，这大半夜的，你咋还不睡觉！"

"别打岔，快告诉我，你们班长还有机会提干没？"翎子紧追不舍的态度，让张峰有点不知所措。

"我知道，你肯定有你的为难之处。但如果真的有机会，咱们一起想想办法，要是能让你们班长顺利提干，这也是我希望的呀！"

"唉！"张峰叹口气，而后说，"嫂子，其实咱们班长有个关系可以用，但他就是因为你才不想用！"

"因为我？"翎子更迷惑了，张峰接着说，"嫂子，其他的您真的别问我了！再问，就太难为我了！"

看着张峰一脸为难的样子，翎子也就不好再问下去了。回到房间，躺在床上，她反复揣摩着张峰的话，可就是想不出来到底是什么意思。

一抹月光如流水般透过窗帘上方的缝隙，照射在雪白的墙壁上，宛如一把利刃，在翎子的视线中渐渐模糊起来……

十九

罗慧娟一脸坚定地坐在营长梁大成和连长钟长江的面前，钟连长不禁又问了一遍："罗护士，你真的想好了吗？"

罗慧娟点点头："我想好了！就这个月，马上就打结婚报告！"

"可是……"钟连长总觉得这个事情来得太突然，有些不妥。

"嗨，可是什么！既然人家姑娘愿意，咱们还阻拦啥？"梁营长朝钟连长使了个眼色，钟连长立即就明白了梁营长的意思。毕竟，面前坐着的这位，可是罗副政委的千金啊，得罪不得。

"通信员，把三连炊事班班长黄兵叫到营部来！"梁营长在营部大门口喊了一声，张峰便兔子般地跑出营部。

司务长宿舍中，黄兵正在和翎子聊天，张峰跑进来，气喘吁吁地说："班……班长，梁……梁……营长叫你过去呢！"

黄兵忙站起来，向门外走出去。待黄兵前脚刚刚走出门，翎子一把拉住正要跟上去的张峰，问："怎么了？"

"唉——"张峰长舒了一口气，说，"首长千金过来找黄班长啦！"话刚出口，他就意识到自己又说秃噜了。

"什么？哪个首长千金？"翎子一听这话，立即有了反应，联想到这几天黄兵总是心不在焉的，其热情也大不如前了，难道是……

张峰干笑了几声，又想溜走，却被翎子死死地拽住，她的眼睛直勾勾地盯着他，搞得他恨不得找个地缝钻进去，"哎，嫂子，您还是别问我了，您自己去看看，不就什么都知道了吗？"

翎子跨出门，径直向营部跑去，张峰也跟了过来。快到营部的时候，翎子的脚步慢了下来，她看到，黄兵正和一个穿着绿军装的女孩儿向大门口走去，女兵在黄兵那高大威猛的背影的衬托下，越发显得窈窕婀娜了。在身后紧追不舍的张峰也跑了过来，大喘着气弓着腰，扶着膝盖。

翎子转过身来，对张峰说："你早就知道了，对吗？"

张峰慢慢直起腰，吞吞吐吐地说："唉，其实这个事情……这个事情……还是很复杂的！"

"你说的关系，就是这个关系吗？"翎子仍然不死心，想得到一个否定的答案，张峰却默默点了点头，击碎了翎子心中的希望。他慢慢说："她是我们师罗副政委的女儿罗慧娟，在我们师医院当护士，他们俩是在医院认识的。刚刚在营部门口，我只听到一句，说她这个月月底就要打结婚报告……不过，嫂子您先别多想，黄班长也没说一定会同意啊！"

猛地，翎子的脑袋"嗡——"的一声就炸了。她转身向后院跑去，径直跑到营院后面的那片树林子中，参天的白桦树在蔚蓝的天空下，张开一张张密密麻麻的网，宛如解剖教室中墙壁上挂着的人脑血管图，此时此刻充溢着鲜血，直插到天穹，顿时，天空就变成了深红……她望着天空，想大声吼一声，却又怕不远处营区的战士听到。她趴在一棵粗壮的树干上，手抓着粗粝的树皮，眼泪就忍不住地涌出来。宛如外科医生手术前要给病人麻醉一样，由于有了麻药的作用，切割刀口的时候并不怎么疼，而麻药的药效一过，疼痛就会随之而来。她刚刚发木的脑袋渐渐清醒过来，心一下揪着一下地开始痛：是啊，如果黄兵和罗慧娟结婚，就能够解决他提干的问题，而且还能确保他日后的工作一路坦途。这样，黄兵整个家族的命运就会随之改变！而和自己结婚，一旦提不了干，黄兵就得回家当个农民，一个大学生和一个农民，本身就要忍受世俗人的嘲笑和不解，将来还要面临两地分居的问题，更别提对黄兵的家庭是否能有一丝一毫地改善了……翎子渐渐平静了呼吸，用手将脸上的眼泪擦干。她那发热的头脑开始冷静下来，心却更疼了。

一片去岁秋日的枯叶从天上旋转着飘落下来，划过她的视线，一个决定，随即也在她心里渐渐明朗起来……

二十

北方的春天似乎总是会姗姗来迟，几场沙尘暴过后，漫天的杨絮才在五月的阳光下洋洋洒洒地飘落下来。几乎是一夜之间，落凤山便整个都绿了，杨树的叶子突然就张开了，柳枝也不知在什么时候挂满了碧绿的小刀，一树鲜嫩嫩沉甸甸的榆钱在风中摇来晃去，就连那些熬过了严冬的松柏，也都在阳光下染上了一层新绿。

沐 阳 山 上 的 女 兵

　　何胜芳手中拿着刚刚从传达室大爷那边拿来的信，正犹豫着要怎样给翎子说。这已经是第八封从黑龙江寄过来的信了，前几封都被翎子撕得粉碎，扔进了纸篓中，她不知道这封信会不会跟前几封信遭受一样的命运，看来翎子是铁了心要跟黄兵分手，一点回旋的余地都没有了。

　　推开宿舍的门，翎子正在宿舍床上坐着，捧着一本《内科学》。何胜芳装着漫无目的地走进宿舍，拿着信在翎子眼前一晃："翎子，你的信。"

　　翎子下床，刚要伸手去拿，何胜芳却又飞快地收回来："翎子，你就不能看看再撕吗？"

　　翎子一句话也没说，只是从何胜芳手中抢了过来，几下子就撕碎，扔进垃圾桶中。

　　"你这到底是怎么了！怎么去了趟东北，整个人都变了？都订婚了还闹别扭！"何胜芳终于忍不住问道。

　　"没什么。"翎子苦笑一声，又继续坐到床上拿起书来看。何胜芳见状，叹了口气，也就出去了。

　　听着何胜芳把门关了的声音，翎子才抬起头来，强忍在眼中的泪水瞬间滑落下来，滴落在洁白的书纸上。

　　一个月前的今天，翎子跟黄兵不辞而别。那天，黄兵送罗慧娟回来，翎子什么也没说，黄兵也什么都没说，这让翎子更加坚定了黄兵和罗慧娟之间有着不可告人的秘密。假如黄兵真的不在乎，干吗不跟她说出来是去见了什么人、说了什么事呢？俩人吃了午饭，黄兵就去战士宿舍午睡去了。也就是在这个时候，翎子悄悄收拾好东西，只给黄兵留了一张字条，上面写着"我走了，我们分手吧！"……

来时的路漫长无比，回家的路却转瞬即逝。在翎子刚到医学院的时候，黄兵的第一封信就跟着就过来了。翎子没有丝毫迟疑，就把信撕得粉碎。"不做狠心人，难得自了汉"，她知道，要想成全黄兵，就必须狠下心来！

回来的那天晚上，翎子彻底失眠了，并且在她打娘胎出生起第一次感到了人生的迷茫。她不知道自己未来的路在哪里，但可以肯定的是，自己绝对不会走梅花表姑的路。她应该拥有新的人生。而和黄兵的这段感情，将永远留存在她记忆的深处，成为一段美好的回忆。她甚至可以想象多年以后，当她和黄兵再次重逢的时候，她可以将自己当初的抉择告诉他，让他感动、难过甚至痛哭流涕，而她却幸福地微笑着……

"翎子，翎子……"正当她沉浸在冥想之中而不能自拔的时候，何胜芳却气喘吁吁地惊醒了她的思绪："你的……你家的……电报！"

翎子忙起身下来，一把夺过电报，只见上面写着："速归，家有急事，父！"

急事？什么急事？是娘病了？还是弟弟们出什么事情了？翎子突然慌了，直到旁边的何胜芳提醒她才醒过来："哎呀，翎子，还愣着干什么啊，去找老张请假啊！"

翎子忙穿上鞋，赶紧往外跑，何胜芳在身后喊道："诶，诶，翎子，拿上电报啊！"

　　与上次有意欺瞒不同，这次翎子是真的着急了，老张看了看电报，又看了眼额头上满是汗水的翎子，无奈地在请假条上签了字。

　　上了回县城的班车，翎子坐在车上一直忐忑不安。李伟是那种无论出什么事都不会慌乱的人，就算是出了事，他一般也是事后才写封信不紧不慢地告诉翎子。可这次却发了一份加急电报，这可是以前都没有的事情。

　　到了县城已是中午，回乡里的车是三点半发车，翎子连车站都没有出，也没有心思吃饭，一直等到发车的时刻。此时此刻，她心里忐忑不安，家里的事情搞得她满脑子像糨糊一般，早已把和黄兵的事情冲到九霄云外去了。倘若家中真出了什么事，她这个做大姐的是一定要担起这个家的责任的！而与她那点爱情相比，家庭的责任肯定是更重要的！

　　车子慢慢驶出铁北县城，驶向了田野，日头也在天空中渐渐西沉。一片夕阳从山谷中间洒落在铁北的茫茫草原上，河水如同一条闪亮的带子，蜿蜒地跟随着汽车一同行进着，庄稼和草都刚刚冒出土来，在微风中如同三四岁儿童的头发，柔软软、鲜嫩嫩地摇摆着。王家坡、谢家坝、小金村……一个个熟悉的小山村出现在翎子的视线中。日头继续西沉着，直到山峦变成青黑色，星星便开始在深蓝色的夜幕中闪烁起来，小山村的灯火也在那一片片炊烟袅袅中影影绰绰起来。

　　车子终于到了乡里公社门口。

　　下了车，一阵熟悉的乡土味扑面而来，从公社走回家，还要一段路程，正当她有点踌躇之时，一声熟悉的声音从黑暗中传来："姐！"

原来是建民！

公社车站的白炽灯下，建民穿着一件灰色夹克，推着自行车向翎子走来。建民拿过翎子手中的黄帆布书包，笑着说："怪不得爹非要我今天就来接你，原来回来得这么快！"

建民的笑，让翎子一直悬着的心终于放下来了。至少，家里肯定没出什么大事，不然建民就不会是这样轻松的表情了。但翎子依旧觉得奇怪，究竟是什么事情，让爹打了加急电报催着翎子回家。

"快告诉姐，到底发生啥事了？"翎子坐到车子后架，拉着建民的后肩膀，急促地问。

"嗨，说起来也不是咱家的事情，可爹非要你回来！"建民说，"是黄兵家里出事了，黄老头死了！"

翎子的脑袋，"嗡"的一声就大了。

二十一

昏黄的煤油灯下，娘正在灶台边忙乎着给翎子做饭，建民在逗建平玩耍，而爹则慢慢地将事情的前因后果告诉翎子：两天前，黄兵发来一份电报，告诉家里他成功提干了！这么大的喜事，让一辈子面朝黄土背朝天的黄老头儿欢喜得不得了，晚上到六老汉家里痛痛快快地喝了一顿大酒。他这辈子都没有喝过这么多的酒，踉踉跄跄地回到家中后，一头栽倒在炕上就鼾声四起了。睡到半夜，儿女们突然听到黄老头发出哼哼的声音，二女推醒熟睡中的黄家嫂子，点起煤油灯一看，黄老头已经翻起了白眼，不停地抽搐着……待黄二女和黄忠去叫村里人来时，黄老头动也不动，竟是死了大半！一帮人忙抬着他去乡里卫生院，还没等送到，就在半路上断气了。公社卫生院的医生诊断为饮酒过度引发的脑溢血……

翎子听到这里，一时呆了。爹顿了顿，又接着说："出事的第二天，黄家人就跑到咱们家来报丧了。你和黄兵是定了亲的，按理说，应该也算是人家那边的人啊！"

翎子的脑袋更大了，爹还不知道她已经和黄兵分了手，而黄兵之所以能提干，肯定是已经和罗慧娟好上了。

"爹，没结婚怎么能算是他家的人呢？"

"傻闺女，人家的彩礼都送了，咱还想赖账？"娘从灶台边站起来，说："咱村里向来都是订过婚就算半个过门的人，如今黄兵家里出事了，按道理咱们咋也得过去帮衬帮衬啊！"

"娘！难道你闺女就值一只老山羊和一篮子鸡蛋啊！"翎子拧起眉头。

"去吧，黄兵从东北赶回来，最快也还得三天呢，现在黄家连个主事的男人都没有，咱们去了，也算是尽尽亲家的礼节啊！"爹接着说，"赶明儿一早，我就和你娘一起陪你去他们家！"

次日一早，李伟带着刘玉莲和翎子，走了近一个小时的山路，才走到黄兵家里。

进了院子，推开虚掩的门，女人们悲悲切切的声音就从内屋里面传来，昏暗的堂屋正中央的地上，放着一块门板，门板上扇着一张明晃晃的白布，凸显出一个瘦小的人形来，苍凉而悲惨，甚至还有些瘆人。

白布下面，就是黄老头。翎子还依稀记得两年前黄老头在公社车站送她上学时的情景，而今，却再也听不到这个老汉唯唯诺诺略带点鼻音味儿的声音了。

大概是听到了推门声，六老汉从里屋走出来，见到李伟，忙叫了一声："她姨父，你们终于来了！"他一边用一只手握住李伟的手，一边用另一只手擦着眼泪。

李伟同他进了里屋，黄大女、二女和三女正在跟黄家嫂子裁制孝服，三个闺女一直在抽泣，唯独黄家嫂子虽然也满脸悲伤，却没有一滴眼泪。见到李伟和刘玉莲，黄家嫂子忙放下手中的剪刀和白布，准备下地，却被翎子娘一把拉住，两个女人对望了一眼，刘玉莲的眼泪便婆婆而下。

二女把翎子让到炕上，红肿着眼睛对翎子说："嫂子，大哥在路上，估计明天才能到！"

一声"嫂子"，不禁让翎子心中泛起隐隐的痛。

"怎么，就你和他们娘几个忙乎啊？"李伟不禁问。

"我娘就是我舅舅唯一的姐姐，早就死了，族里的那几个堂兄弟都是隔了几层的！"六老汉望了望外屋的门板，不禁叹口气说，"唉，这也真是个苦命人啊！民国的时候闹饥荒，爹娘都饿死了，就剩下我娘和他姐两个相依为命，我娘带着他给地主做丫头，他也就给人家地主家放羊，天天睡在人家的马棚里面。挨饿受冻的好不容易长到十五六岁，又赶上国民党抓壮丁，结果被抓了去。跟着人家打仗打到山海关，看着那么多一起来的人都死了，他心里害怕，就悄悄跑了。担惊受怕跌跌撞撞地跑了一年多才回来。回来后，我娘帮着他讨了个哑巴媳妇儿，这日子才像个人样地过起来。这几年，几个孩子一个个都长大了，眼看着就熬出头来了，那黄兵倒是个有出息的，在部队里面还提了干，这是多好的事啊！老黄家里出了个大军官，吃上公粮了！这真是几辈子都没有过的事！正是他该享福的时候了，你看看，这猪油蒙了心，喝酒没了谱，一顿酒睡过去，就没醒过来……"六老汉用袖子擦了擦眼泪，哽咽得实在是讲不下去了，这让翎子的眼睛也泛起了酸，她忙使劲地吸了吸鼻子，才忍住不掉下泪来。

"哎，她姨父，你也别难过了。咱们还是先把眼下的事情办好才行呀！"李伟拍了拍六老汉的肩膀，说，"你看，这黄兵一时半会儿的还回不来，咱不能把黄老头一直放在门板上不是？这得买棺材、入殓、搭灵堂，去村里借盘子家伙，准备上供用的一百零八道菜，还得给亲戚们报丧、请鼓匠、挖坟、选日子出殡，这事情多着哩！"

听了这话，六老汉才停止抽泣，慢慢地说："这老黄家估计连个棺材都没准备！"

"谁能想到爹走得这么快啊！"黄大女说完，就又哭出声来。李伟忙说："咱们先去乡里老霍的棺材店赊出一副棺材板来，我跟老霍熟，我来办这事！"

整整一上午，李伟都在和六老汉商量丧礼的事情，翎子娘帮着黄家嫂子裁剪孝服，翎子也就跟着帮她们一起做起来。

爹到底是当过支书的人，对丧礼的流程又很熟悉，一顿饭的工夫，就把该做的都跟六老汉交代清楚了。大女和黄家嫂子热了饭，留下翎子一家吃饭。饭后，爹让六老汉回家赶来马车，亲自带着黄华去了乡里买棺材。

下午，娘和翎子继续帮着黄家嫂子做孝服，一群女人的话题始终离不开黄兵。毕竟，黄兵提干的消息，对于这个一贫如洗的家庭，无疑是一件能看到希望和光明的事情。开始，翎子一听到黄兵的名字，就会觉得心痛，渐渐地，听多了，她反而觉得没那么痛了，黄兵那熟悉的身影，似乎又一次离她越来越近……

而翎子神情的微小变化，全都被细心的黄二女看在了眼里。

直到夕阳西下，六老汉终于赶着马车回来了，爹和黄华紧紧地跟在马车后面。马车上，载着一口漆黑的棺材，那将是黄老头最后的归宿之地。

二十二

黄兵是在黄老头死后的第四天才赶到家中的。

这三天，任凭爹怎么劝说，翎子都没再去黄兵家中。倒是爹带着建民去了两次，回来后就黑着脸，也不大理睬翎子。

这还是翎子长这么大以来，爹头一次和她生气。在翎子的印象中，李伟总是以这个大闺女为骄傲。在他的眼中，翎子心地善良、勤奋好学、懂事明理、孝敬老人，从没有忤逆过家长的言行，也从没有让他多操一点点心。有些时候，他甚至觉得翎子的将来要比他的两个儿子更有出息。可不知咋的，这次回来后，翎子在对黄家丧礼这件事上，却极为固执，表现出的消极与拒绝着实让他有些恼火。

在黄兵回来的当天晚上，吃罢晚饭，李伟把正在洗碗的翎子叫到院子里，点了根烟，直截了当地问她："跟爹说说，你和黄兵，到底咋了？"

翎子知道瞒不住了，眼睛一红，泪便落了下来："爹，我和黄兵……我们，出了点问题……"

翎子将事情的前因后果一五一十地告诉了爹。待她说完，爹沉默了好久。良久，才语重心长地对翎子说："闺女，你已经长大了。什么事情该做，什么事情不该做，都在你自己拿主意。你要是觉得对，咱们就去做，你要是觉得不对，咱们就不做。但不管做什么事情，咱都要对得起自己的良心。你再好好想想吧！说不定，这里面还有啥误会呢？"

翎子默默地点了点头。

李伟看了看闺女，叹口气说："你看，黄兵今天就回来了。后天他们出殡，你要是能过去，就去看看吧……"

爹走出院子，翎子一个人在大柳树下站着，大黄狗跑过来，摇着尾巴在她身旁转悠。她长舒口气，抬头望了望头上的天，月亮已经挂在房顶上了，将墨蓝色的天穹照得通亮。这两天，她分别去看了尚在月子中的梅花表姑和正在备战高考的郭菲菲，在对待黄兵这件事上，她俩虽然有着截然不同的说法，却都出奇地做出了相同的选择。梅花表姑说，农村讲究订婚就等于结婚了，如果退婚，不管对男方还是女方，其信誉和名声肯定是要一落千丈的，男的难娶，女的难嫁。要是他黄兵在外面有相好的非要退婚，就怪不得翎子。但作为女方，被人退了婚后，她的家里人在面子上总是过不去的，所以尽量还是不要退婚的好。而郭菲菲呢，一听到这个消息，立即火冒三丈、义愤填膺，先是痛骂了一顿黄兵是当代的陈世美，而后就将翎子狠狠地批了一顿：翎子姐啊翎子姐，你还是现代女性吗？还是受过高等教育的当代女大学生吗？怎么能就这么隐忍放弃自己的爱情和幸福？这样的拱手相让，不就等于不战而败吗？对待爱情怎么能这么不积极不主动不争取呢？她罗慧娟就算是个高干子女，那又怎样？现在是新社会，讲究的是人人平等，你还以为是大清朝、民国时代啊？靠祖上的封荫吃饭，还上门女婿倒插门？你要是爱他，就要跟罗慧娟去争，去抢，去拼个你死我活头破血流不见黄河不死心不达目的不罢休！——郭菲菲的一席话，说得翎子脑仁都疼。

难道真的是自己错了？难道这里面真的有误会？翎子开始怀疑自己当初做出的判断，真正的答案，是不是在她亲手撕毁的每一封信中呢？

而此时此刻，黄家人却沉浸在悲伤与欢喜交加之中。

黄兵连着赶了三天三夜的车，终于到了家。

刚进院门，他就看到一口黑漆漆的棺材摆在院子中央，他手中的黄提包一下子重重落在地上，而后就几步扑上去，趴在棺材上泣不成声。

闻声而来的黄家人从屋子里跑出来，大姐和两个妹妹见到他就抱着他恸哭起来，姐夫在一旁扶着大姐，两个弟弟呆头呆脑地站在棺材旁边，一脸茫然，只有母亲显出异常的刚强，面无表情地望着黄兵，让他感受到一种前所未有的力量。

黄兵知道，现在还不是伤心的时候。他擦了擦眼泪，将几乎哭得晕厥的二女扶起来，并对三女说："三妹，别哭了，快把你二姐扶进屋子里！"随后又让黄华、黄忠将门口的黄提包拎进屋子。

屋子里依旧是记忆中那黑洞洞、阴沉沉的样子，大女边擦眼泪，边给黄兵倒热水。黄兵跨着炕沿坐下来，母亲一脸慈祥地望着他，眼睛中分明透露出一丝欢喜的神色来。大女将这几天家里发生的事情跟黄兵一一道来，说翎子家可给帮了大忙，买棺材、入殓、看坟地，都是李伟拿的主意，六老汉也跟着忙前忙后的……

"翎子呢？"黄兵不禁问了一句，"她也回来了吗？"

"是啊，她回来了！"大女正要往下说，三女却停止了抽泣，插了一句："嫂嫂第一天来了一天，就再也没见到她！估计早回学校了！"

二女白了三女一眼，说："大哥，嫂嫂肯定是觉得不好意思，人家还是个姑娘，天天在咱们家里待着，那算啥啊！"

黄兵望着地上的帆布黄提包，叹了口气，也罢，先把家里的事情处理好吧！

他把提包拿到炕上，拉开拉链，将里面的东西一件件取出来，分别给家人们发下去……

二十三

出殡的前一天，黄兵本想抽出时间去找翎子一趟，却没想到竟有这么多事情要他去做。

作为大儿子的黄兵，需要在给死者上供的时候"顶盘子"。女婿负责将提前做好的一百零八道小菜碟——从厨房端出——说是一百零八道菜，其实也就是碗口大小的碟子里摆着几根咸菜、花生米、馒头干之类的东西，而这些碟子和菜都是从村里甚至是邻村借来的——儿子跪在灵前，双手举着木质托盘，必须高过头顶，女婿将小菜碟放在托盘上，儿子会说一句："父亲大人，请用吧！"这时，其他儿子和侄子从托盘上端起菜碟，恭恭敬敬地放在棺材前的案板上，而鱼翅状跪在两旁、手里拿着哭丧棒的孝子贤孙、闺女媳妇们就一起磕三个响头，直等到女婿端出下一碟菜来。光上供这一项程序，就得大半天时间，托盘要一直举过头顶，不能放下。

　　过去，黄兵也参加过几次这样的丧礼，那时他还小，不明白为什么要搞得这么复杂。今天，当他真正做了一回孝子，才明白这样做是留给死者的孩子们寄托对父母哀思的一个最好过程。他边顶着托盘，边回忆父亲在世时的点点滴滴。平心而论，自己并不是六个姊妹中父亲最宠爱的孩子，大姐才是。从记事起，父亲就没有和自己过分亲昵过，有什么好吃的，父亲都是先紧着给黄大女，而后是两个弟弟和妹妹，最后才是他。从上初中起，他喜欢把所有穿在身上的衣服都鼓捣得整整齐齐才出门，每天无论多晚还要把衣服里里外外地都洗一遍。黄老头顶看不惯他这点，一家子都破衣烂衫的，还穷讲究什么。记得上高中时，班上同学都流行戴涤卡绿军帽，黄兵为了能拥有这样的一顶帽子，偷偷将自己打回来的猪草分了一部分给了村支书的儿子，硬是花了两个月的时间从支书儿子那里换来了一顶二手的军帽。黄老头知道后，拿着柳树条子狠狠地抽了黄兵一顿，那么多的猪草，足够换上一家人一周的口粮了！父亲对自己的转变，大抵也是从他参军入伍以后吧！毕竟，他算是这个家目前也许也是今后唯一可以撑得起门面的人。

　　待到晌午，还没等吃饭，前来吊孝烧纸的人们就陆陆续续地赶过来了。这些人中，有本村的乡亲邻居，也有外村的亲戚们。农村的婚丧嫁娶向来都是一个庞大的聚会，以往不常联系的七大姑八大姨甚至反目成仇的邻居们，都会趁着这个机会重新又聚在一起。不管是真伤心还是假伤心，见到那白花花的一片灵棚和黑漆漆的棺材，再看到那一张张悲悲戚戚惨惨怯怯挂满泪花的脸庞，想不哭都难。很多会哭丧的女人往往都是一进院门就直接奔向棺材，扶着棺材大声号叫起来，让死者的家属听到后顿时感到无比悲伤，陪着落下更多的眼泪来，众人七手八脚地拉她们起来时，如果仔细看，绝大多数人的脸上是没有眼泪的，有的甚至在进屋子一杯茶的工夫，就眉开眼笑地和别人拉起家常来。

当然，吊孝也不能是空着手来的。前来吊孝的人往往都带着一些礼品，诸如半篮子鸡蛋、一小袋莜面，等等；家里实在穷，带一二尺白布来的人也是有的。在棺材前磕头烧纸后，就会被主持丧礼的人请到屋子里喝杯热茶，一屋子吊孝的人共同缅怀死者生前的点滴事情，而孝子贤孙们不光要陪着前来吊孝的人磕头，还要一直悲悲戚戚地哭着。哭得越惨，越显孝顺，有些女人能接连哭晕厥好几次，当然大部分都是闺女，媳妇儿不常见。

黄兵就这么一直默默地跪着，他感觉自己的腿仿佛是块木头，麻麻的几乎没有一点知觉，膝盖肯定长了根，牢牢地扎进了泥土中。

直到夕阳西下，夜幕降临，吊孝的人才开始三五成群地走出院门。等最后一个人离开黄家时，已经是夜里七点钟了。

黄华和黄忠扶起黄兵时，黄兵险些跌倒。进了屋子，喝一口热汤饭，就要准备"引灵"。所谓"引灵"，就是孝子们在鼓匠的引领下围着村子转一大圈，再走到坟地附近，进行一次哭丧烧纸，据说是为了让亡灵更好地找到"新家"。黄兵是大儿子，负责捧灵位。一圈转下来，已经将近夜里九点。望着窗外漫天的星斗，他叹了口气，还怎么能去翎子家呢？

入夜，待家人都睡着了，黄兵悄悄起了床，从黄帆布包中小心翼翼地拿出一个纸盒子，里面包着的，是一块上海牌手表。

他自己一个人出房门，在院子中间的老柳树下坐下来，旁边就是爹的棺材，而他则直勾勾地望着那块手表发呆……

翎子走的那天，给黄兵留下的那张字条，让他万分心焦，他想立即请假南下去找翎子，但恰好是在这提干的节骨眼上。他只能抑制住冲动，给翎子一封接一封地写信。

事后，在黄兵的再三追问下，通信员张峰才将那天发生的事情一五一十地告诉了他。他也才知道这事是因为罗慧娟而起的。

唉！这个翎子啊，傻翎子！

没错，那天罗慧娟是来部队找领导批准结婚的，但罗慧娟看上的不是他黄兵，而是在医院住院的刘保！自从刘保住院后，罗慧娟就负责护理他，在那个崇尚英雄的时代，罗慧娟不知不觉被刘保这种英雄气概所打动了，慢慢喜欢上了这个双目失明的军人。于是，罗慧娟铁了心要嫁给刘保。她的这个决定当即遭到了母亲的坚决反对。母亲语重心长地对罗慧娟说，慧娟啊慧娟，你还这么年轻，难道就要把这后半辈子都投入到照顾一个盲人的身上吗？但倔强的罗慧娟没有听从母亲的话，幸亏父亲罗副师长表示尊重罗慧娟自己的选择，于是罗慧娟便亲自跑到刘保所在的部队里向领导提出要和刘保结婚的申请，顺便看看黄兵，和他聊聊天。孰料通信员却断章取义地偷听了她和营长他们的谈话，误以为罗慧娟是来找黄兵结婚的，并且还将这个错误的讯息传递给翎子！更为糟糕的是，翎子还亲眼看到黄兵和罗慧娟在一起散步，其实罗慧娟是在对黄兵说她这些日子的矛盾，来自家里的，来自同事的和朋友的，但更多的是她内心的坚定："在我心里，他不是盲人，而是英雄，更是我的爱人！既然他失去了眼睛，那么，就让我来做他的眼睛！"当黄兵听到罗慧娟如此说时，他被眼前这个姑娘身上那股子坚韧的劲头所感染了。所以那天回来，他有点心不在焉、神情恍惚，他本想找个合适的机会告诉翎子的，但还没等他开口，翎子却留下字条走了！

　　黄兵知道翎子一定是误会他了。于是他拼命地给翎子写信，几乎是隔三天就给翎子去一封信。可所有的信似乎都像是石沉大海般杳无音讯了，难道，翎子是真的铁了心要跟自己分手吗？恰恰在那段时间，黄兵和刘保的提干命令都下来了。因为刘保的英雄举动，师里特批刘保提干，这样他就不占连里的提干指标了，而黄兵的各项考核成绩排名都靠前，自然就轮到了黄兵。

幸福似乎来得太过突然，让原本焦心于失恋中的黄兵有点措手不及。

他向连队请了个假，去齐齐哈尔做了两件事情，第一件是给家里拍了一封电报，将这个特大喜讯告诉家人；第二件事就是直奔百货大楼，用平时的积蓄和提干的第一个月工资给翎子买下了那块上海牌手表。

本以为提干会改变家人的命运乃至翎子对自己的看法，孰料却突然接到了父亲去世的噩耗。风尘仆仆地赶回家，看到家中一片凄惨的景象，再听到姐妹们说翎子来了又走了的消息，更让黄兵感到无比郁闷。翎子究竟是什么意思？自己在信上已经将前因后果都解释得很清楚了，可她为什么一直不回信？既然来了家里，就应该知道黄兵提干成功了，但为什么又不来了呢？会不会是借着这个机会真的想和他分手呢？望着屋子里睡着的一大家子人，黄兵不由叹了口气，大姐虽然已经出嫁，婆家也是农民；二妹刚刚考上高中，心地纯良，善解人意，倒是个贴心人；三妹去年初中毕业就辍学在家，性格执拗，还颇有些自负和虚荣，只是等着找婆家罢了；二弟愣头愣脑的，注定是要当一辈子农民了，三弟还在上小学……如今家里的顶梁柱轰然倒塌，今后的一切负担，肯定是要全落在他黄兵的肩上了。就算他提了干，一个月能赚个五十来块钱，但对于这个庞大的家庭来说，也是杯水车薪啊！如果嫁到这样的家庭中，无疑是不明智的。下午，二女曾和黄兵暗示过，他的同班同学李洪亮一直对翎子有意思，她上学的时候曾亲自跑过来送她，并且还经常跑到铁山市去看望翎子。如果论家庭条件，黄兵家确实比不上李洪亮，他个人的收入也赶不上供销社，选择李洪亮，真的是要比选他这个穷当兵的要明智得多——可是，每当黄兵想起翎子看他的眼神时，他又确信翎子是真的喜欢他的。

他确实迷茫了，他爱她，深深地爱着她，在他心中，翎子是任何人都无法取代的。可他的前面，是座座沉重的山，他不愿意让翎子和他一起扛着。假如分手真的能够让翎子获得幸福，他也会尊重她的选择……

只是，他会很痛，一直要痛到麻木为止……

月光照射在表盘上，发出了无比清冷的光芒，黄兵将盒子轻轻地合住，望了一眼那口黑漆漆的棺材，重重地叹了口气。

二十四

东方泛起的鱼肚白将整个天幕逐渐点亮，闪耀了一夜的星辰渐渐退却在那片蔚蓝色中，田野在晨曦的微光中似乎活跃起来，刚刚破土而出的小麦苗、莜麦苗和豌豆苗极力贪婪着阳光的恩赐，吮吸露珠的滋润，想要舒舒服服地伸展一下腰身。静谧的黄土疙瘩村依旧在沉睡中，不时传来几声公鸡的鸣叫，似乎要叫醒这一村人的酣梦。

一夜未睡的黄兵早早起身，穿上白色的孝服，系好麻绳，走出房门。

　　初升的太阳照射过来的光芒，让黄兵感到很刺眼。他下意识地闭住了眼，取得了暂时的安逸和舒适，但只是一瞬间，他又不得不睁开。他突然想起自己提干时连长钟长江语重心长地对他讲的话，"黄兵，这四个兜变成两个兜，看似简单，实际却是你人生的一大步啊！你是个农村娃娃，能当上军队干部，这可是祖上积下的阴德呀！就算将来转业到地方，你也是正儿八经的国家干部，彻底告别面朝黄土背朝天的农民生活了！所以黄兵啊，你可一定要珍惜这个岗位，好好干！连长能力有限，只能帮你到这一步了，今后的路，可就得靠你自己走啦！"

　　他知道，今后还有很多难走的路，但无论再难，作为一个家庭的长子，他都不能去逃避，而是要去勇敢地面对。倘若能有一个人，一个他自己喜欢同时对方也爱他的人，与他一起去走这条路……当然，那可能只是他自己的奢望罢了！

　　他叹了口气，抬起头。

　　他终于可以勇敢地面对着太阳了！

　　朝阳下的黄土地，显得格外地充满了生机和活力。这是祖祖辈辈们生存生长和生活的地方，是他的根脉所在！他想起了父亲讲述的家族往事，在一百多年前，他的太爷爷只身一人从山东逃荒到这里，先是给地主当长工，再后来娶了媳妇扎下根，慢慢地繁衍了几代子孙，这些子孙们辛勤开垦、潜心经营，他们闯过关东，走过西口，被抓过壮丁，也参加过革命，历经了军阀混战、抗日战争和解放战争的风风雨雨，坚忍生存着，努力奋斗着，栉风沐雨、一路前行，虽然没有什么丰功伟绩，却如野草一般坚强地活了下来……那么，到了他这一代，是该彻底改变这世代为农的命运了！他年轻，有头脑，有文化，还有了新的社会身份，他完全可以用自己的双手去创造一个不一样的未来！

他突然觉得未来又一次充满了希望，道路似乎变得光明起来！但他也明白，将来，无论取得多么大的成就，终归还是要回到这片黄土地的。那时，他不仅要自己回来，还要带上他的后辈儿孙们，他要骄傲而自豪地指着这片曾经养育了他们几代人的土地，对他的后世儿孙们说：看啊，这就是咱们老黄家的根！

出殡的队伍渐渐聚拢齐了，作为孝子的黄兵，理应站在队伍的头一个。由于黄老头还没有儿媳妇，只得由黄大女捧着"馅食罐"，里面装着最后一次祭奠死者的饭食。

六老汉站在黄兵身边，叹了口气："唉，其实定了亲的，就可以作为媳妇儿来捧罐子了。"

黄兵的眼睛又有些酸了，但他强忍着，没让眼泪掉下来。

正当他们走出院门口时，黄二女突然用悲怆却带着一丝惊奇的声音喊道："大哥，你看，你看，谁来了？"

黄兵抬起头一看，只见村口的大榆树下，一身素洁白衣的翎子正站在那里，一动也不动。

他仿佛还看到了她依旧梳着一条麻花大辫，用一根紫红色的毛绒线绳系着，灰蓝色粗麻布裤子下，是一双细绒黑布鞋——

就宛如他们初见时她的样子。

他的泪，瞬间跌落下来……

初稿完成于 2016 年 1 月 12 日，河北张家口

二稿修改于 2016 年 3 月 17 日，河北张家口

三稿修改于 2019 年 10 月 11 日，上海松江